무직전생

이세계에 갔으면
최선을 다한다

19

글 리후진 나 마고노테
일러스트 시로타카
옮긴이 한신남

"루디!"

록시의
외침이 들렸을 때,
나는 이미
날아가고 있었다.
허리 근처에
파랑머리가 보였다.
록시가 날
떠민 것이다.

무직전생

이세계에 갔으면
최선을 다한다

⑲

글 리후진 나 마고노테   일러스트 시로타카   옮긴이 한신남

無職転生　～異世界行ったら本気だす～ 19

ⓒRifujin na Magonote 2018
First published in Japan in 2018 by KADOKAWA CORPORATION, Tokyo.
Korean translation rights arranged with KADOKAWA CORPORATION, Tokyo.

CONTENTS

"그와는 평생 서로 이해할 수 없다."

after died understood.

글 : 루데우스 그레이랫

옮김 : 진 RF 매곳

제19장

자노바 편

제1화　자노바의 결의

라노아 마법대학, 연구동. 자노바의 연구실.

여섯 명의 남녀가 테이블 주위에 모여 있었다.

나와 크리프, 자노바가 착석하고, 우리를 에워싸듯이 엘리나리제, 진저, 줄리가 서 있었다. 엘리나리제가 아이를 안고 있으니까 일곱 명일까.

자노바는 시종일관 복잡한 얼굴이었지만 크리프는 짜증스러운 기색이었다.

진저는 괴로운 눈치고, 줄리는 새빨간 눈을 하고 있었다. 엘리나리제조차도 무슨 말을 어떻게 하면 좋을지 모르겠다는 얼굴. 무겁고 안 좋은 분위기였다.

"자노바, 일단 진정하고 처음부터 다시 설명해 주겠어?"

"······알겠습니다."

자노바는 무표정했다. 항상 나를 보면 웃는 얼굴을 하는 녀석인 만큼, 이런 무표정이면 위화감이 든다. 완전히 다른 사람 같다.

"어제 일입니다만, 실론 왕국에서 편지가 한 통 왔습니다."

그 편지는 아까 건네받았기에 지금 내 수중에 있다.

팩스의 서명과 실론 왕국의 인장이 찍힌 봉투로, 그 안에는 편지가 세 개 들어 있었다.

하나는 반년 정도 전에 일어난 실론 왕국의 쿠데타에 대한 이야기가 적혀 있었다. 왕룡 왕국에 유학이라는 명분으로 가 있던 제7왕자 팩스가 왕룡 왕국의 지원을 받아 실론 왕국에 귀환.

그대로 쿠데타를 일으켜서 전 국왕을 살해. 다른 왕족도 몰살하고 실론 왕국의 국왕이 되었다. 그런 내용을 팩스를 칭송하는 형태로 길게 적어놓았다.

다음 편지는 쿠데타 이후의 이야기였다.

쿠데타로 나라의 대신이나 장군을 대부분 해고했을 때, 나라를 탈출하는 사람이 속출했다. 인구의 감소와 함께 실론 왕국 전체의 병력이 저하. 그걸 알아차린 북쪽 나라가 침공해 올 기색을 보이는데, 국방을 위한 병력이 부족하다. 그래서 신의 아이인 자노바를 불러들여서 국방에 임하게 하자는 제안이 나왔다는 내용이었다. 이건 나라가 변하기 위해서 필요한 일이니까 팩스에게는 잘못이 없다는 변명이 거창하게 적혀 있었다.

세 번째 편지는 자노바를 불러들이기 위한 내용이었다. 전 국왕의 명령 해제와 본국으로의 소집 명령. 실론 국왕의 인장도 찍혀 있는 정식 문서였다.

말하자면 이 편지들은 '팩스의 영웅담'과 '변명'과 '징집명령'이다.

쿠데타를 일으켰더니 전력이 저하되었다. 적이 오니까 전력을 증강한다.

변명이지만 말은 된다.

자노바가 전력으로서 유효한가 하는 부문에는 의문이 남지만, 자국내에서 자노바는 유명한 존재일 테니까 그런 그가 돌아오는 것만으로도 병사들의 사기는 오르겠지.

왕룡 왕국이 뒷배라면 국방도 왕룡 왕국에게 시키면 되는 것 아닌가 싶지만, 그렇게 할 수 없는 사정도 있을지 모른다. 어느 나라고 완전히 일치단결하는 건 아닐 것이고. 불가능한 일은 불가능하겠지.

그렇다고는 해도 과거의 일이 마음에 걸렸다.

8년 전, 자노바는 나를 도와서 팩스의 음모를 파헤쳤다.

그 결과, 각각 유학이라는 형태로 팩스는 왕룡 왕국으로, 자노바는 라노아 왕국으로 국외추방당했다. 혹시 팩스가 그때의 일에 원한을 품고 있다면, 자노바는 살아 있을 수 없겠지.

이 소환 명령은 자노바에게 복수하기 위한 덫이라고 추측할 수 있다.

뭐, 그건 좋다. 문제는 이제부터다.

"그래서 너는 이걸 보고 어쩌겠다고?"

"저는 명령대로 실론 왕국으로 돌아가서 전선에 참가하겠습니다."

이거다.

크리프도 그렇고, 진저도 그렇고, 다들 자노바의 말에 반대했다. 가령 자노바가 전 국왕의 복수를 하려는 거라면 그래도 이해된다. 반대로 명령에 따르지 않고 도망친다고 해도 이해된다.

하지만 자노바는 그러지 않았다. 덫인 걸 알면서도 그저 따르려고 했다.

팩스에게. 찬탈자에게.

"갈 필요는 없어."

그때 크리프가 그렇게 끼어들었다. 크리프는 이것이 덫이라고 주장하였다.

"내기를 해도 좋아. 이건 너를 죽이기 위한 덫이다."

"흠."

"보통 쿠데타를 일으켰으면 일족을 다 죽이려고 들지. 화근을 남기지 않기 위해서라도."

크리프도 미리스 신성국의 권력싸움의 영향으로 여기에 있다.

크리프의 할아버지가 권력싸움에서 졌을 경우, 크리프에게도 위험이 미치기 때문이다.

패자의 가족은 몰살. 그것을 당연하게 생각하고 있다.

"애초에 적이 공격해 오는 게 사실이라면, 너 한 명이 증원으로 가서 뭘 할 수 있단 말이지?"

"뭔가 할 수 있겠지요. 저는 이래도 신의 아이니까요."

"그렇다고 해도 말이지!"

크리프는 짜증스러운 표정으로 책상을 내리쳤다.

"네가 적을 물리쳤다고 치자. 그럼 팩스는 어떤 행동으로 나올까?!"

크리프는 팩스가 국외추방당한 사건의 전말을 알고 있다.

언젠가 나와 자노바의 만남에 대해 이야기했으니까, 팩스가 어떤 녀석이었는지도 알고 있다. 편견도 있겠지만, 크리프가 반대하는 마음은 나도 잘 이해한다.

"쓸모가 없어진 너를 살려둘 리가 없잖아!"

그러니까 이런 말도 나오는 거다. 물론 나도 그 의견에는 동의한다.

가령 정말로 타국의 침공으로 전쟁이 났다고 치자.

팩스가 정말로 자노바의 힘을 필요로 한다고 치자.

그래서 자노바가 실론 왕국으로 돌아가서 신의 아이 파워로 해결했다고 치자.

하지만 그 다음에는 어떻게 될까.

왕족이며 제3왕자인 자노바는 팩스에게 어떤 존재일까.

적을 쓰러뜨렸으면 자노바의 평가는 올라가겠지. 나라를 구한 영웅으로 떠받들려도 이상하지 않다. 궁지를 벗어난 병사들에게 막대한 인기를 얻을지도 모른다.

그런 자가 자기와 마찬가지로 왕가의 피를 이었다면, 팩스는 어떻게 생각할까.

거슬리지 않을까. 자기 지위를 위협하는 존재로 보지 않을까.

그렇게 생각했을 때, 팩스가 어떤 행동을 취할지는 생각할 것도 없었다.

"자노바, 나도 그렇게 생각해."

"…그럴 가능성이 높겠지요."

내가 크리프에게 동의하자, 자노바도 진지한 얼굴로 수긍했다.

팩스가 자기를 원망하리란 사실도, 자기가 죽게 될 가능성이 있다는 것도 다 안다는 소린가?

"하지만 가야만 합니다."

그런데도 자노바는 가겠다고 말한다. 이상하다. 이해가 되지 않는다.

"…대체 왜?"

"정식 귀환명령이니까요."

즉답이었다. 분명히 그 편지에는 국왕의 인장이 찍혀 있었다. 전 국왕의 명령은 철회, 지금 당장 유학을 그만두고 돌아와라. 그런 취지의 문장이었다.

"하지만 팩스가 보낸 거잖아? 왕이 바뀌었으니 따를 필요는 없지 않아?"

"스승님. 왕이 바뀌었다고 명령을 듣지 않아도 된다면, 나라는 유지되지 않습니다."

"그렇다고 해도 정식 수속을 밟아 왕이 된 것도 아냐…. 이른바 찬탈자잖아?"

"경위는 어찌되었든, 지금 현재 팩스가 왕이란 사실은 틀림없습니다."

그런 것일까. 뭐, 지난 생의 세계에서도 그런 나라는 많이 있었지만….

그 나라의 신하는 어떻게 했을까. 찬탈자 국왕의 밑에서도 일하고 싶다고 생각할까?

"자노바, 너는 팩스의 밑에서 일하고 싶어?"

"그런 것은 아닙니다."

자노바는 천천히 고개를 내저었다.

무슨 말을 해도 자노바에게는 닿지 않을지도 모른다. 그런 마음이 나를 초조하게 만들었다.

"그럼 대체 왜?"

무심코 어조가 거칠어졌다.

"가면 죽을 것은 알고 있다. 따를 생각도 없다. 그럼 갈 필요 없잖아. 왜 그렇게까지 집착하는데?"

어쩌면 보복을 두려워하는 걸까.

자노바가 명령을 거부했을 경우에 실론 왕국에서 돌아올 보복.

하지만 여기는 라노아 왕국이다. 실론에서 아무리 서둘러도 반년은 걸리는 장소다.

뭣하면 아리엘에게 좀 도와달라고 해서 아슬라 왕국으로 망명하는 방법도 있다. 실론에서 쿠데타가 일어났으니 신변의 위험이 있어서 망명하고 싶다… 이런 이유로 망명이 가능한지는 모르겠지만.

"이유 말씀입니까."

내 질문에 자노바는 웃었다.

평소처럼 정말 유쾌한 웃음이 아니었다. 억지로 만든 듯한 웃음이었다.

"들어 보십시오, 스승님. 원래 저는 실론 왕국에게 짐더미였습니다."

"그건 아니야. 신의 아이잖아?"

"예, 하지만 그 힘을 제대로 조절할 수 없어서 왕족을 죽인 신의 아이입니다."

그 말에 나는 문득 실론 왕국에 있었을 적의 자노바의 별명을 떠올렸다.

'목 뽑는 왕자'. 갓 태어난 정비의 아들―자기 동생의 목을 뽑아 버린 크레이지 프린스.

말할 것도 없는 일이지만, 정당한 이유 없이 가족을 죽이는 일은 왕족이라도 용서받을 수 없다.

하지만 그 사건에서 자노바는 별다른 처벌을 받지 않았다고 한다.

자노바의 어머니는 국외추방을 당했는데.

"제가 용서받은 것은 신의 아이이기 때문입니다. 언젠가 도움이 될 거라고 여겨졌기 때문입니다."

"어이, 정말이야?"

크리프가 동요한 얼굴로 이쪽을 보았다. 그 이야기는 몰랐던 모양이다.

"예, 사실입니다. 그 다음에는 아내의 목을 뽑아 버려서 내란을 유발시킨 적도 있지요."

크리프의 질문에 자노바가 대답했다.

자노바는 기혼자다. 왕족으로서 정략결혼을 했다가, 첫날밤에 상대의 목을 비틀어 죽여 버렸다.

그리고 그 바람에 내란이 발생했다.

"그 여자는 용서할 수 없는 말을 했고 용서할 생각은 없습니다만, 전쟁의 불씨를 던진 저는 처형당해도 이상할 것 없었지요."

자노바는 그렇게 말하고 나를 보았다.

"하지만 처형당하지 않았습니다."

그리고 한숨을 한차례 내쉬었다. 이어서 당연하다는 듯 말했다.

"스승님. 왜 제 목숨이 붙어 있다고 생각하십니까?"

"……"

나는 대답할 수 없었다. 자노바는 말을 이었다.

"그 뒤에 스승님과 만나고 또 문제를 일으킨 저는 드디어 국외로 추방당했습니다. 처형당해도 이상하지 않았는데, 국외추방으로 끝났지요. 추방당했음에도 불구하고 여기 샤리아에 온 뒤로도 본국에서 막대한 생활자금이 들어왔습니다. 그 이유가 무엇이라고 생각하십니까?"

자노바가 무슨 말을 하고 싶은지는 안다. 자노바를 살려두는 이유는 알고 있다.

"여차할 때에 나라를 지키기 위해서입니다."

자노바의 어조는 강했고, 나는 아무 말도 할 수 없었다.

크리프조차도 눈을 크게 뜬 채 굳어 있었다.

진저만이 이해한다는 듯이 슬픈 얼굴을 하고 있었다.

"타국과의 전쟁은 제 의무입니다. 그걸 위해 목숨이 붙어 있고, 그걸 위해 계속 용서받아 왔습니다. 그러니 가지 않을 수 없습니다. 만에 하나 침공이 일어난 뒤라면 늦습니다. 아니, 이미 다른 나라가 쳐들어왔을지도 모릅니다. 지금 당장 서둘러 가야만 합니다."

정론이다. 이제까지 키워 준 은혜, 살려 준 은혜를 갚는다. 받은 것을 돌려주려는 마음은 이상할 것 없다.

마음 같아서는 팩스가 쿠데타를 일으키는 것 자체를 막고 싶겠지.

하지만 그건 이미 지난 일이다.

여기서 자기가 내란을 일으켜서 자국을 피폐하게 만들면, 실론이라는 왕국은 정말로 망할지도 모른다.

그러니까 팩스를 따르는 것이다. 실론이라는 나라를 지키기 위해서.

이해한다. 하지만 자노바. 그건 아니잖아.

너는 더 제멋대로고 자유로운 녀석이었잖아. '내란? 저랑은 관계없는 일입니다. 그보다 이 인형을 보십시오! 특히나 이 허리 부분을!'이라고 말하는 녀석이잖아?

…하지만 그런 말을 할 수는 없었다. 왜냐면 옳지 않기 때문이다.

자노바가 '그런 건 관계없다'고 말해 주었으면 싶기는 하다.

하지만 그건 옳지 않다.

"…너, 가면 죽을 텐데?"

나는 간신히 그 말을 쥐어짜냈다. 그 말에 자노바는 대답했다.

"나라가 죽으라고 한다면, 죽을 수밖에 없겠지요."

의연하게, 당당하게. 옛날 무사에게 물으면 그런 대답이 돌아오겠지.

말문이 막혔다.

막아야 한다. 나는 자노바가 죽는 게 싫다.

하지만 대놓고 반대할 수는 없었다. 자노바가 올곧은 눈으로 바라보는 탓일까, 내가 변했기 때문일까, 자노바를 막을 말이 나오지 않았다. 뭐라고 해야 좋을지 모르겠다.

"스승님, 크리프. 그런 얼굴 하지 말아 주시겠습니까."

자노바는 거기서 명랑하다고 표현할 만한 웃음을 보였다. 평소에 보이던 웃음이었다.

"저도 실론에 있을 적에는 의무 따위 생각한 적 없었습니다. 하지만 스승님과 만나고, 크리프와 만나고, 나나호시 님과 만나고. 여기서 생활을 하면서 여러모로 생각했습니다. 내가 해야만 하는 일은 무엇일까….”

그리고 나온 결론이 ‘나라를 지킨다’라는 것일까. 우리와 생활하면서 나온 결론이 왜 나라를 지키는 것으로 이어지는 걸까. 모르겠다.

“뭐, 잘난 듯이 이렇게 말해도, 저도 왜 그런 결론을 내놓았는지 모르겠습니다만! 하하핫!”

자노바는 웃었지만, 나는 웃을 수 없었다.

이 녀석이 내놓은 결론에 뭐라고 할 생각은 없다. 정답인지 아닌지는 결과가 나오지 않으면 모르니까, 선택은 존중해야 한다.

하지만 내가 말할 수 있는 게 하나 있다.

선택의 결과, 자노바가 죽는 것은… 내게 좋지 않다.

자노바는 친구다.

돌이켜보면 나는 이 녀석에게 꽤나 도움을 받았다. 실론에서도 이 녀석이 도와주었다. 이 학교에 왔을 때, 이 녀석과 만나지 않았다면 나는 지금만큼 많은 친구를 얻지 못했다. 리니아, 프루세나와 접점이 생긴 것은 자노바의 인형이 발단이었다. 자노바가 없었다면 크리프와도 지금처럼 친해질 수 없었을지 모른다. 함께 마대륙에 갔을 때도 이 녀석은 맨손으로 아토페와 맞섰다. 마도갑옷도 이 녀석이 없었으면 완성되지 않았다.

돌이켜보면 도움만 받았다.

게다가 자노바와 함께 인형을 만들 때는 이러니저러니 해도 즐거웠다.

즐거웠다. 이 녀석은 나를 항상 떠받들어 주었고, 뭐든지 칭찬해 주었다.

그런 녀석과 함께 있는데 기분 좋지 않을 리가 없다. 인간으로서 문제가 없는 건 아니지만, 나는 틀림없이 기분 좋았다.

게다가 미래의 일기에도 이 녀석은 죽을 때까지 나를 지켜봐 주었다고 적혀 있었다.

그런 자노바를 죽게 내버려둘 수는 없다.

루데우스 그레이랫이라는 인간은 자노바 실론을 죽게 내버려둬선 안 된다.

…응?

잠깐만. 미래의 일기?

문득 내 머릿속에 뭔가가 딱 하고 짚이는 게 있었다.

"자노바."

"말씀하시지요, 스승님."

다음 말은 자연스럽게 나왔다.

"나도 가겠어."

그렇게 말했을 때 보였던 자노바의 기쁘면서도 당혹스러운 표정이 인상적이었다.

회합을 마친 나는 올스테드를 찾아갔다.

이동하면서 이번 일에 대해 생각해 보았다.

일단 자노바의 본국 소환에 대해서. 일기에는 그런 이벤트가 적혀 있지 않았다. 자노바는 계속 샤리아에 있었다…인지는 확실히 모르겠지만, 계속 내 곁에 있어 주었다는 식으로 적혀 있었다.

일기 속 미래에서는 이 귀환명령이 오지 않았을까.

팩스는 쿠데타에 실패한 걸까. 애초에 쿠데타가 일어나긴 한 걸까….

일기와 다른 일이 일어났다. 그렇다면 어쩌면 인신의 짓일 가능성도 크지 않을까.

생각해 보면 1년 반 동안 인신의 사도가 한꺼번에 세 명 모인 적은 없었다. 마지막 한 명이 팩스고, 뒤에서 몰래 움직였다고 생각하면 앞뒤가 맞는다. 올스테드는 '때를 기다려라'고 했는데, 바로 지금이 그때일지도 모른다.

응, 그래.

틀림없어. 이때를 위해서 나는 힘을 비축했던 거야. 자노바를 돕기 위해서.

"올스테드 님!"

올스테드는 평소처럼 고급 책상 앞에서 뭔가 기록하고 있었다.

"루데우스인가. 무슨 일이지?"

평소처럼 무서운 얼굴인 올스테드에게 사정을 설명했다.

자노바에게 온 소집명령에 대해서.

하지만 일기 속에서는 자노바에게 그런 명령은 오지 않았다는 것에 대해서.

"이건 인신의 짓이겠지요?"

"……."

꽤나 자신만만하게 말했지만, 올스테드는 무서운 얼굴을 하고 노려보았다.

어라? 이상하네. 뭔가 틀렸나?

"내가 아는 역사에서 실론 왕국은 앞으로 약 30년 뒤, 팩스 실론의 쿠데타 때문에 멸망한다."

당혹스러워하는 내게 올스테드는 무서운 얼굴로 대답했다.

아니, 딱히 일부러 무서운 얼굴을 하는 건 아니겠지만.

"…30년 뒤?"

"그렇다."

올스테드는 본래 역사에 대해 말해 주었다.

본래 역사. 즉, 전이사건도 일어나지 않고, 내가 실론 왕국에 관여하지 않았을 경우의 역사다.

그 경우, 팩스는 나라의 노예시장을 이용하여 자금을 모으면서 동료를 늘리고, 인질을 잡아서 적을 쓰러뜨리고 힘을 길러간다. 그리고 마지막에 쿠데타를 일으키는 모양이다.

쿠데타가 성공해서 팩스는 왕이 된다.

하지만 팩스의 기세는 그걸로 끝났다.

왕이 되고 모든 면에서 자유로워진 팩스는 왕정에 의문을 품게 되었다는 모양이다.

결국 팩스는 왕정을 폐지, 공화제를 제안한다. 실론 공화국의 탄생이다.

실론 공화국은 그 후에 현재의 분쟁지대의 약 절반을 손에 넣을 정도로 성장해서 강국이 된다. 그리고 세계에서 네 번째 가는 대국이 된 실론 공화국은 인신에게 거슬리는 존재를 탄생시킨다.

"그걸 싫어한 인신이 너를 실론 왕국으로 보내 팩스를 나라에서 쫓아낸 거라고 생각했는데⋯."

그런데 내가 인신의 조언으로 실론 왕국으로 가면서 이 역사가 변했다.

두 사람은 국외추방당하고, 팩스가 왕이 될 가능성은 사라졌다.

실론 **공화국**은 탄생하지 않는다.

"팩스가 왕이 되면 공화국이 탄생한다."

올스테드는 복잡한 표정을 지었다. 즉, 인신의 의도와 결과가 다른 것이다.

"이번에는 왕룡 왕국을 뒷배로 삼았다고 하니까요. 팩스는 공화제를 제안하지 않는 것 아닙니까?"

"아니, 변하지 않는다. 이전에 나도 비슷한 짓을 했는데, 역시 팩스는 공화제를 제안했다."

어떤 경위든 팩스가 왕이 되면, 결국 팩스는 공화제를 제안하고 실론 왕국은 공화국이 되는 모양이다.

아리엘 때와 같다. 결국은 운명. 왕이 되면 그 뒤의 일은 거의 확정되는 거겠지.

"어라? 그럼 일기에서의 미래는?"

"아마도 팩스는 쿠데타를 일으키지 않는다. 인신이 처음에 노린 것처럼 실론 왕국은 소국인 채로 남겠지."

즉.

종래의 역사 '팩스가 쿠데타를 일으켜서 왕이 된다. 공화국 탄생.'

일기의 역사 '인신의 수작으로 팩스는 왕이 되지 않고 공화국은 탄생하지 않는다.'

지금의 역사 '팩스가 쿠데타를 일으켜서 왕이 된다. 후에 아마도 공화국 탄생.'

이런 느낌이다. 그럼 인신이 일부러 원래 상태로 되돌렸다는 소리가 된다.

"왜 그런 짓을?"

"덫이로군."

올스테드의 말은 무겁게 느껴졌다.

"인신은 바꾸려고 한 역사를 원래대로 되돌려서라도 너를 죽이고 싶은 걸지도 모른다."

패를 하나 되돌리고 나를 죽인다. 마작에서 상대가 나지 못하게 하려고 자기 패를 망가뜨리는 경우도 있다. 그거랑 같나….

"어슬렁어슬렁 갔다간 인신이 준비한, 너를 확실히 죽이기 위한 덫에 걸리겠지."

"올스테드 님을 노리는 게 아니라?"

"그럴 가능성도 있지만, 자노바 실론은 네 친구다. 미끼라고 해도 좋겠지만, 거기에 걸릴 만한 건 내가 아니라 너다."

"……."

팩스는 자노바를 불렀다.

거의 확실하게 덫임을 알면서도 자노바는 간다고 말했다. 내가 갈지는 인신에게 보이지 않겠지만, 자노바가 죽을 가능성이 높다면 나는 걸릴 거라고 생각했겠지.

인신이라면 내가 어떤 녀석인지 정도는 알고 있겠고.

…인신이 이번에는 머리를 썼군.

"자노바는 네 장비를 만드는 남자다. 가령 네가 오지 않더라도 녀석을 처리하는 것은 훗날에 도움이 된다고 생각했을지도 모른다."

일석이조인가. 내가 오면 둘을. 내가 안 오면 하나라도.

"자노바가 사도일 가능성은?"

"이번만큼은 그렇시 않겠지. 녀석은 실론의 역사에서 그리 큰 비중이 없다."

어이, 그만해. 녀석은 나한테 커다란 남자야. 현재 이렇게 내가 제대로 미끼를 물었고.

"그럼 어떻게 하면 될까요?"

"평소와 같다. 정면에서 박살낸다."

"…그렇군요."

아무튼 올스테드가 따라와 준다면 간단하다. 아리엘 때와 비슷하게 하면 된다.

덫이라면 그런 것도 좋겠지.

내가 모깃불이 되어서 적을 유인하고, 여차하면 '선생님, 부탁드리겠습니다'의 패턴이다.

무슨 초롱아귀처럼 적을 유인하면 올스테드가 쓱싹 적을 쓰러뜨려 줄 거다.

나는 최근 항간에서 '용신의 부하'라든가 '용신의 *끄나풀*' 소리를 듣는 일도 있는 모양인데, '용신의 초롱'이라고 하는 게 제일 좋을지도 모르겠군.

"하지만 인신이 관여하지 않았을 가능성도 있다."

"…그 말씀은?"

"원래 이 사건은 일어날 예정이었다는 가능성이다."

흠. 원래부터 일어날 예정.

"방금까지 한 말은 예상에 불과하다. 지금 시기에 대해서는 일기에 적혀 있지 않았다. 어쩌면 자노바 실론은 본국에 간 뒤에 무사히 돌아왔을지도 모르지."

인신과 관계없이 이 사건은 일어났다.

자노바는 역사대로 실론에 소집되었고, 거기서 일을 마친 뒤

무사히 돌아왔다.

들고 보니 그런 가능성도 있을 수 있나?

"……으으음."

"일기에서 자노바는 미리스 신성국 때문에 현상금이 걸렸다. 그 점을 고려해서 실론이 자노바의 귀환을 허용하지 않았든가, 아니면 자노바 자신이 거절했든가, 진저가 묵살했든가…."

과연. 차분하게 생각하면 일기와 현재는 상황도 다르다. 가령 일기의 미래에서 팩스가 쿠데타에 성공했더라도, 자노바는 현상금이 걸린 몸이다. 미리스 신성국에게 범죄자 취급당하는 이를 나라로 불러들이지 않고 모른 척하는 것도 이해된다.

미리스 신성국은 용병부대 같은 기사단이 있다.

자노바를 불러들이면 그 기사단이 적대국에게 붙을 가능성도 있다.

뭐, 가능성을 말하자면 끝이 없지만.

"하지만 인신은 나를 이용해서 실론의 역사를 바꾸었지요? 그렇게 되면 실론이 공화국이 되는 것 아닙니까?"

"바꾸려고 했지만 바뀌지 않았을지도 모르지. 네 운명은 강하지만, 그렇다고 모든 것을 비틀 수 있을 만큼 강한 것은 아니다."

뭐, 내가 관여해서 모든 역사를 바꿀 수 있는 것도 아니다.

"으음…."

그때 올스테드가 뭔가를 떠올린 눈치였다. 턱에 손을 대고 생각하는 시늉을 하였다.

"무, 무슨 일입니까?"

"아니…. 팩스는 왕룡 왕국에 있었다고 했지?"

"예."

"그렇다면 쿠데타도 왕룡 왕국이 조종한 것일 가능성이 있군."

"뭐, 그렇지요."

아, 그런가.

팩스는 왕룡 왕국에 있었다. 그렇다면 거기서 다른 사도가 바람을 불어넣었을 가능성도 있나.

팩스가 사도가 아닐 가능성이다.

왕룡 왕국의 누군가가 인신의 사도일 가능성. 그 녀석이 이번 일의 흑막일 가능성.

"좋아, 나는 왕룡 왕국으로 가서 그쪽에 사도가 있을 가능성을 캐지."

어? 같이 안 가는 거야?

"하, 하지만 실론 왕국이 인신의 덫이었을 경우에는… 어떻게 하지요?"

"…네가 그걸 두려워한다면 안 가는 편이 좋겠지."

즉, 그건 자노바를 저버린다는 소린가. 그야 올스테드에게 자노바는 중요인물이 아닐지도 모른다. 올스테드는 내 가족을 지키겠다고 약속해 주었지만, 자노바는 친구이긴 해도 가족이 아니다.

아, 그럼 가족으로 삼으면 되지 않나?

가족 중 누군가에게 부탁해서 자노바랑 결혼하게 하면….

아니, 그게 아니다. 자노바에게라면 여동생을 맡겨도 좋다고 생각하지만, 그런 게 아니다.

"자노바는 나를 도와주었습니다. 일기에도 끝까지 나를 도와주었다고 적혀 있습니다."

"……."

"나는 그를 버리지 않겠습니다."

문제는 나 혼자서 자노바를 지켜낼 수 있는가 하는 점이다.

아니, 혼자서 가지 않아도 될지 모른다. 누군가를 파견해서 자노바를 돕게 하는 건 어떨까. 에리스의 지인 중에는 검성도 있는 모양이고, 검의 성지에 연락을 해서 자노바의 호위단을 조직한다든가.

아니, 잘 모르는 상대에게 전이마법진의 존재를 알려주면 안 되지.

용병단은 아직 움직일 수 있는 단계가 아니고….

"그럼 너는 실론으로, 나는 왕룡으로 가서 인신의 계획을 타도한다. 알겠나?"

"예."

생각해 보면 아식 많은 가능성이 있다. 가면서 조사할 필요가 있다.

"그래. 이 말을 잊고 있었는데, 실론에 갈 때 한 가지 지켰으면 하는 게 있다."

"예."

지켰으면 하는 거라. 절대로 죽지 말라고 말해 주려나.

그렇다면 감동받을 거야.

"혹시 팩스 실론이 사도였다고 해도 죽이지 마라."

"…예?"

"팩스 실론은 죽이지 마라."

중요한 일인지 두 번이나 말했다.

아니, 내가 되물었으니까 그렇지.

팩스를 죽이지 마라…. 왜 그런 짓을? 이라고 고민할 것도 없다. 팩스를 죽이면 실론은 공화국이 아니게 되기 때문이다.

오케이, 보스.

설령 팩스가 이쪽에 적의를 품었다고 해도 죽이지 않게 대처하지요.

"알겠습니다."

하지만 난이도가 올라갔군.

가령 팩스가 이쪽을 죽이려고 들어도, 이쪽은 상대를 죽일 수 없다는 소리다. 이런 상태로… 일단 나는 죽지 않도록 노력한다. 자노바도 데리고 돌아온다. 힘들겠군.

어라? 그러고 보면 어떻게 해야 자노바는 여기로 돌아와 주려나.

자노바의 목적은 뭐지? 국방? 뭘 하면 만족할까.

아니, 됐어. 내 역할은 자노바를 따라가서 그를 지키는 것이다.

그리고 타이밍을 봐서 열심히 설득한다.

동시에 인신의 목적이나 덫을 찾고 그것을 타도한다…는 정도일까.

"올스테드 님, 감사합니다."

"인사는 됐다."

나는 올스테드에게 깊이 고개를 숙인 뒤, 사무소를 나왔다.

하지만 인신의 덫이라. 자노바는 내가 따라가는 것에 대해 딱히 뭐라고 하지 않았다.

하지만 혹시 덫이라고 하면 자노바는 반대하겠지.

반대인가? 설령 반대하더라도 말해야 할까. 인신이 나를 죽이려고 실론 왕국에 덫을 깔았다. 너를 미끼로 삼아 나를 죽일 셈이다. 그러니까 가지 말아 줘, 라는 식으로….

아니, 안 돼.

단순히 '그런 거라면 제가 혼자 가셨습니다'라고 말할 것 같다.

그럴 거면 잠자코, 태연한 얼굴로 옆에 있는 편이 낫겠지….

이번에도 비밀인가. 슬슬 자노바가 날 싫어하게 될 것 같아.

제2화 불길한 일

집에 돌아가서 가족들에게 실론 왕국에 간다고 보고했다.

최근 출장 나갈 때에는 자세히 말하지 않는 일도 많지만, 이번에는 조금 시간이 걸릴 것 같으니까 설명해 두었다.

일단 우리 사무소에는 실론 왕국 직통의 전이마법진이 없다.

고로 사무소를 경유할 경우, 왕룡 왕국에서 마차를 구입하여 실론 왕국으로 가는 형태가 된다.

이전에 왕룡 왕국에서 실론까지 이동했을 때는 4개월이 걸렸다. 도중에 도시를 수색했던 것도 고려하면, 서둘러서 두 달 남짓이면 도착할 수 있겠지. 그렇다면 왕복으로 4개월이다. 에리스가 앞으로 석 달 뒤에 출산하는 것을 생각하면, 아무리 애써도 늦는다.

물론 페르기우스에게 부탁해서 실론 왕국까지 직통으로 가면 그리 시간은 걸리지 않는다.

자노바는 페르기우스와의 교우가 깊고, 그가 부탁하면 싫다고 하지 않겠지.

사실 그렇게 이동시간을 한 달 이내로 대폭 단축한다고 해도 실론 왕국 안에서 자노바를 설득하는 데에 얼마나 시간이 걸릴지 알 수 없다. 나 자신이 뭘 하면 좋을지 확실히 모르기 때문이다.

뭔가를 쓰러뜨리고 돌아오는 것뿐이라면 간단하겠지만, 팩스를 해치우면 안 된다는 조건이 붙었다.

의외로 시간이 걸릴 가능성도 컸다.

"그렇게 해서 언제 돌아올 수 있을지 알 수 없어."

저녁식사 자리에서 그렇게 선언했다.

노른은 없지만, 실피와 제니스를 비롯해 모두 모여 있었다.

소요 일수 이외에는 일단 다 이야기했다.

딱 하나, 인신의 덫이 기다리고 있을 가능성에 대해서는 말하지 않았다.

가능성에 불과하고, 에리스가 무리해서 따라오면 안 된다.

조금 비겁하지만, 그 덕분에 반대는 없었다.

"나는 괜찮은데."

다만 그녀들은 나란히 에리스를 보았다.

에리스는 주위의 시선을 받으며 크게 부른 배 위로 팔짱을 꼈다. 항상 취하는 포즈다.

"그래, 그럼 어쩔 수 없네."

가벼운 대답이었다. 실피가 허둥댈 정도로.

"아니, 에리스, 너무 가볍지 않아?"

"루데우스가 없어도 애 정도는 낳을 수 있어."

"하지만 힘들걸?"

"알아. 하지만 루데우스가 있어도 손을 잡는 정도밖에 못 하잖아?"

"그건 그렇지만, 그래도 있는 편이 좋지 않을까…."

실피는 그렇게 말하고 침묵했다.

록시도 그 말이 맞다는 듯이 손을 움찔거리고 있었다. 경험자의 말로는, 출산할 때 내 손의 온기가 중요한 모양이다.

"루데우스는 필요 없어."

에리스는 그렇게 말하고 입을 삐죽거렸다.

필요 없다는 말은 슬프지만, 뭐, 리랴도 아이샤도 있다.

내가 필요 없는 건 맞는 말이겠지.

"루데우스는 돌아왔을 때, 건강한 아들을 낳은 나를 칭찬해 주면 돼."

오늘의 에리스는 꽤나 드라이하고 남자답다.

분명 내가 망설이지 않을 수 있도록 그러는 거겠지. 에리스치고 배려심이 있다.

고맙긴 하지만, 조금 쓸쓸하네. 아이 정도는 혼자서 낳으라는 말을 들은 아내의 마음은 이런 느낌일까. 아니, 낳는 건 내가 아니지만.

"…그러고 보니 이미 이름도 정했다고 그랬지."

"그래, 멋진 이름이야. 기대하고 있어!"

분명 남자 이름뿐이겠지. 내가 없고 딸이 태어났을 경우에는 어쩌려는 걸까. 남자 이름을 붙이고 남자로 키우려는 걸까.

"에리스⋯ 혹시 딸이 태어나면 에리스의 어머니 이름을 따서 힐다라고 하자."

"싫어, 그렇게 늙은이 같은 이름!"

기각당했다. 그렇기는 해도 늙은이 같다니⋯ 힐다 씨가 수풀 뒤에서 울 것 같다.

"자, 자, 에리스 언니가 저렇게 말하니까 괜찮잖아. 실피 언니가 항상 말했듯이 뒤에서 오빠를 서포트하면 되는 거야."

아이샤의 말로 이야기는 마무리 되었다.

실피는 평소에도 나를 뒤에서 서포트한다고 말했던 모양이다.

역시나 으뜸 아내. 든든하다.

에리스 혼자만 남긴다면 걱정이지만, 내게는 달리 믿을 만한 아내와 여동생과 어머니가 있다.

아무런 문제없다. 맡기기로 하자.

"루데우스 혼자면 걱정되니까, 사실은 나도 따라가고 싶지만!"

반대였다. 오히려 내가 걱정을 사고 있었나.

뭐, 이번에는 분명히 좀 위험하겠지. 경우에 따라서는 인신이 준비한 덫에 뛰어드는 꼴이 되고.

어라, 그렇게 생각하니 불안해지네. 이번에 난 진짜로 살아서 돌아올 수 있을까⋯.

아니 너무 불안하게 생각해도 안 되지. 해야 할 일을 한다. 적이 나오면 전력으로 대처한다. 임기응변, 그것뿐이다.

"루디, 불안해 보이네요."

그렇게 생각하는데 록시가 말을 걸었다.

그녀는 평소처럼 라라를 품에 안고 졸린 눈을 하고 있었다.

"예, 뭐. 이번에는 전쟁이 일어날지도 모르니···."

일단 그렇게 얼버무리자, 록시는 진지한 표정으로 나를 올려다보았다.

"솔직히 이번 일은 저한테도 원인이 있다고 생각합니다."

"예? 무슨 말인가요?"

"팩스 왕자가 어렸을 때에 가르친 것은 바로 저니까요."

그러고 보면 록시는 실론 왕국에서 오랫동안 머물렀지.

"하지만 가정교사 중 한 명일 뿐이지, 모든 것을 가르친 것은 아니지요?"

"예. 하지만 그의 성격이 비뚤어진 것은 제 임기 때니까요."

록시 때문이 아니다. 록시의 훌륭한 수업을 받고 비뚤어지는 녀석은 없다.

내가 하는 말이니까 틀림없다.

그렇게 말하고 싶지만, 나도 팩스를 잘 아는 것은 아니니까···. 올스테드의 말에 따르면 팩스는 쿠데타라고 해도 왕이 될 만한 그릇이긴 한 모양이고, 록시의 교육으로 본래보다 조금 바보로 지갔을 가능성도···.

아니, 그건 아니지. 그런 가능성이 있을 리가 없어. 록시의 교육을 받으면 아무리 쓰레기 같은 놈이라도 어느 정도 훌륭해질 수 있다. 록시 탓일 리가 없다. 원인은 따로 있다.

"선생님 탓일 리가 없습니다."

"…루디, 모르는 모양인데, 당신이 저를 선생님이라고 부를 때 눈매가 좀 이상해집니다."

어? 진짠가?

아니, 그럴 리가. 나는 록시를 존경하니까 선생님이라고 부르는 건데.

눈매가 이상하다니, 그럴 리가. 분명히 지난번에 선생님과 학생 플레이를 했지만, 그건 원만한 부부생활에 약간의 양념을 치기 위한 액센트지, 흑심 때문이 아니다. 누명이다.

"짚이는 바는 있습니다만… 이제 와서 제가 가더라도 더 일이 꼬이게 될 것 같고…."

록시는 그렇게 말하면서 라라 쪽을 힐끗 보았다.

라라는 졸린 얼굴로 나를 보고 있었다. 뭔가 하고 싶은 말이라도 있는지, 나를 물끄러미 바라보았다.

록시는 다소 고민하는 눈치였다. 혹시 아이나 학교만 아니었으면 나를 따라서 실론에 가고 싶은 걸지도 모르겠다.

"아니, 진짜로 록시 탓이 아니라고 생각합니다."

일단 그렇게 말해두자.

내가 전생하지 않았을 경우, 록시가 팩스의 가정교사가 되는지는 알 수 없다.

하지만 결국 팩스는 쿠데타를 일으켜서 왕이 된다.

게다가 이번에는 인신이 뒤에서 조종하고 있을 가능성도 크다.

가령 록시의 가르침을 받으면서 본래 역사와는 다른 교육을 받았다고 해도, 그 정도로 크게 변하지도 않겠지.

그러니까 지금 이런 상황이 된 것은 록시 탓이 아니다.

"팩스는 분명 인신의 꼬드김에 넘어간 겁니다."

"하지만… 아뇨, 그렇군요. 알겠습니다."

록시는 아직 생각하는 바가 있는 모양이지만 물러났다.

자기 제자가 못된 짓을 하는 것을 알면 역시 마음에 걸리는 걸까.

슬쩍 실피를 보았다.

그녀는 내 학생이 아니지만, 마술의 기초를 가르쳐 준 것은 나다. 그 이외에도 많은 것을 가르쳐 주었다. 혹시 그런 그녀가 전이사건 후에 아리엘에게 가지 않고, 내게 배운 마술로 살인이나 강도를 저지르게 되었다면.

나는 어떻게 생각할까.

역시 내 가르침이 잘못되었다, 내게 책임이 있다, 막고 싶다, 타이르고 싶다, 그렇게 생각할까.

"으음? 루디, 왜 그래?"

"아니, 예전의 실피는 내 말을 뭐든지 들어주었구나 싶어서."

"갑자기 왜 그래? 지금도 잘 듣거든? 지난번에도 부끄럽다고 했는데도 루디가 시키는 바람에 내가….."

"애들 앞에서 그런 소리는 말자."

"응, 그래."

그녀 옆에 앉은 루시가 나와 실피의 얼굴을 번갈아 보았다.

무슨 이야기? 라는 얼굴이다. 귀엽다. 하지만 아직 이르다. 밤의 레슬링에 대해 알기에는 이르다.

이야기가 대충 정리되었으니 대화는 마치도록 하자.

"그럼 다들, 뒷일은 잘 부탁….."

"으앙! 으앙!"

그때 울음소리가 울렸다.

그쪽을 보니 평소에는 잘 안 우는 라라가 록시의 품 안에서 울고 있었다.

나를 보고 손을 뻗으며 울고 있었다.

"으앙! 으아앙!"

"라라, 왜 그러나요? 착하지….."

록시가 다급히 달랬지만 도무지 울음을 그치지 않았다. 라라가 이렇게 우는 것은 처음일지도 모르겠다. 이 무거운 분위기를 견딜 수 없었던 걸까.

나를 보며 손을 뻗고 필사적으로 울었다.

"루디….."

"그래."

나는 록시에게서 라라를 받아서 안았다.

라라는 내게 안긴 순간 울음을 딱 그쳤다. 어깨를 딱 붙잡고 매미처럼 달라붙었다. 내가 어디 가는 것을 느낀 걸까. 그게 싫어서 운 거라면 조금 감격이지만… 여태까지 이런 적은 없었지.

지금은 조금 분위기가 다르니까 뭔가 느낀 걸까.

"그럼 아빠는 잠깐 다녀올 테니까요. 착하게 있어야 해요."

뭐, 아무튼 울음을 그쳐서 다행이다.

라라의 등을 가볍게 토닥거리고 록시에게 돌려주었다.

돌려주려고 했다. 하지만 그럴 수 없었다. 라라가 떨어지지 않았다.

로브를 붙잡은 채로 달라붙었다. 장수풍뎅이인가?

"으앙! 으앙!"

떼어내려고 했지만, 라라는 큰 소리로 울면서 싫어했다.

그렇게 아빠랑 같이 있고 싶은 건가. 기쁜데.

그래, 그래, 돌아오면 아빠랑 같이 목욕할까요.

"그럼, 록시, 부탁합니다."

"예? 아, 예."

그렇긴 해도 결국은 아이의 힘. 쉽게 떼어내서 록시에게 돌려주었다.

"으아아앙! 으아아앙!"

그 순간 라라는 단말마의 비명 같은 소리를 내었다. 에리스처럼 큰 소리. 평소에는 이렇게 소리를 내지 않는다…. 뭔가 미안했다. 학대하는 기분이었다.

"그럼 내가 없는 동안…."

"흐아아아앙! 으아아아앙! 아아아아앙!"

싫어, 아빠, 기다려. 그렇게 들렸다. 정말로 켕기는 기분.

하지만 나도 가야만 한다. 친구를 돕기 위해 가야만 한다.

"으아아아아앙! 아아아! 아아아!"

흘낏 보니 라라가 잔뜩 눈물을 흘리면서 귀기 어린 표정으로 내게 손을 뻗고 있었다.

이런 라라는 처음 보았다.

다른 가족도 무슨 일이냐는 얼굴로 라라를 보았다.

"착하지…. 정말로 왜 그러나요. 지금까지 이런 적… 리랴 씨, 뭐 좀 아시나요?"

"아뇨, 저도 이런 일은…."

록시가 어떻게든 달래려고 했지만 효과가 없었다.

왠지 불안해지는데. 이거 좀 이상하지 않나?

나는 이대로 가도 되는 걸까? 라라는 성수 레오의 선택을 받은 구세주다. 뭘 어떻게 구하는지는 모르지만, 혹시 뭔가 특수한 능력을 가졌을지도 모른다.

미래 예지라든가. 혹은 앞으로 죽을 사람을 안다든가. 어… 그럼 나 죽는 거야?

"아아아아아, 으아아아아앙!"

계속 울리는 비통한 울음소리. 그건 자꾸만 내 불안을 자극했다.

"알겠어요, 라라."

하지만 이런 와중에 한 사람이 움직였다.

라라를 자기 얼굴 높이까지 들어올려서 시선을 맞추며 말했다.

"제가 같이 가서 아빠를 지킬게요."

태양 같은 그분은 그렇게 말하였다.

딱 한 마디, 그렇게 말하였다.

라라는 뚝 하고 울음을 그쳤다.

록시가 따라온다.

나는 막았다.

이번에는 진짜로 위험하다. 인신의 덫일 가능성이 크다. 싸움이 벌어지면 록시는 짐이 된다. 페르기우스의 공중성채에 마족은 들어갈 수 없다. 게다가 록시는 교사가 되는 것이 꿈이었다. 사전연락도 없이 몇 달이나 쉬면 퇴직을 면할 수 없겠지. 아이가 우는 정도로 쉽게 그만두어도 될까?

다소 강한 어조를 섞어가면서 이런저런 말로 록시의 동행을 거절했다.

하지만 록시는 안색 하나 바꾸지 않았다.

"덫이라면 라라가 우는 것도 설명이 됩니다. 왜 아까는 그런 말을 안 했나요?"

"싸움에 짐이 되더라도 다른 쪽으로 도움이 될 수 있겠죠?"

"부탁해도 들여보내 주지 않는다면 저만 다른 루트로 가겠습니다."

"분명히 교사가 되는 것은 꿈이었지만, 남편의 목숨과 바꿀 정도의 꿈은 아닙니다."

"딸을 달래는 것도 어머니의 역할이지요."

반론 하나하나가 즉답이라서, 나는 순식간에 논파당하고 말을 잃었다.

가족 중에서 내 편을 들어주는 이는 없었다.

결코 록시가 죽어도 된다고 생각하는 건 아니다. 오히려 인신의 덫일지도 모른다는 말을 듣고 '그건가!'라는 얼굴을 하였다. 왜 숨겼냐고 화를 낸 뒤에 에리스는 자기도 가겠다고 주장했고, 실피는 에리스를 달래긴 했지만 자기도 따라가야 한다고 말했다.

모두가 라라의 심상치 않은 모습에 불안이 싹텄다.

나 혼자만 보내도 되는 걸까. 정말로 괜찮은 걸까. 이번 일은 아무래도 불길하지 않나. 루디의 몸에 무슨 일이 일어나는 것 아닐까.

불안하게 생각한 그녀들의 말을 정리한 것은 록시였다.

그녀는 자기가 대표로 가겠다고 주장했다. 그 말에 실피와 에리스는 물러났다.

역시나 록시, 라고 칭찬하고 싶지만 복잡한 심정이었다.

나도 생각하는 바는 있었다. 나는 중요한 것을 소중히 아껴두는 타입이다. 록시라는 보물은 가능하면 안전한 보물상자 안에 담아두고 싶다.

하지만 록시에게도 고집스러운 면이 있다. 혹시 여기서 억지로 동행을 거절해도 본인의 말처럼 다른 루트로 실론 왕국으로 향하겠지.

그럴 거면 그냥 함께 가는 편이 낫다. 근처에 있는 편이 나도 지키기 쉽다.

뭐, 하지만 나도 이번에는 불안했다.

인신의 덫이 기다리고 있고, 올스테드의 도움은 없다. 어떻게 하면 자노바를 데리고 돌아올 수 있을지도 떠오르지 않았다. 앞날은 어둡고 불안은 많았다.

그런 가운데 록시가 함께 있어 준다. 내가 이 세계에서 누구보다도 존경하는 이가.

이렇게 든든한 일도 없다.

다음날부터 실론행 준비가 시작되었다.

여행 필수품에 대해서는 생략하지.

일단 자노비의 장비가 문제였다. 나도 물론이지만, 자노바도 죽으면 안 된다. 그러니까 사무소의 무기창고에서 자노바용 장비를 몇 개 픽업해 두었다.

일단 나는 착용하지 않을 듯한 무거운 전신갑옷. '불 속성을 무효화한다'는 효과가 있는 마력부여품이다. 불에 약한 자노바에게 안성맞춤인 아이템이다.

그렇게 말하면 자노바가 특별히 불에 약한 것처럼 들리지만, 인간은 애초에 불에 약하다.

그리고 무기.

올스테드의 말에 따르면 괴력의 신의 아이인 자노바의 힘을 견뎌낼 수 있는 무기는 없다. 어떤 명검이라도 자노바의 손에 들어가면 나뭇가지와 같아서, 몇 번만 쓰면 부러진다.

그러니까 나는 자노바용으로 곤봉을 하나 만들어 주기로 했다.

내 마력으로 단단하게 만든 돌 곤봉이다.

디자인은 야구 배트를 그대로 굵직하게 만든 느낌이다. 그 생김새와는 비교도 안 되게 무거워서, 어른 혼자서는 들지도 못할 정도다. 하지만 자노바는 그걸 손쉽게 들고서 나뭇가지처럼 다루었다. 이걸로 한 대 후려갈기면 대부분의 상대는 죽는다. 그야말로 호랑이에게 날개를 단 격이다.

자노바는 그 괴력에 비해 허약하달까, 다리가 느리기 때문에 그걸 위한 보조 장비도 준비했다.

그것이 마력부여품 '난획의 투망'이다. 어떤 원리인지는 모르겠지만, 이 그물은 투척한 순간부터 의사를 가진 것처럼 상대를 자동으로 쫓아가서 얽힌다. 자노바의 괴력이면 상대는 순식간에 땅에 쓰러져서 자노바의 주먹이 닿는 범위까지 끌려오게 되겠지.

자노바는 일단 이 세 가지 장비로 싸우게 한다. 전신갑옷의 생김새가 마음에 안 든다는 것 외에는 자노바도 만족하였다.

록시용 장비도 몇 개 준비했다.

당연하지만 그녀도 죽으면 안 된다.

방어구는 확실히 준비하는 편이 좋겠지. 그렇긴 해도 록시는 힘이 없기 때문에 자노바처럼 튼튼한 갑옷을 입을 수도 없다. 전투 경험이 풍부한 그녀에게 익숙하지 않은 장비를 입히는 것은 오히려 위험하다. 일단 발동하면 물리 공격에 대한 결계 같은 것을 펴는 반지와 치명상을 입으면 딱 한 번에 한해서 대신 깨지는 목걸이를 주었다.

지팡이와 로브는 쓰던 것을 계속 쓴다.

불안하지만, 내가 열심히 지키면 된다.

어떤 덫이 기다리고 있을지 모르지만, 그만한 수행은 해 왔다.

자노바는 자퇴, 록시는 휴직했다.

록시가 잘리는 것은 좋지 않다면서 일단 자노바에게 문서를 한 장 써달라고 한 후, 실론의 궁정마술사로 데리고 돌아간다는 식으로 얘기했다.

학교에서는 항의했다.

교장과 자노바, 록시는 테이블을 보고 마주앉아서 설전을 벌였다. 그만큼 록시는 학교에서 찾기 어려운 존재였던 모양이다. 당연하다. 내가 교장이라도 그랬겠지.

"록시 님은 애초부터 실론의 궁정마술사. 지난번에는 다소 트러블이 있어서 궁정마술사를 그만두었지만, 실력은 충분하니 다시 한번 실론 왕국의 궁정마술사로 맞아들이고 싶습니다."

거만하게 말하는 자노바와 달리 록시는 "궁정마술사는 되고 싶지 않습니다만."이라며 완곡하게 항의. 교장은 록시의 말에 힘을 얻어서 "록시의 신병은 우리 마법대학에 있다."라고 주장. 약 한 시간 정도의 회담 끝에 자노바는 꺾였다. 일단 이번 일은 록시도 관계가 있으니까 데리고 돌아가지만, 일이 끝나는 대로 대학에 돌아온다…는 얘기가 되었다.

처음에 억지스러운 주장을 내놓은 뒤에 타협한다.

흔히 있는 교섭 방법이지.

이러면 돌아온 뒤로도 계속 교사 일을 할 수 있을 것이다.

그리고 내 장비도 확보했다.

내 장비라고 해도 기본적으로는 변한 게 없다. 마도갑옷 '1식', '2식 개량형'에 개틀링포뿐이다.

최근에는 내 단짝인 '아쿠아 하티아'도 안 쓴 지 오래되었다.

에리스에게 미안하지만, 그녀도 "더 좋은 게 있으면 그쪽을 쓰면 되잖아."라고 말했다. 추억을 더 소중히 하고 싶다. 우리의 열 살 때의 추억인데… 과거를 돌아보지 않는 걸까. 나는 아직 당시 그녀의 가슴의 감촉을 기억하는데….

일단 아쿠아 하티아는 소중히 내 방에 장식해 두었다.

실피에게 넘겨주는 편이 좋을까.

에리스와 달리 실피는 내가 선물한 지팡이를 계속 쓰고 있다. 아쿠아 하티아도 선물하면 기쁘게 써 주지 않을까. 아니, 하지만 여자에게 받은 선물을 다른 여자에게 주는 건 문제 아닌가. 실피가 쓰는 것은 사실 록시에게 받은 거지만.

아무튼 나는 평소처럼 소형 마도갑옷 '2식 개량형'으로 싸우다가, 강적이 나타났을 때에만 대형 마도갑옷 '1식'을 꺼내는 형태가 된다.

괜찮아, 설령 강적이 나오더라도 이때를 위해 훈련해 왔어. 충분히 해낼 수 있어.

대형 마도갑옷 '1식'은 '2식 개량형'과 달리 항상 입고 있을 수 없으니, 분해해서 가지고 갔다가 현지에서 다시 조립하기로 했다. 인신은 '마도갑옷'이 있는 것을 알고 있으니, 반격을 받지 않도록 숨겨두는 게 바람직하겠지.

장비는 다 갖추어졌다.

다음은 이동수단이다.

그런고로 나는 자노바와 함께 페르기우스에게 부탁하러 갔다.

공중성채에 도착하니, 어째서인지 호화스러운 방으로 안내를 받았다. 한 번도 들어간 적 없는 방이었다.

취미를 위한 방일까. 벽에는 그림들이 걸려 있고, 장식장에는 손바닥 사이즈의 조각상들도 놓여 있었다.

여기에 장식된 것들은 공중성채의 다른 전시품과 비교해서 독특한 매력이 있었다.

복도에 걸린 작품은 '비싸 보인다' 쪽인데, 여기에 있는 작품은 '잘 만들어졌다' 혹은 '좋은 취향이다' 쪽이다. 완성도와 가치는 비례하지 않겠지.

"여기 좋네."

"어라, 스승님은 처음이십니까?"

무심코 중얼거렸더니, 자노바가 의외라는 듯이 말했다.

"그래, 평소에는 객실이나 정원에 있어서…."

"여기는 페르기우스 님이 인정한 분밖에 들이지 않는 장소입니다."

입구에 선 실바릴이 따끔하게 말했다.

마치 너는 인정받지 못했다, 라고 말하는 듯한 어조다. 최근에 드는 생각인데, 이 사람은 나를 별로 안 좋아하는 건가 싶다. 정확하게는 내 배후에 있는 올스테드를.

"실바릴 님. 마치 스승님이 저보다 아래라는 듯한 말은 삼가 주실 수 없겠습니까?"

자노바는 그 말에 돌아보지도 않으며 불평을 하였다. 아무리 그래도 상대를 보면서 해라.

　"하지만 페르기우스 님이 인정하셔서 이 방에 안내를 명한 것은 자노바 님뿐입니다. 오늘은 어째서인지 두 분 다 데려오라고 하셨습니다만….."

　실바릴의 냉정한 말에 자노바는 유령 같은 기색으로 돌아보았다.

　"분명히 스승님은 페르기우스 님과 만날 때에는 인형 제작을 거의 그만두셨으니까 그렇게 여겨지는 것도 무리는 아니지요. 하지만 스승님의 작품은 제가 가진 지식과 비교도 되지 않을 만큼 깊고 훌륭합니다."

　"하지만 페르기우스 님은….."

　"루데우스 그레이랫은 제 스승입니다. 확실히 저나 페르기우스 님보다 지식이 부족할지 모릅니다. 하지만 스승님의 말씀이 없었으면, 페르기우스 님이 인정하는 자노바 실론이 없었겠지요."

　"……."

　실바릴은 침묵했다. 별로 재미없다는 얼굴이려니 싶었다. 가면 때문에 표정을 알 수 없지만.

　나도 지노바가 추켜 세워주는 데에는 익숙하지만, 지금 말은 좀 찡했다. 하지만 나는 이세계의 피겨 지식을 조금 가졌을 뿐이니까 그렇게 대단하지 않다고 겸손을 부리고 싶군.

"알겠습니다. 죄송합니다, 자노바 님."

"괜찮습니다, 실바릴 님."

실바릴이 고개를 숙이고, 자노바는 흔쾌히 받아들였다.

나는 무슨 태도든 별로 상관없지만.

"자노바여, 잘 왔다."

그때 안쪽 문이 열리고 페르기우스가 나타났다.

그는 이 자리의 분위기를 느꼈는지 실바릴과 자노바를 교대로 보았다.

"…왜 그러지? 실바릴이 무슨 잘못이라도 하였나?"

"아뇨, 스승님이 이 방에 처음 오신다고 해서 그 점에 대해 이야기했을 뿐입니다."

자노바는 웃으며 말했다.

주인에게 고자질 하지 않는 점을 보면 이 녀석도 괜찮은 남자다.

"루데우스인가…. 확실히 지금까지 기회가 없었군. 내가 자랑하는 이 방은 어떤가?"

"훌륭하군요. 어느 작품도 복도에 있는 것들과 비교해서 작풍에 '기품'과 '느낌'이 있는 듯합니다."

"호오."

구체적으로 어떤 점이 좋은지는 모르기에 모호한 말로 흘렸는데, 페르기우스는 기분 좋은 눈치였다.

"바깥의 것들이 일반적인 의미로의 고급품이라면, 여기에 있는 것은 페르기우스 님 취향의 최고급품이라고 보입니다만, 옳게 보았습니까?"

"정확하다."

페르기우스는 기쁜 듯이 표정을 풀더니 의자에 앉았다.

제대로 본 모양이다. 내 눈썰미도 나쁘진 않군. 실바릴도 놀란 얼굴…인 것 같다. 가면 때문에 표정을 알 수 없지만.

아무튼 나와 자노바는 페르기우스의 권유에 따라 자리에 앉았다.

삼자대면이라는 형태다.

"자, 오늘은 무슨 일이지? 또 무슨 재미있는 인형이라도 발견했나?"

페르기우스는 기분 좋게 물었다. 맞은편에 앉은 자노바는 기쁜 듯이 웃으며 말했다.

"아뇨, 페르기우스 님. 이번에 고향으로 돌아가게 되어서 작별 인사를 하러 찾아뵈었습니다."

"흠…."

페르기우스는 의아한 눈치로 눈썹을 실룩이며 자노바의 얼굴을 뚫어져라 바라보았다.

그리고 차츰 언짢은 표정으로 변하였다.

자노바는 그러는 중에도 실론 왕국에게 소집을 받은 경위에 대해 줄줄줄 설명하였다.

페르기우스는 맞장구도 치지 않고 가만히 자노바의 얼굴만 바라보았다.

"그렇게 해서 고향으로 돌아가게 되었습니다."

"……"

자노바의 설명이 끝나자, 페르기우스는 잠시 침묵하였다.

무슨 생각을 하는 듯한 침묵 끝에 페르기우스는 말했다.

"…자노바. 너, 죽을 생각이로군?"

자노바는 놀란 얼굴로 페르기우스를 바라보았다.

"어떻게 그렇게 딱 잘라 말씀하십니까?"

"얼굴을 보면 안다. 나는 지금 너 같은 얼굴을 한 남자를 몇 명이나 보았으니까."

페르기우스는 언짢은 기색으로 말했다.

얼굴을 보고 판단하는 건 아니지 않나 싶지만, 페르기우스가 막아 준다면 나도 거들고 싶다. 자노바가 실론 왕국으로 가지 않는 게 제일이니까. 그러면 나도 인신의 덫에 뛰어들지 않아도 된다.

"정말로 그렇다면 어쩌시겠습니까?"

자노바는 포커페이스를 지켰고, 페르기우스는 씨익 웃었다.

"누군가와 싸울 거라면, 힘이 필요하다면 빌려주지. 너와 예술에 대해 이야기 나누는 시간은 내게 귀중하다. 혹시 거슬리는 자가 있다면 내가 없애 줄 수도 있다. 이를테면 그래… 가짜 왕이라든가."

"필요 없습니다."

"흥, 그렇겠지."

페르기우스는 시선을 움직여서 나를 보았다.

나도 무슨 말을 해야 할까. 그런 눈짓일까.

그렇게 생각했지만 페르기우스는 나를 무시하고 자노바와의 대화를 이어나갔다.

"자노바… 네가 죽는 것을 이 남자가 허락했나?"

"아뇨, 다만 따라오겠다고."

"호오, 너는 그걸 거절하지 않았나."

"스승님이 마음만 먹는다면 저를 실론 왕국으로 보내지 않을 수도 있을 테니까요."

내가 간다고 말했을 때, 자노바는 완강히 반대하지 않았다.

반대해 봤자 헛수고라고 생각했던 모양이다. 뭐, 분명히 그렇겠지만.

"루데우스는 분명 자기 목숨을 걸고서라도 너를 지키겠지."

"하하핫, 무슨 말씀이십니까, 페르기우스 님."

자노바는 쾌활하게 웃었다. 가짜 웃음이지만.

"스승님에게는 자식도 태어났고, 해야 할 일이 많으신 분. 위험할 때에는 자기 몸을 우선하시겠지요."

"너는 눈앞에서 궁지에 빠진 동료를 감싸지도 않는 남자의 제자인가?"

"설마요! 하지만 스승님은 대단하신 분이니까요. 저를 감싸면서 본인도 살아남으실 게 틀림없습니다!"

나는 그런 초인이 아냐.

뭐, 자노바가 진짜로 나를 초인이라고 생각하는지는 둘째 치고, 죽음을 언급한 페르기우스의 말을 가볍게 흘려 넘겼군. 이 녀석은 실론 왕국에 가지 않는다는 선택지를 전혀 생각하지 않는 거다.

페르기우스도 그걸 아는 모양이다.

갑자기 흥미를 잃은 것처럼 손으로 턱을 짚고, 지루한 눈치로 한숨을 쉬었다.

"그래서 그냥 인사나 하러 온 건 아니겠지. 무슨 부탁이 있는 것 아닌가?"

자노바는 고개를 끄덕이고 대답했다.

"실론 왕국으로 가는 전이마법진과 마도갑옷을 들여올 허가… 그리고 사모님인 마족 록시 미굴디아가 이 성을 통행할 허가를 부탁드립니다."

"전이마법진은 준비해 주지. 마도갑옷의 반입도 허가한다…. 하지만 마족을 이 성에 들이는 것은 허락할 수 없다."

페르기우스는 얼굴을 찌푸리면서 말했다. 아르만피는 이전에 록시를 문전박대하였다.

페르기우스는 이 성에 마족을 들이기 싫어한다.

"자노바 실론의 평생의 소원이라고 해도 말입니까?"

"자노바 실론. 그렇게 말하는 네가 나에게 어느 정도의 존재라고 생각하지?"

"같은 눈높이에서 예술을 논할 수 있는, 얻기 어려운 친구라고."

"이 갑룡왕 페르기우스 도라와 너 같은 소국의 왕자가 친구라고?"

"주제 모르는 소리겠지만. 물건을 보는 눈에는 신분의 차이도 종족의 차이도 관계없습니다."

페르기우스가 자노바를 노려보았다. 자노바는 겁먹은 기색도 없이 페르기우스를 마주 바라보았다.

실바릴의 강한 시선 또한 자노바를 향하였다.

내 시선만이 이리저리 움직였다.

긴박한 분위기. 나 같으면 사과하고 둘러댔을 것 같다.

"하핫."

페르기우스는 고개를 들고 웃음을 흘렸다.

"좋다, 마족의 통행을 허가하지."

"그 마음, 감사드립니다."

"다만 조건을 붙이도록 하지."

그 뒤에 페르기우스는 몇 가지 조건을 제시했다. 록시가 성 안에서 입을 여는 것을 금지, 성 안에 있는 것을 만지는 것을 금지, 자신과 만나는 것을 금지 등의 내용이었다.

기본적으로 지나가기만 하는 거라면 문제없는 밈주였기에 승낙하였다.

"그럼 실바릴, 마법진을 준비해라."

"예!"

페르기우스는 실바릴에게 지시를 내린 뒤에, 마지막으로 자노바를 재미없다는 눈으로 바라보았다.

차가운 눈이지만, 그 시선에는 뭔가 체념 같은 것이 어려 있는 것 같았다.

"자노바 실론."

"예."

"아쉽군."

페르기우스와 자노바는 동시에 일어섰다.

발길을 돌리는 페르기우스에게 자노바는 말없이 인사했다.

페르기우스의 뒷모습이 왠지 쓸쓸하게 보이는 것은 기분 탓이 아니겠지.

마도갑옷은 조각조각 분해한 뒤에 마법진을 통해 실론 왕국 안으로 옮겼다.

그 다음에 진저의 지인인 나무꾼 길드 사람들을 통해 석재로 위장, 수도 인근의 창고까지 운반시키는 수순이다.

나는 거기에 따라가지 않는다.

하지만 진저를 선행시켜서 실론 왕국의 분위기를 살피게 했다.

혹시 북쪽 나라에게 침공을 받는다는 게 거짓이면, 자노바를 설득할 구실이 된다.

그렇게 생각했지만, 아무래도 북쪽의 비스타 왕국이 침공할 눈치를 보이는 것은 사실인 듯했다.

온 나라가 전쟁 분위기에, 용병이나 거친 이들이 득시글댄다고 했다.

"팩스 왕은 왕룡 왕국에서 열 명 정도 실력 있는 기사를 빌려와, 그 힘으로 반대자들을 몰살했다고 합니다."

왕룡 왕국의 실력 있는 기사 열 명인가. 쿠데타는 팩스를 포함한 열한 명만으로 한 것이 아니겠지만, 그래도 그 열 명의 조력으로 쿠데타가 성공한 것은 틀림없다.

그렇다면 그것이 인신의 덫일 가능성도 있다.

"진저 씨, 그 열 명의 기사, 이름 같은 건 알았습니까?"

"아뇨, 아쉽게도 거기까지는⋯. 다만 최근 팩스 왕의 곁에 해골 같은 얼굴의 남자가 항상 붙어 있다는 소문이 있었습니다. 그게 칠대열강의 '사신'이라는 소문도."

"그렇습니까."

우엑, 칠대열강인가⋯. 뭐, 왕룡 왕국도 팩스 따위를 위해 칠대열강을 빌려줄 일은 없을 테니까 다른 사람이겠지만, 일단 그 사실은 올스테드에게 전해두자.

해골 같은 얼굴을 한 남자라.

"흠, 북쪽의 침공이 있다면 서두를 필요가 있습니다."

그 말을 듣고 자노바는 얼른 가고 싶어서 안달이 난 기색이었다.

당장이라도 출발하자는 말이 나왔다. 어조는 평소와 같지만, 조급함도 느껴졌다.

막을 구실도 없기 때문에 며칠 뒤에 출발하게 되었다.

멤버는 나와 자노바와 진저와 록시.

줄리는 우리 집에 맡겨두었다.

제3화 다시 실론으로

출발 전날, 그 녀석은 찾아왔다.

내가 실피와 실컷 사랑을 나누고, 자기 전에 화장실을 가려고 복도에 나왔을 때였다.

갑자기 레오가 멍멍 짖기 시작했다. 한 발 늦게 살기를 띤 에리스가 방에서 뛰쳐나왔다. 무슨 일이지?

"적습이야!"

"뭐?!"

이 저택을 공격해 오는 녀석이 있었나.

그렇게 생각하고 방으로 돌아가서 지팡이와 칸델라를 손에 들고 창밖을 살펴보았다.

어둠 속, 눈에 익은 인물이 문 앞에 서 있었다.

"에리스, 저건 적이 아냐."

"…그랬지."

에리스도 창문으로 녀석을 보고 뿔난 얼굴로 말했다.

나는 지팡이를 내려놓고 복도로 나갔다. 무슨 일인가 싶어서 나온 가족들을 방으로 돌려보내고 현관으로 향했다.

현관문을 열자 올스테드가 있었다.

그는 문기둥에 얽힌 비트의 공격을 받고 있었다. 촉수 플레이다.

"밤늦게 미안하군."

"아뇨…. 비트, 그만해."

"서둘러 전해야만 하는 일이 생겼다. 잠깐 시간 좀 내주겠나."

"알겠습니다."

올스테드는 몸에 얽힌 비트를 거칠게 뜯어내더니 어두운 밤길 속으로 사라졌다.

나는 비트에게 치유 마술을 걸고, 현관 앞에 버티고 선 에리스에게 한 마디 해준 뒤에 그를 따라갔다.

이야기를 한다고 해도 이 동네에는 24시간 운영하는 패밀리 레스토랑이 없다.

인근의 공터로 나갔다.

달 없는 밤. 내가 집에서 가져온 칸델라 불빛이 아무것도 없는 공터를 비추었다.

왠지 올스테드와 둘이서 이야기할 때는 어두운 경우가 많은 것 같군.

어두운 장소에서 올스테드와 이야기를 하면 못된 짓을 꾸미는 느낌이 든다.

사무소의 조명을 늘릴까….

"그래서 무슨 일입니까?"

"이번에 인신이 준비했을 말에 대한 것이다."

올스테드에게는 진저가 얻은 정보를 넘겨두었다.

내가 사무소에 갔을 때 올스테드는 없었기에 메모를 남겼다.

"진저 요크의 정보를 토대로 내 예상과 그 대책을 가르쳐 주지."

예상인가. 더 시간을 들여서 정보를 수집할 수 있으면 좋았겠지만… 지금이라도 자노바를 붙잡아두고 정보 수집에 힘을 쓸까.

아니, 그러다가 여차할 때에 자노바에게 신용을 잃으면 곤란하다. 어렵군.

"일단 열 명의 기사 말인데, 그중 아홉 명은 아마 대단할 게 없을 거다."

"예."

"나머지 한 명, 해골 같은 얼굴의 남자라면 기억이 난다."

항상 팩스의 옆에 있다는 그 남자 말인가.

"왕룡 왕국의 기사 중에 해골 같은 얼굴을 하고 실력 있는 건 한 명밖에 없다."

"누구입니까?"

올스테드는 날카로운 눈빛으로 노려보듯이 나를 보고 말했다.

"칠대열강 제5위 '사신' 란돌프 마리언."

칠대열강, 제5위 '사신'.

그 단어가 내 머릿속에서 메아리 쳤다. 소문은 사실이었나….

"왕룡 왕국의 비장의 카드다."

"…그런 사람이 왜 다른 나라의 쿠데타에 참가하는 겁니까?"

"모르겠지만, 인신이 조종하는 거라고 생각하는 편이 자연스럽겠지."

뭐, 일반적으로 생각하면 그런가. 괜한 질문을 했군.

"왕룡 왕국이 '사신'을 자유롭게 풀어줄 것 같지는 않군. 다른 사람일까 싶었지만…. 달리 나나 너를 죽일 만한 카드로는 짐작이 가지 않는다. 일단 '사신'이 있다고 가정하고, 녀석에 대해 가르쳐 줄까 한다."

혹시나 해골 같다는 남자는 '사신'이 아닐지도 모른다.

하지만 나올 가능성이 있는 이들 중에서 가장 위험한 상대다. 준비해둬서 손해 볼 일은 없다.

"'사신' 란돌프 말인데, 녀석은 정해진 유파가 없다. 독자적인 기술이지."

"그렇습니까."

"그래. 고로 정석이 없다. 쓸 수 있는 수를 다 써서 승리해라."

그렇다면 루이젤드 같은 느낌일까.

그런 상대와 싸우는 건 어려운데.

"하지만 특기 기술이라면 있다. '환혹검'이다."

환혹검. 그 말에서 상상은 간다. 원월살법 같은 느낌일지도 모르겠다.

"'환혹검'은 '유검'과 '미검' 두 종류가 있다."

"각각 어떤 기술입니까?"

"'유검'은 상대에게 공격할 기회라고 믿게 만들고 카운터를 치는 기술. '미검'은 상대에게 공격할 때가 아니라고 믿게 만들 어서 궁지를 벗어나는 기술이다."

응? 잘 이해가 안 되는데.

"녀석은 싸우면서 상대의 생각을 유도한다. 공격해야 할 때 라고 생각되면 공격하지 말고, 막아야 할 때라고 생각되면 막 지 마라. 이때다 싶은 타이밍은 틀림없이 빗나간다. 각오해라."

"그 말에 의하면, 이쪽은 아무것도 할 수 없을 것 같습니다 만."

"막아야 할 때라고 생각되면 공격해라, 공격해야 할 때라고 생각되면 막아라. 하지만 반드시 막아야 할 때에는 막고, 공격 해야 할 때는 공격해라…."

선문답 같군. 복잡해졌어.

"녀석의 연기에 속지 말고 녀석을 제압해라."

그런 말까지 할 거면 올스테드가 쓰러뜨려 주면 좋을 텐데…

라는 생각이 순간 스쳤지만 곧바로 떨쳐냈다. 올스테드는 왕룡 왕국에 간다.

"내가 해치울 수 있을까요…."

"녀석은 칠대열강 5위이며 당연히 기량도 마스터 클래스, 마술에 대항하는 기술도 많이 가지고 있다. 난적이다. 하지만 오랫동안 싸움과 거리를 두었던 남자다. 현재는 삼대유파의 수장에게 아득히 못 미친다. '환혹검'의 의도를 알고 그 속임수를 이해하여 유도에 넘어가지 않으면, 너라도 충분히 상대할 수 있다."

정말일까.

솔직히 신급의 상대에게 이길 수 있다는 느낌이 전혀 없는데.

하지만 북제 오베르와는 그럭저럭 싸웠다. 그럼 할 수 있을까.

"들어보니 북신류 같은 방식으로 싸우는군요, 그 사신."

"원래는 북신 후보라는 소리를 들었던 남자니까."

아, 그런가. 북신 후보였다면 북신은 아니다, 북신이 되지 못했다.

그런데 지금은 북신보다도 더 위로 꼽히나. 분명히 북신이 7위고 사신이 5위지.

"그런 남자가 왜 '사신'이…."

그렇게 묻자 올스테드는 사신에 대해 자세히 가르쳐 주었다.

란돌프 마리언.

북신 2세의 손자.

출생 후 얼마 동안은 현재의 북신 3세와 함께 2세 밑에서 수행에 임했다. 하지만 성인이 될 무렵에는 2세와 사이가 틀어졌다. 북신 2세의 밑을 뛰쳐나가서 독자적으로 기술을 닦았다. 그 결과 마대륙에서 칠대열강 중 한 명을 쓰러뜨리기에 이르렀다. 란돌프는 쓰러뜨린 열강의 칭호를 이어받아서 '사신'이라고 칭하게 되었다.

하지만 그날부터 칠대열강의 자리를 빼앗으려는 자가 계속해서 나타나게 되었다.

계속되는 싸움.

싸움에서밖에 가치를 찾아내지 못하는 이들과의 끝없는 싸움.

그런 싸움을 10년이나 계속한 어느 날, 란돌프는 싸움에 염증을 냈다는 모양이다.

그는 결심하였다.

자기가 태어난 고향인 왕룡 왕국으로 돌아와서, 요리를 배워 요리사가 되었다.

그리고 친척이 경영하던, 망해가는 음식점을 이었다. 새로운 사신 전설의 시작이었다.

하지만 그 전설은 곧 막을 내렸다.

음식점은 경영난으로 폐점. 무인으로서는 천재여도, 요리사로서의 재능은 없었던 것이다.

빚에 시달려서 길바닥을 헤매던 그를 왕룡 왕국의 장군이 거두어서 왕룡 왕국의 기사로 만들었다.

지금 몇 살인지는 모르지만, 그것이 사신 란돌프의 반생이라는 모양이다.

꽤 재미있는 인생이다.

"싸우는 방식만 그르치지 않으면 네가 싸우기 어려운 상대는 아니다. 하지만 혹시 '사신' 란돌프가 나온다면 접근전은 피해라. 거리를 벌리고 싸워라. 나와 싸웠을 때와 마찬가지로 마도갑옷을 입고서."

"알겠습니다."

사신 란돌프. 새로운 적의 이름을 가슴에 새기고 나는 올스테드에게 고개를 숙였다.

"그럼… 살아서 돌아와라."

"예. 감사합니다."

싸울지도 모르는 강적의 정보는 얻었다.

출발은 내일. 마음을 다잡고 가자.

출발 당일.

나는 현관에서 가족의 배웅을 받았다.

라라를 안은 실피, 에리스, 아이샤, 노른, 리랴, 제니스, 루시, 레오, 그리고 줄리.

"그럼 루디, 조심해. 루디라면 괜찮겠지만, 방심하지 말고 무사히 돌아와….”

“실피도. 다른 이들을 부탁할게.”

“응. 맡겨줘.”

실피와 포옹. 내친김에 엉덩이도 만졌다. 이 작고 귀여운 엉덩이와도 한동안 이별인가. 아쉽군.

“에리스, 아이가 태어날 때까지 심한 운동은 삼가도록.”

“알았어.”

“또 태어난 아이가 딸이면 여자 이름을 붙여줘.”

에리스에게는 거듭 주의를 주었다. 그녀의 경우 딸이 태어나도 아들이라고 주장할 가능성이 있다.

딸인데도 불구하고 아들로 키울 수도 있다.

이야기 속에서는 있는 사례지만, 솔직히 불쌍할 것 같으니까 우리 집에서는 안 그러고 싶다.

“그럼 오빠, 힘내. 돌아오면 용병단이 더 커져 있을 거야.”

“응, 너무 위험한 짓은 하지 말고.”

“그래, 그래.”

아이샤에게도 못을 박아두자. 용병단이 궤도에 오른 것은 좋지만, 난폭한 자들의 집단이란 사실을 잊어서는 안 된다. 조금이라도 잘못 움직였다간 그냥 불한당들의 집단이 된다.

최대한 깨끗한 집단을 목표로 해야겠지.

“오빠, 자노바 전하께는 학교에서 신세를 많이 졌습니다. 가능하면 불행한 결말로 끝나지 않도록 잘 부탁할게요.”

"그래, 맡겨줘."

"그리고 오빠도 조심하세요."

"노른도 학생회 일 열심히 해."

출발일에 일부러 와 준 노른은 조금 힘들어 보였다.

학생회장이 되어서 앞으로가 힘든 시기겠지.

"그럼 주인님, 무운을."

"예, 이번에도 무사히 돌아오겠습니다."

리랴에게 격려를 받았다. 그녀도 확실히 나이를 먹은 느낌이로군.

아직 젊다고 생각하지만 말로는 하지 않고 고개를 숙였다.

"……."

제니스는 내 머리를 쓰다듬어 주었다. 제니스가 이런 상태가 된 이상, 리랴도 다른 일을 할 수 없나.

리랴의 인생을 우리 집이 빼앗아 버렸다는 기분도 들었다.

뭐, 그것도 리랴가 선택한 길이지만.

"자, 루시. 아빠한테 다녀오세요. 해야지."

"……다녀오세요."

"디녀올게요, 루시."

루시는 실피의 발치에서 머뭇거리고 있었다.

뭔가 하고 싶은 말이 있는 건가 싶었는데, 결심한 것처럼 앞으로 나오더니 나를 올려다보았다.

"…아빠, 안아줘."

"그래! 그래, 그래, 착하게 있어야 한다!"

"……응."

어쩐 일로 그렇게 나왔기에 루시를 안아서 뺨을 비볐다. 면도를 잘 한 덕분에 이번에는 싫어하지 않았다. 그렇게 한참 있은 뒤에 내려주었다.

그리고 가족들의 가장자리에 있는 줄리에게 말했다.

"줄리."

"예, 그랜드마스터."

"너는 내 제자야. 너는 노예로 있어도 좋다고 생각하는 모양이지만, 음, 그래, 자노바의 밑에 있을 때와 비슷한 느낌이라고 생각하고 편하게 지내."

"예. 여러분에게 폐가 되지 않도록 지내겠습니다."

줄리에게는 그런 배려의 말을 해두었다.

솔직히 줄리가 지금 자기 입장을 어떻게 생각하는지는 모르겠다. 지난번 일로 보면 그렇게 싫어하지 않는 것 같지만….

"…마스터를 잘 부탁드립니다."

"물론이야. 맡겨줘."

아무튼 그녀에게 자노바의 존재는 아주 크고, 지금 생활은 아주 소중한 모양이다.

물론 나에게도 자노바는 중요하다.

"레오, 평소처럼 잘 부탁해. 라라만이 아니라 다른 가족도 잘 지켜줘."

"워웅!"

마지막으로 개에게 집을 잘 지키라고 부탁하고,

"그럼 다녀오겠습니다."

"다녀오겠습니다."

짐을 짊어지고 출발했다.

나와 마찬가지로 가족에게 출발 인사를 한 록시와 함께.

그 뒤에 자노바 일행과 도시 입구에서 합류했다.

이미 대부분의 짐은 지난번에 실론 왕국으로 보내놨으니까, 두 사람 다 가벼운 차림이었다.

꾸린 짐은 옷가지 정도. 참고로 록시의 짐은 내가 들었다.

이 짐 안에는 신으로 모실 만한 옷가지가 일곱 벌 정도 들어 있다. 정중하게 옮겨야만 한다.

또 크리프와 엘리나리제도 도시 입구까지 배웅을 나왔다.

"미안하다, 루데우스…. 사실은 나도 가고 싶었는데…."

크리프도 따라오고 싶은 마음이었지만, 그에게도 가정이 있다. 입장도 있다. 나처럼 학교를 자퇴할 기세로 세상을 돌아다닐 수도 없겠지.

"크리프 선배…. 혹시 내 가족에게 무슨 일이 생기면 부탁드립니다."

"그래. 루데우스는 자노바를 잘 돌봐줘."

"맡겨주세요."

그렇게 말한 뒤에 크리프는 자노바를 보았다.

"자노바. 네 애국심은 높게 평가할 만하다."

"딱히 애국심인 것은 아닙니다만."

"하지만 말이야, 자노바. 잘 들어라. 옛날에 미리스 님은 이렇게 말씀하셨다."

그 뒤로 크리프는 자노바에게 미리스식의 설교를 줄줄이 시작했다.

설교라기보다는 설법이란 느낌일까. 나도 곧잘 당했다. 이번에는 생명을 소중히 하라는 내용의 설법이다. 자노바는 쓴웃음을 지으면서 그것을 들었다. 마이동풍이로군.

그걸 흘려들으면서 흘깃 보자, 엘리나리제와 록시가 대화하고 있었다.

"록시, 루데우스를 부탁할게요. 저 아이는 여차할 때에 꽤나 둔하니까…."

"잘 알고 있습니다."

내 걱정인가.

뭐, 이제부터 몇일지도 모르는 장소에 뛰어드는 거니까 걱정도 할 만한가.

"또 침울해지면 저번처럼 덮쳐서 다 잊게 해 주세요."

"아니, 그건…. 애초에 루디가 같은 실수를 반복할 것 같지 않고…."

"아, 그렇지. 여행 도중에 둘째를 갖는 것도 좋겠네요. 지금
젖도 나올 때지요? 평소와 다른 몸으로 평소와 다른 플레이…
불타오르네요?"

"루디는 흥분하겠지만, 저는 싫습니다."

록시의 말에 나를 향한 신뢰를 느끼지만… 미안해, 나는 비
슷한 실수를 반복하는 타입이야.

하지만 혹시나, 만에 하나 자노바가 죽으면 자포자기하지 않
도록 마음을 바짝 잡자.

그리고 엘리나리제는 록시의 긴장을 풀어주는 거겠지.

그래, 틀림없어. 하지만 엘리나리제는 아이가 태어나도 평소
랑 같군. 입만 열면 음담패설. 아이 교육에 좋지 않을 텐데.

"그럼 다녀오겠습니다."

"그래, 꼭 돌아와라."

아무튼 배웅을 받으며 출발했다.

반나절 걸려서 오래 된 성채까지 이동, 공중성채로 이동했다.

록시도 공중성채에 들어올 수 있었다.

아르마피는 록시에게 전이용 아이템을 건네 줄 때 싫은 기색
이었고, 전이 직후에 마법진 주위에는 실바릴 이외에도 페르기
우스의 부하가 두 명 있었다.

록시 한 명을 상대로 꽤나 과장스러운 경비다.

"루데우스 님. 마족을 이 성에 들이는 행위, 페르기우스 님의 관대함에….”

“예, 감사하고 있습니다.”

“…….”

나는 감사의 말을 하였고, 록시는 묵묵히 고개를 숙였다.

조건 1. 성내에서 록시는 말을 하면 안 된다.

다른 단독 행동이나 성내에 있는 물건과의 접촉, 페르기우스를 만나는 것 등등도 금지다.

뭐, 그냥 지나기만 하는 거라면 문제는 없다.

록시도 승낙하였다.

“…….”

하지만 록시도 공중성채의 훌륭함에 눈을 빼앗긴 모양이다.

높게 솟은 성을 촌뜨기처럼 올려다보고 내 옷소매를 꾹꾹 잡아당겼다. 그렇긴 해도 나도 록시에서 성을 설명하는 건 금지되었다. 로브 너머로 그녀의 어깨를 가볍게 쓰다듬는 정도로 하였다. 록시는 모자 챙 너머로 나를 올려다보며 살짝 얼굴을 붉혔다.

촌뜨기처럼 행동한 게 창피한 걸지도 모르겠다.

“어흠.”

그런 짓을 하고 있었더니 실바릴이 헛기침을 하였다.

아무 말도 안 했으니까 괜찮잖아. 너무 록시를 무시하는 걸 보면, 페르기우스는 관대해도 그 부하들은 속이 좁다는 소문이 나돌 거다.

그 소문을 흘리는 건 내 밑의 개와 고양이다. 녀석들의 정보 확산 능력을 얕보지 마.

"그럼 이쪽으로."

양옆을 다른 부하들이 포위한 상태에서 실바릴의 안내를 받아 지하로 향했다.

완전히 연행이지만 어쩔 수 없다. 내가 부탁한 것이다.

페르기우스가 꺼리는 마족을 성에 들인다. 나로서는 그게 얼마나 큰 의미를 갖는지 모르지만, 그런 억지가 통한 건 자노바가 있었기에 가능했다.

페르기우스도 자노바가 살기를 바라는 것이다.

"…실바릴 씨."

"뭡니까?"

"페르기우스 님께는 다시 날을 잡아서 인사드리러 오겠습니다."

"알겠습니다."

당연하다는 듯한 대답이었다.

마법진이 있는 방에서는 나나호시가 기다리고 있었다.

이미 기동시킨 마법진 옆에 서 있는 나나호시. 그러고 보면 그녀에게는 아무 말도 하지 않았던 것 같다. 어디서 주워듣고 배웅하러 온 걸까.

"자노바… 돌아간다고 들었는데…."

나나호시는 사정을 듣긴 했지만 뭐라고 말해야 좋을지 모르는 눈치였다. 두 손을 앞에서 모으고 불안해하는 기색이었다.

그런 그녀에게 자노바가 천천히 다가갔다.

"예, 나나호시 님. 먼저 고향으로 돌아가게 되었습니다."

"……."

나나호시는 복잡한 얼굴을 하였다.

부러운 듯한, 슬픈 듯한, 그런 얼굴이었다.

"나나호시 님도 언젠가 고향으로 돌아갈 날이 오겠지요."

자노바는 분위기도 모르고 그렇게 말했다.

돌아가려고 해도 돌아갈 수 없는 나나호시에게는 괴로운 말일지도 모른다.

"그럼 좋겠지만."

"나나호시 님이 포기하지 않으면 언젠가 돌아갈 수 있습니다. 고향이 사라지지 않는 한."

자노바는 그렇게 말하고 나나호시의 등에 손을 둘러서 부드럽게 두드렸다.

"나는 멀리 떨어진 곳에서도 나나호시 님의 귀환을 기도하고 있겠습니다."

현대 일본에서는 성희롱으로 취급될지도 모르는 포옹이었다.

하지만 나나호시는 뿌리치는 일 없이, 당혹스러워하면서도 자노바의 등에 손을 둘렀다.

그 눈 가장자리에는 빛나는 것이 맺혀 있었다.

"저기, 지금까지, 고마웠, 습니다, 자노바, 전하….."

"그렇게 말씀하실 것 없습니다. 내게도 나나호시 님이나 크리프와 함께 보낸 연구의 나날은 둘도 없는 것이었으니까요. 감사 따윈 필요 없지요. 오히려 이쪽이 감사를 드리고 싶을 정도라서."

그러고 보면 자노바나 크리프가 한층 친해진 것은 나나호시가 관련이 있었던가.

나나호시의 연구를 함께 거들면서 친목을 다졌다.

그립군.

"감사의 말은 저야말로….. 자노바 전하가 없었으면 제 연구는 분명, 지금 단계까지 오지 못했을 테니까요."

"음, 그리고 나나호시 님이 없었으면 나는 페르기우스 님과 만나지 못했고, 이렇게 고향까지 한달음에 갈 수도 없었을 테니까요. 서로 고마운 겁니다! 하하핫!"

자노바는 웃으면서 나나호시에게서 떨어졌다.

"그럼 나나호시 님. 또 만날 일은 없겠지만… 건강히."

"예….."

나나호시는 불안한 얼굴로 나를 보았다.

'이 녀석, 왠지 마지막 이별 같은 소리를 하는데, 전이마법진이 있으니까 돌아오는 거지?'라는 얼굴이다.

물론 이게 마지막 이별이 되지는 않는다. 자노바는 잠깐 귀성할 뿐이다.

고로 나는 힘주어 고개를 끄덕였다.

"그럼 스승님, 가시죠."

자노바의 말에 우리는 마법진에 올라탔다.

마법진이 통한 곳은 유적이었다.

평소에 가는 곳과 비슷한 전이유적이다. 이 유적은 실론 왕국의 가장자리, 동쪽 끝에 위치하는 숲속에 있다. 수도까지는 닷새 정도 거리다.

"휴우…."

록시는 대화를 할 수 있게 되어서 가만히 숨을 내쉬었다.

그리고 신기하다는 듯이 자기가 타고 온 마법진을 내려다보았다.

"몇 번 체험해도 흥미롭습니다. 전이마법진이란 것은…."

"나는 이미 익숙해졌지만요."

"저도 마법진의 형식을 외우면 만들 수 있을지도 모르겠군요."

"…외울 수 있겠나요?"

반사적으로 묻자, 록시는 고개를 내저었다.

"아뇨. 페르기우스 님이 마족을 성에 들이기 싫어하는 것은 분명 라플라스가 부활했을 때 전이마법진을 쓸 줄 아는 마족이 있으니까 귀찮다는 의도도 있겠지요. 제가 배웠다간 분명히 죽을 겁니다."

그런 의도가 있는 건가. 그것이 메인은 아니더라도 어느 정도는 포함되었을지도 모른다.

다만 라플라스 본인이 전이마법진을 아는 모양이니까 별로 의미는 없겠지.

"잡담은 그 정도로 하고 갈까요. 일단 짐을 회수하지요."

자노바의 말에 우리는 유적을 뒤로 하고 숲 밖에 있는 오두막에 들러 미리 준비해놓은 짐을 회수했다.

왕도를 향해 출발이다.

실론 왕국의 왕도 라타키아에 도달한 것은 해가 떨어지기 직전이었다.

자노바는 성문을 통과할 때, 왠지 감개무량한 얼굴을 하였다.

나도 이 도시에 오는 건 오랜만이다.

풍경은 내 기억에 있는 것과 그리 다르지 않았다. 미궁 탐색을 위해 찾아오는 모험자가 많은 것도 내 기억과 같았다.

하지만 이건 뭘까. 역시 이전에 왔을 때보다도 왠지 흉흉하다고 할까, 길이 더럽다고 할까…. 또 모험가보다 불한당 같은 느낌의 사람이 늘어난 것 같다.

"으음, 한동안 안 본 사이에 용병이 꽤나 늘었군요. 역시 전쟁의 기운이 짙어진 걸까요."

자노바는 살짝 기쁜 듯한 목소리로 말했다.

전쟁이 가깝다는 말에 왜 이렇게 기쁜 목소리를 하는 걸까.

허세 같은 것도 아닌 듯한데.

"꽤 기쁜 모양인데?"

"스승님. 이유가 무엇이든 전쟁이란 가슴 뛰는 것입니다."

"그런가?"

"그렇지요. 남자라면 누구든 그렇겠지요."

잘 모를 감각이다. 로봇을 보고 가슴 뛰는 것과 비슷한 것일까.

아무튼 우리는 미리 진저가 준비한 숙소로 향했다.

여기서 하루 묵고, 내일은 옷을 갈아입고 귀환 보고와 국왕을 알현하는 형태다.

국경을 지나지 않았기 때문에 다소 의심을 사겠지만, 이미 변명은 생각해 났다.

질문이 없다면 그거대로 좋다.

"그럼 자노바 님, 저는 만일을 위해 시내에 잠복하며 정보를 모을까 합니다."

진저는 그렇게 말하고 숙소에서 나가려고 했다.

그런 진저를 자노바가 붙잡았다.

"흠? 진저, 너는 기사다. 일단은 나와 함께 성에 돌아가서 폐하께 귀환 보고를 하는 게 맞지 않나?"

"…아뇨, 저는 기사입니다만, 자노바 님의 친위대입니다. 게다가 아무래도 시내에 수상한 느낌이 떠도는 듯하여서."

"그런가, 그럼 다녀와라."

"예!"

진저는 깍듯하게 인사를 하고 내게 눈짓을 하였다. 자노바 님을 부탁드립니다, 라는 의미겠지. 나는 고개를 끄덕였다.

자, 여기부터가 중요하다.

팩스와의 알현은 나와 자노바, 그렇게 둘이 한다.

그걸로 인신의 생각도 어느 정도 알 수 있겠지. 아니면 그 자리에서 '사신'과의 전투가 벌어질 가능성도 있다. 그때는 자노바를 데리고 성을 탈출. 밖에서 대기하는 록시의 원호를 받으면서 도시 밖까지 철수. 마도갑옷을 장착하고 '사신'과 싸우든가, 아니면 그대로 철수하는 형태다.

올스테드의 조언대로, 싸울 거면 원거리에서 공격한다.

환혹검인가 하는 것도 마도갑옷을 착용하고 거리를 벌린 채로 싸우면 거의 무력화할 수 있을 테고.

전투가 벌어지지 않았을 경우, 아마도 그대로 자노바는 전장에 가게 되겠지.

북쪽 나라와의 전쟁. 어떤 형태가 될지 모른다.

그와는 별도로 자노바를 설득할 필요도 있다. 어떻게 하면 자노바를 데리고 돌아갈 수 있을까.

뭐라고 하면 자노바를 설득할 수 있을까.

팩스가 노골적으로 자노바의 목숨을 노리면, 자노바도 생각을 바꿀까….

뭐, 그건 알현이 끝난 뒤에 생각하자.

솔직히 덫일 게 뻔한 장소에 어슬렁어슬렁 얼굴을 내미는 것은 꺼려진다.

원거리에서 성과 함께 팩스를 날려 버리는 게 편하겠지.

물론 그럴 수 없다는 건 안다. 올스테드가 제지하기도 했고, 혹시 그러지 않았다고 해도 자노바가 날 가만 두지 않는다. 성이 나라의 상징이라고는 하지 않지만, 갑자기 성이 사라지면 나라는 어지러워진다. 북쪽에서 온다는 적도 이때다 싶어서 공격해 오겠지.

제일 간단한 방법은 취할 수 없고, 앞날은 불안. 한숨이 나오는군.

일단 알현을 잘 마쳐 보자. 그러면 분명 뭔가가 보일 거다.

"루디."

생각에 잠겨 있는데, 누가 내 어깨를 두드렸다. 돌아보니 록시가 서 있었다.

"어깨에 너무 힘이 들어간 것 아닙니까?"

"그렇습니까?"

"예. 조금 더 힘을 빼지요. 방심할 수는 없지만, 이렇게 뻣뻣해지면 여차할 때 움직이기 어렵습니다."

록시는 그렇게 말하면서 내 어깨를 주물러 주었다.

작은 손이지만 힘이 있었다. 나는 한동안 앉은 채로 그 손의 감촉을 맛보았다.

그래. 만사는 일단 방향성을 정하고, 그 다음은 흐름에 몸을 맡긴다.

최악의 경우 자노바와 록시까지만 살아남아도 나로서는 족하다.

가능하면 거기에 나와 진저도 포함하여 넷이서 살아남는다.

그것을 최저 라인으로 삼자.

그 정도라면 할 수 있겠지.

"고맙습니다. 덕분에 어깨가 좀 가벼워졌습니다."

그렇게 말하고 다시 돌아보았다. 록시는 평소처럼 졸린 눈이었다.

하지만 평소보다 다정하게 보였다.

"아뇨, 평소의 루디라면 정말로 어깨의 힘이 빠졌으면 더 시답잖은 소리를 했을 겁니다."

"…예를 들면?"

"예를 들자면, 예, '록시, 이번에는 앞에서 주물러 주지 않겠습니까, 이쪽을' 같은 소리를 하면서 바지를 벗고…."

"그, 그건 집에 있을 때뿐이지요…."

"그렇지요. 집에 있을 때의 루디는 야하니까요."

록시는 그렇게 말하면서 내 뺨을 콕콕 찔렀다.

마치 야단치는 것 같군. 하지만 야한 게 뭐가 잘못인가. 밤에 그런 상대와 그런 상황에 있으면 누구든 그런 소리를 하겠지. 나만 그런 게 아냐.

"농담이에요. 이걸로 어깨의 힘은 빠졌겠지요."

"…아, 예. 그러네요."

분명히 어깨에서 힘이 빠졌다.

하지만 적당히 긴장이 남았다. 릴랙스하면서도 집중을 하고 있다.

딱 좋은 느낌이다.

"나는 내일 알현을 대비해서 일찍 쉬겠습니다. 고맙습니다."

"예, 잘 자요, 루디."

힘내자. 그렇게 생각하며 나는 잠자리에 들었다.

제4화 팩스 왕

왕성에는 정문으로 들어갔다.

성을 지키는 위병은 처음에 자노바의 얼굴을 보고 의아한 표정을 하였다. 올 거라고 생각하지 않았고, 연락도 없었다. 오더라도 마차로 올 거라고 생각했겠지. 그런데 걸어서 나타났다. 유일한 친위대인 진저의 모습도 보이지 않는다. 의심해달라고 말하는 꼴이겠지만, 몇 차례의 질문 끝에 진짜 자노바라고 판명되자 곧바로 자세를 바로하고 길을 열어 주었다.

그들의 움직임을 보면, 이 나라에서 왕족이라는 존재가 얼마나 특권계급인지 알 수 있다. 왕족이라는 것만으로도 이 정도다. 아니, 얼마 전에 피의 숙청이 있었다니까 예민해지기도 했을까.

아무튼 알현 허가를 신청하고 대기실로 이동했다.

거기서 기다리기를 약 한 시간.

쉽게 알현 허가가 나왔는지, 알현실로 안내받았다.

실론 왕국 왕성. 알현실.

그곳에 다섯 명의 사람이 있었다.

옥좌에 앉은 인물은 잘 기억하고 있다. 적어도 겉모습은 그리 변하지 않았다.

작은 체구에 거만한 태도. 그는 딱히 변한 느낌도 없이 옥좌에 거만하게 앉아 있었다.

팩스 실론.

잘 보니 기억보다 다소 어른스러워지고 씩씩함도 갖춘 것처럼 보였지만, 기본적으로는 변하지 않았다.

그의 바로 옆에 아름다운 소녀가 앉아 있었다. 나이는 중학생 정도. 하얀 드레스를 입고 다소 곱슬거리는 파란 머리칼을 가진 소녀였다. 미굴드족과 비슷하지만, 록시와는 머리 색깔이 다르다. 다른 종족이겠지.

그녀는 공허한 눈을 하고 있었다. 머리에 왕관을 쓴 것을 보면 왕비일까.

팩스는 그녀의 뒤쪽에 손을 두르고 앉아 있었다. 언뜻 보면 등에 손을 두른 것으로도 보이지만…. 나는 안다. 저건 엉덩이를 만지는 것이다. 안 들킬 거라 생각했냐.

뭐, 그런 성노예 같은 존재는 아무래도 좋다.

소녀와 반대쪽 위치에 선 한 남자. 내 눈은 그 녀석에게 못 박혀 있었다.

나이는 40대 중반 정도일까. 체격은 떡 벌어졌고, 허리에 검을 찼지만, 방어구는 간소했다. 결코 강해 보이지 않고, 험악한 분위기도 띠지 않았다. 혹시 길가에서 만나도 나는 아무런 경계도 하지 않고 지나쳤겠지.

하지만 그 얼굴. 메말라서 광대뼈가 드러난 음침한 얼굴. 안대를 한 오른쪽 눈, 생기가 없고 푹 파인 왼쪽 눈, 좀비 같은 뺨. 옛날 영화에 나오는 해적선 선장 같은 인상이었다.

한마디로 표현하자면 '해골 같은 얼굴을 한 남자'다.

확신했다. 이 녀석이 '사신' 란돌프 마리언이다.

그들의 옆에는 기사 같은 모습의 남자가 두 명. 이 녀석들은 사전 정보에 있던 왕룡 왕국의 기사겠지.

"폐하. 자노바 실론, 소환에 응하여 마법도시 샤리아에서 달려왔습니다."

자노바는 알현실 안으로 들어가더니 곧바로 무릎을 꿇고 그렇게 말했다.

팩스를 폐하라고 부르고 고개를 숙이는 것에 아무런 저항도 없는 모양이다.

나도 그걸 따르긴 했지만, 로브 밑으로 개틀링건의 표적을 란돌프에게 맞춰두었다.

팩스는 무릎 꿇은 자노바를 내려다보고 소녀의 엉덩이에서 손을 뗐다.

그 손을 날름 핥으면서 입을 열었다.

"…꽤나 이르지 않나."

"화급한 일이라서 서둘렀습니다."

"호오, 분명히 국내 어딘가에 잠복했던 거라고 생각했다. 국경을 넘었다는 보고도 없었고."

우리는 편지가 도착하고 한 달 정도 만에 실론 왕국에 도착하였다.

보통은 1년 정도 걸리는 거리다. 그렇게 생각해도 이상하지 않을 속도겠지.

"도중에 적국의 습격도 있을 수 있었기에 신분을 감추고 이동했습니다."

"국내에 들어온 뒤에도?"

"국내에 들어왔기에 더더욱."

"그렇군."

팩스는 흥 하고 콧방귀를 뀌었다.

예상보다 일찍 왕도에 도착한 이유는 더 이상 묻지 않을 모양이다.

팩스는 의자에 앉은 자세를 고치더니 내 쪽을 가리켰다.

"그럼 그 녀석은?"

"폐하도 아시다시피 루데우스 그레이랫 님입니다."

"이름을 물은 게 아니다."

"그럼 무엇을?"

"왜 여기에 있냐는 말이다."

"전쟁이 일어난다면 강력한 마술사가 있는 편이 좋을 거라 보고 모셔왔습니다."

그렇게 말하기로 사전에 정하였다.

이 세계에서 마술사는 전쟁이 일어났을 때 상당히 중요한 역할을 맡는다.

중급, 상급 마술사라도 진지 제작에 큰 도움이 되고, 대군을 상대로 범위 마술은 아주 유효하다. 1대 1, 정면대결이라면 검사 쪽에게 유리하지만, 숫자가 많아지고 한 명 한 명의 중요성이 낮아질수록 마술사가 중요하다.

성급, 왕급 마술사 정도 되면 전쟁 중의 국왕이 삼고초려를 해서라도 모셔오고 싶은 상대다.

하지만 팩스는 코웃음을 쳤다.

비웃는 얼굴로 나와 자노바를 교대로 보았다.

"호오, 그런가. 분명히 나를 죽이기 위해 준비한 것인가 했다."

팩스가 그렇게 말한 순간, 양옆에 있는 사신 이외의 두 사람이 살기를 띠었다.

왕룡 왕국에서 데려왔다는 기사. 분명히 열 명 있다고 그랬지.

이 자리에 있는 것은 사신을 포함해서 세 명. 그렇다면 남은 건 일곱 명. 어디에 있는 걸까. 솔직히 별로 셀 것 같지 않은데.

"설마, 폐하에게 적대할 생각은 털끝만치도 없습니다."

"호오. 너는 찬탈을 인정하나?"

"예. 딱히 전왕에게 충성을 맹세한 것도 아니기에."

"하지만 나에게 충성을 맹세하고 싶은 것도 아니겠지."

"……."

자노바는 대답하지 않았고, 팩스는 그 태도에 재미없다는 듯이 코웃음을 쳤다.

반역의 뜻이 있다고 간주되는 태도지만, 팩스는 개의치 않는 눈치였다.

"뭐, 됐다. 형… 아니, 자노바. 네가 어떤 생각을 품고 있든, 아무래도 좋다."

팩스는 그렇게 밀하고 뒤에 서 있는 기사에게 턱짓을 하였다.

"보라, 왕룡 왕국에서 데려온 나의 기사들을."

팩스의 말에 기사들이 고개를 숙였다. 사신은 하품을 했지만.

"특히나 이 남자는 대단하지. 칠대열강 제5위. '사신' 란돌프 마리언이다."

그런 소개에 사신은 움찔 몸을 떨고 입을 다물었다.

멋쩍은 얼굴로 한 걸음 앞으로 나오더니 헛기침을 한 번.

"소개받은 란돌프 마리언이라 합니다. 태어난 곳은 왕룡 왕국, 자란 곳은 마대륙. 종족은 잡종. 인간과 엘프와 불사마족, 그리고 여러 종족의 혼혈입니다. 직업은 기사. 왕룡 왕국 대장군 샤가르 가르간티스 휘하, 왕룡 왕국 흑룡기사단에 소속되어 있습니다. 주된 일은 살인. 누구든 죽입니다. 유파는 없습니다만, 북신류와 수신류를 익혔습니다. 항간에서는 '사신'이라고 불리기에 쾌락살인자라는 오해를 삽니다만, 그런 일은 없습니다. 요리가 취미인, 마음 따뜻한 남자입니다. 앞으로 어여삐 보아주시길."

막힘없이 술술 떠든 뒤에 히죽 하고 거짓 웃음을 짓고 뒤로 물러났다.

왠지 의욕이 없는 태도다.

"평소에는 이렇지만 세거든? 형님들의 친위대를 순식간에 전멸시키고 나에게 왕위를 줄 정도의 공헌자니까."

거의 혼자서 정리했나. 역시나 칠대열강. 시들었다고 했지만, 딱히 약한 건 아닌 모양이다.

"어떠냐, 자노바. 네가 데려온 그 녀석과 이 녀석 중 누가 더

센지 시험해 볼까?"

…그런 흐름인가.

여기서 나를 사신하고 붙여서 살해한다….

덫인 것치고 딱히 속임수 같은 것도 없지만, 인신은 책략이 별로니까 그런 걸까.

"무슨 농담을. 앞으로 북쪽과 전쟁을 해야 하는 시기에 수중의 패를 이런 데서 줄이면 어떻게 합니까…."

힐끗 보니, 자노바의 관자놀이에 식은땀이 맺혀 있었다.

이 녀석, 혹시 나를 지키려고 그러는 걸까.

팩스는 그런 자노바의 모습을 유쾌하게 내려다보고 있었다. 자기 언동에 상대가 당황하거나 허둥대며 둘러대는 게 즐거운 모양이다. 그러고 보면 예전에 이 녀석에게 붙잡혔을 때도 그랬지. 자기가 더 높은 입장에 있을 때는 신이 나는 것이다.

그리고 그 얼굴을 보고 만족하여 농담이라고 넘어간다.

하지만 팩스가 인신과 내통하고 있다면, 억지로라도 나와 사신을 싸우게 할 터이다.

이번에는 싸울 거라고 알고 있었으니까 마음의 준비도 다 했다.

하지만 정말로 싸울 거면, 가능하면 일단 돌아가서 마도갑옷을 입고 다시 오고 싶다.

할 거면 첫 수는 연막. 자노바를 데리고 성을 탈출한 뒤 마도갑옷을 장착하고 돌아온다. 그것이 최선이겠지.

그런 생각을 하는데 팩스는 어깨에서 힘을 뺐다.

"흥, 농담이다. 진지하게 받아들이지 마라."

쉽게 물러났다.

어라? 안 싸워? 란돌프는 처음부터 의욕이 없는 눈치로 또 하품을 했다. 두 시간 밖에 못 잤어~ 라고 말하는 것처럼 하품이 많다.

정말로 지루한 모양이다.

"루데우스 그레이랫의 소문은 나도 들었다. 아슬라 왕국에서 갑룡왕 페르기우스의 조력도 있었다고 해도 수신 레이다나 북신삼검사를 쓰러뜨렸다지 않나. 란돌프는 왕룡 폐하께 빌려 온 자다. 질 거라고는 생각하지 않지만, 큰 부상이라도 나면 폐하에게 미안하지."

팩스는 어깨를 으쓱였다.

그리고 의자에 고쳐 앉고 다시 자노바를 노려보았다.

"그렇긴 해도 **형**. 꽤나 경계하는 모양이군."

"그건 폐하와 마지막으로 다투고 헤어졌기에."

"그랬지…. 하지만 나는 형과 다툴 생각이 없다."

팩스는 그렇게 말하면서 다리를 꼬고 손으로 턱을 짚었다. 거만한 포즈.

"그러니까 용서해 줘도 좋아."

"관대한 말씀, 감사합니다."

"됐다."

고개를 숙이는 자노바에게 팩스는 웃어 주었다. 여유 넘치는 웃음이다. 승리를 확신하는 자의 웃음.

싸우면 이기겠지만 용서해 준다는, 위에서 깔보는 웃음이다.

"오히려 고맙다고 해야 할 것은 이쪽이지."

"?"

"그 사건 덕분에 나는 변할 수 있었으니까."

변할 수 있었다? 키 작고 뚱뚱한 팩스의 외모는 그리 변하지 않았다.

아니, 잘 보면 지방이 꽤 줄었나. 거리도 있고 앉아 있으니까 알기 어렵지만, 배나 얼굴이 조금 갸름해진 것 같다. 목은 두껍지만, 저건 근육이란 느낌이다. 전체적인 근육도 늘었나. 저건 이미 돼지가 아니다.

…아니, 변한 것은 내면의 이야기겠지.

"분명히 왕룡 왕국에 인질로 보내졌을 때는 말도 안 된다며 눈물도 삼켰다. 형이나 루데우스 그레이랫… 네게 원한을 품고 원망하는 나날을 보냈다."

"……"

"하지만 변했다."

팩스는 힐끗 자기 옆에 앉은 소녀를 보았다. 소녀는 그것을 깨닫고 팩스에게 시선을 돌려주었다.

서로 마주치는 시선에는 신뢰 같은 것이 느껴졌다.

"옛날이야기를 좀 할까."

"······."

"그래, 그건 왕룡 왕국에 가서 시간이 좀 지나고, 아무도 날 상대해 주지 않아서 썩어 있던 무렵. 나는 한 소녀와 만났다."

우리의 대답을 기다리지 않고 팩스의 이야기가 시작되었다.

뭐, 안 들을 이유도 없지. 인신에 대해 줄줄줄 떠들지도 모른다.

"그 소녀는 항상 혼자서 정원에 있었다. 정원에서 혼자, 뭘 하는 것도 아니고, 그저 쓸쓸하게 있었다. 누구에게 말을 거는 일도 없고, 누가 말을 걸어오는 일도 없이. 뭘 하느냐고 물어도, 아무것도 안 한다고 말했지."

팩스는 그 소녀가 아무래도 마음에 걸렸던 모양이다.

매일처럼 정원에 나가서 그 소녀에게 말을 걸었다는 모양이다.

소녀는 말수가 적었지만, 팩스에게 대답을 해 주었다. 아무것도 모르는 아이로, 팩스와의 대화를 즐겁다는 듯이 기쁘게 들었다. 팩스는 왠지 그게 기뻐서 이것저것 화제를 찾아내어 그녀에게 말을 붙였다.

"하지만 어느 날 소문을 들었다. 실론의 못난이가 왕룡 왕국의 못난이에게 접근한다는."

못난이들끼리 잘 어울린다. 하지만 무슨 일이라도 생기면 못난이가 태어나겠지.

오오, 이건 큰일이다. 이 왕궁에 못난이가 늘어난다.

그런 소문이다.

"나는 말이야, 그런 소리를 떠드는 놈들을 잡아다가 목을 베어 버리고 싶었다."

실론 왕국에서라면 설령 길거리 주점의 주정뱅이라도 그런 소리를 떠들면 용서하지 않았겠지.

하지만 그럴 수 없었다.

"왕룡 왕국에서 나는 아무런 힘도 없었으니까."

아주 분했다고 한다. 이 녀석들에게 한 방 먹여 주고 싶다고 생각했다.

하지만 팩스가 할 수 있는 것은 침대에 엎드려 한탄의 눈물로 베개를 적시는 것뿐. 울다 지쳐서, 그 녀석들은 바보라고 생각하는 것뿐….

…이 아니었다.

팩스는 그날부터 생활태도를 바꾸고 금욕적인, 그리고 근면한 사람이 되었다.

"왜 그랬는지는 스스로도 모르겠군. 다만 나는 애초부터 딱히 머리가 나쁜 게 아니었다. 얼간이가 아니라고 증명하고 싶었던 걸지도 모르지."

다른 환경에서 다른 사람과 만나, 다른 감정이 생겨나고 다른 행동에 나선다.

심기일전이란 것이다.

안다. 나도 이 세계에 왔을 때는 그랬다.

아무튼 그 이후로 팩스는 노력했다. 마술에, 공부에 힘썼다. 검술이나 운동은 신체적인 문제도 있어서 그리 잘 할 수 없었지만, 체격을 보면 태만한 생활을 한 것은 아니라고 알 수 있다.

그리고 지금으로부터 약 1년 반 전. 왕룡 왕국에서 개최된 학문대회─모의고사 같은 것에서 팩스는 좋은 성적을 거두었다.

그것이 왕룡 왕국 국왕의 눈에 들었다.

국왕은 "인질이나 마찬가지 신세로 타국에 보내졌음에도 불구하고 미래를 포기하지 않는 그 자세, 실로 훌륭하다. 뭐든 상을 줘야지."라며 팩스의 자세를 높게 평가했다. 말하자면 왕이 그를 마음에 들어 한 것이다.

팩스는 알현의 기회를 얻었고, 왕은 그에게 물었다.

상을 내려주마. 금전이 좋으냐, 지위가 좋으냐.

뭣하면 실론 왕국의 망명자로 대우하여 우리나라의 일원으로 삼아줄 수도 있다.

통 크게 제안하는 왕에게 팩스는 자연스럽게 말했다고 한다.

'제18왕녀님을 바랍니다.'

제18왕녀 베네딕트 킹드래곤.

어머니는 출신이 확실치 않은 마족 여성. 국왕이 재미삼아 안았고, 그 바람에 태어난 아이.

왕위계승권은 없고, 18왕녀라는 지위이긴 해도 왕족으로 인정받지 못하는 아이. 감정이 희미하여 얼간이 소리를 듣는 왕녀. 팩스는 그런 왕녀를 아내로 맞고 싶다고 말했다. 왕룡 왕국의 국왕은 조금 주저한 끝에 팩스의 요망을 들어주었다.

"다른 아이라면 몰라도 베네딕트를 내주는 것은 아깝지 않지. 그러나 이름뿐이라고 해도 베네딕트도 왕녀다. 네게는 그만한 지위가 필요하다."

그렇게 말한 왕룡 왕국의 국왕은 일단 팩스를 실론 왕국으로 돌려보내기로 했다.

팩스를 실론으로 돌려보내고, 실론에서 요직에 앉으면 왕녀를 시집보낸다.

인질로는 다른 왕자를 받는다. 체면을 지키기 위해 그런 형태를 취하기로 했다.

그런데 실론에서 이것을 은근히 거절했다.

팩스는 실론 왕국에서 문제만 일으켰으니, 죽을 때까지 왕룡 왕국에 있으면 좋겠다는 것이 실론 왕의 뜻이었겠지.

다른 왕자를 인질로 내놓는 것이 아깝기도 했을까.

왕룡 왕국 국왕은 격노했다.

거의 속국이나 다름없는 실론이 말을 듣지 않는 것이 왕의 분노를 건드린 모양이다.

국왕은 팩스에게 왕룡 왕국 죄강의 기사인 '사신' 란돌프와 팩스에게 악감정이 없는 기사 아홉 명을 붙여서 쿠데타를 일으키게 했다.

실론 왕족을 몰살하고 피에 젖은 옥좌를 팩스에게 주었다.

"…그렇게 나는 모든 것을 손에 넣었다. 지위와 명예, 사랑하는 여자, 최강의 부하까지."

팩스는 그렇게 말하면서 옆에 앉은 소녀의 어깨를 감싸고, 옆에 선 사신에게 시선을 주었다.

소녀는 무표정한 채로 얼굴을 붉혔고, 사신은 어깨를 으쓱였다.

이야기의 흐름을 보면 저 소녀가 베네딕트인가.

어라? 하지만 지금 이야기에서는 인신이 나오지 않았네. 팩스는 신탁 같은 걸 받아서 움직인 게 아니었나? 심기일전 부분이 좀 수상쩍기는 한데….

지금 이야기라면 오히려 수상한 것은 왕룡 왕국 국왕이다. 갑자기 상을 준다질 않나, 갑자기 화를 내며 충동적인 행동을 하고… 인신의 조언을 받았을 것 같다.

아니, 사도가 꼭 한 명이라고 할 수는 없지.

팩스와 왕룡 왕국 국왕, 양쪽 다일 가능성도 있다.

"그렇게 된 것이다. 너희를 원망할 이유는 이미 없다."

"그렇군요, 감복했습니다. 역시나 폐하!"

자노바는 감명을 받은 듯이 크게 고개를 숙이더니 물었다.

"하지만 최강의 부하가 손에 들어왔다면서 왜 저를 부르셨습니까?"

"흥, 그것 말인가."

팩스는 코웃음을 쳤다.

그 부분은 좀 궁금하긴 하네.

"분명히 란돌프에게 맡기면 북쪽에서 침략하더라도 어떻게든 되겠지. 하지만 아까는 부하라고 말했지만, 란돌프는 결국 빌린 부하다. 언젠가 왕룡의 폐하께 돌려드려야 하지. 빌린 힘을 자기 힘이라고 착각해서 자국을 지켰다간, 모처럼 인정해 주신 폐하도 실망할지 모른다."

힘을 인정받아서 실론 왕국의 국왕이 되었다.

그러니까 계속 힘을 보여야만 한다.

"나 같은 자는 항상 자신의 유용성을 보여야만 한다. 그렇겠지?"

무슨 말인지는 알겠다. 나도 올스테드에게 항상 유용한 부분을 보이고 싶다.

"자, 그렇게 된 거다, 형⋯ 아니, 자노바. 너는 내가 복수를 위해 불렀다고 생각할지도 모르지만, 그럴 생각은 없다. 편지에 적힌 그대로다. 쿠데타 때문에 나라의 전력은 떨어졌고, 그 틈을 타고 북쪽에서 공격해 온다. 지금은 너 같은 무인이 필요한 때다. 과거의 일은 물에 흘려 버리고 힘을 빌려다오."

팩스는 그렇게 말하고 살짝 고개를 숙였다. 숙였다고 표현할 정도는 아닐지도 모르지만, 숙이긴 했다. 자노바를 이름으로 부른 것은 왕으로서의 자세 때문이겠지.

"물론입니다, 폐하. 저는 그것을 위해 살아 있었으니까요."

자노바는 끄덕였다.

거기에 망설임은 없었다. 망설임이 없기에 팩스는 오히려 수상함을 느꼈겠지. 그렇기에 팩스는 한쪽 눈썹을 추켜세우고 자노바에게 물었다.

"하지만 형… 나는 찬탈자라고 자각하고 있다. 거기에 관해 뭐 하고 싶은 말이 있지 않나?"

자노바에게 반역심이 없는지를 확실히 하고 싶겠지.

친형제를 다 죽인 상황이다. 자신이 원한을 품지 않는다고 해서 자노바가 원한이 없다고 할 수는 없다. 자노바가 복수를 위해 돌아왔다고 해도 이상할 것이 없다.

"……."

자노바는 그 말에 고개를 들고 순간 망설였다가 다시 고개를 숙였다.

말을 저어하는 자노바의 모습에 팩스는 고개를 쳐들고 깔아 보듯이 말했다.

"사양할 것 없다. 말해 봐라."

분명 그가 어떻게 대답하느냐에 따라서 내가 사신과 싸울지가 정해지겠지.

사신은 의욕 없는 얼굴로 서 있지만, 그때가 되면 엄청난 속도로 움직일 게 틀림없다. 눈을 속이고 발을 묶으면서 벽을 파괴해서 도망치자.

그렇게 경계할 때 자노바가 입을 열었다.

"누가 왕이고 어떤 정치를 하든, 제가 실론이라는 나라를 지키기 위해 살아 있다는 사실은 변함없습니다."

알현실에 침묵이 흘렀다.

질문에 대한 답은 아니었지만, 그 말의 내용이 '반역의 뜻은 없다. 당신을 따르겠다'라는 의미라는 것은 나도 알았다.

팩스는 복잡한 표정이었다. 자노바가 적인지 아군인지 판단하기 어려운 걸까.

"흥, 뭐, 어느 쪽이든 상관없나."

하지만 최종적으로는 체념한 것처럼 중얼거렸다.

그리고 결심한 것처럼 큰 소리로 말했다.

"자노바 실론. 너에게 카론 요새의 수호를 명한다. 이미 병력은 배치해 두었다. 지휘관으로 가서 북쪽에서 쳐들어오는 군대를 막아라."

"예!"

자노바는 공손한 모습으로 다시 고개를 숙였고, 그것으로 알현은 끝났다.

무슨 속임수에 걸린 듯한 기분으로 나는 알현실을 뒤로 하였다.

그 뒤에 우리는 실론 왕궁에 방을 하나 받았다. 이미 자노바의 방은 없어졌는지, 그 방은 2층의 객실이었다.

호위라는 이름으로 왕룡 왕국의 기사로 보이는 사람 하나가 밖에 서 있지만, 아마도 감시겠지.

팩스는 자노바를 경계하고 있다.

내일이면 북쪽의 카론 요새로 출발한다. 록시에게도 일이 어떻게 흘러갔는지 말해두고 싶지만, 감시의 눈도 있다. 너무 수상쩍은 행동은 하지 말고, 합류한 뒤에 설명하는 게 좋겠지.

나는 자노바와 함께 방에 들어가서 숨을 돌렸다.

자노바는 왕족인데도 나와 같은 방이었다. 방을 따로 주어서 각자 움직이기라도 하면 귀찮다는 판단일까.

나와 자노바는 마주 보는 소파에 앉았다.

"팩스 녀석, 의외로 훌륭한 왕이 되었군요."

먼저 입을 연 것은 자노바였다. 어조는 평소와 같아서, 오히려 기뻐하는 걸로도 보였다.

"그래?"

"나라를 자기 손으로, 실론 왕국 사람의 손으로 지키기 위해, 과거에 원한을 가졌던 상대에게 고개를 숙였습니다. 이걸 훌륭하지 않다고 할 수 있겠습니까?"

뭐, 분명히 훌륭하네.

고개를 숙였다고 해도 조금 까딱거렸을 뿐이지만.

"스승님은 꽤나 걱정하시는 듯하지만, 사람은 변하는 법이고 실수를 할 수도 있습니다."

"그렇지."

"팩스도 분명히 그 방식은 난폭하고 그릇되기도 합니다만, 최선을 다하는 것으로 느껴집니다."

분명히 내 기억에 있는 팩스보다는 괜찮아졌다.

최선을 다한다고 할 수 있겠지. 하지만 정말로 그것뿐이라면 나도 이렇게 고민하지 않는다.

"하지만 혹시 뒤에서 못된 신이 조종하는 걸지도 몰라."

"흠, 스승님이 싸우고 있다는 악신 말입니까?"

농담처럼 말해 보자, 왠지 진지한 대답이 돌아왔다.

"어라? 말했던가?"

"이전에 크리프 님과 식사할 때에."

아, 크리프와 속을 털어놓고 말했던 때 말인가. 하지만 그때 자노바는 믿지 않았던 것 같은데.

"그때는 스승님이 거짓말을 하는 거라고 생각했습니다만."

"……."

"하지만 크리프 님의 마도구로 올스테드의 저주가 완화되는 것을 보면, 아무리 저라도 스승님과 올스테드, 그리고 그 악신의 관계를 짐작하게 됩니다."

그런가.

이해하는 건가. 그럼 말해두는 편이 나을까. 자노바도 이 정도까지 온 이상 관계자겠고.

"그럼 말할게."

"예, 스승님."

나는 자노바에게 인신에 대해 말했다.

지금까지의 일을 대략적으로. 그리고 이번 일을 대략적으로. 팩스가 인신에게 조종당할 가능성에 대해서도.

"흠…. 하지만 팩스는 인신이라는 단어를 한 번도 꺼내지 않았습니다. 관계 없지 않을까요!"

"나를 속인 신이야. 뒤에서 아무도 모르게 움직여도 이상하지 않아."

팩스가 사도가 아니라고 해도, 사신이나 베네딕트가 그럴 가능성도 있다.

지금으로선 왕룡 왕국의 왕이 가장 수상하다.

하지만 사도는 한 명이 아니다. 인신의 행동 경향을 돌아보면 실론 왕국에도 한 명 정도 배치했을 것 같다.

"속았다…. 분명히 스승님은 인신에게 속아서 올스테드와 싸우는 꼴이 되셨지요."

"그래."

"그럼 팩스도 인신에게 속아서 스승님과 싸우는 꼴이 될 가능성이 있다…."

자노바는 턱에 손을 대고 뭔가 생각하는 포즈를 취했다.

그리고 중얼거렸다.

"그럼 제가 팩스를 지켜야만 하겠군요."

어…?

"…그거, 일이 터지면 내 적이 된다는 소리야?"

"예? 아뇨, 아뇨, 설마요. 제가 스승님의 적이 될 리가 없지요. 애초에 스승님은 팩스를 죽이면 안 된다는 명령을 받았지요?"

"하지만 지금….."

"지킨다는 건 '인신에게서'라는 의미입니다."

그렇지. 깜짝 놀랐네. 싸움이 벌어졌을 때 자노바가 저쪽 진영에 들어가는 건가 싶었네.

그렇게 되면 두 손 들어야지.

하지만 갑자기 '지킨다'라는 말이 나오다니.

"너는 팩스가 어떻게 되든 상관없을 줄 알았어."

무심코 그렇게 말하자, 자노바는 놀란 얼굴을 하였다.

그리고 다시 턱에 손을 대며 또 생각하는 포즈를 취했다.

"분명히 지금까지는 그랬습니다. 딱히 관련도 없었고요."

복잡한 표정을 하면서 끙끙거렸다.

"…의외로 팩스가 그렇게 부탁해 온 게 처음이었기 때문일지도 모르겠군요!"

자노바는 그렇게 말하고 쾌활하게 웃었다.

부탁받았다기 보다는 이용당한다는 느낌이고, 자노바 자신도 부탁 좀 받는다고 팔 걷어붙이고 나서는 성격도 아닐 텐데….

뭐, 아마도 '나라를 지킨다'라는 마음과 왕이 된 팩스를 지킨다는 행동이 비슷하기 때문이겠지.

하지만 아무래도 인신의 속셈이 읽히지 않는다.

누가 사도인지 모르겠다. 나를 죽이기 위한 덫이란 것도 느껴지지 않는다. 뭔가를 놓치고 뭔가를 알아차리지 못한 느낌이다. 덫이란 것이 올스테드의 기우로 끝난다면 그게 제일이겠지만, 낙관하지 않는 편이 좋겠지.

어디에 덫이 있는지 나는 아직 깨닫지 못했다.

아직 깨닫지 못한 그것을 깨닫기란 어려우니까, 그것만 계속 고민해 봤자 소용이 없겠지만 아무래도 불안이 남는다.

또 자노바를 설득하기도 어렵겠다.

지금으로선 팩스는 자노바를 받아들이는 태도를 취하고 있다. 죽이려는 기색은 없다.

자노바도 자기를 필요로 한다면 국방의 핵심으로 그대로 나라에 남을 느낌이다.

팩스가 자노바를 죽이려고 하지 않는다면 데리고 돌아갈 이유도 약하다. 살해될 걱정이 없다면 단순히 나라의 중역으로 취직했을 뿐이니까. 사장이 팩스란 점에서 악덕 기업의 냄새가 나지만, 자노바가 택한 길이라면 존중하는 편이 좋다.

하지만 팩스의 마음이 바뀌어서 자노바를 죽이려고 들 가능성은 아직 남아 있다.

지금 시점에서 그 소리를 하는 것은 그냥 트집이지만, 남아 있기야 분명히 남아 있다.

그리고 살해된 뒤에는 늦는다.

그 전에 팩스가 자노바를 죽이려고 한다는 증거 같은 것을 어디서 찾아야만 한다.

물론 지금은 죽일 생각이 없더라도, 나중에 거슬리면 죽이려고 하는 걸지도 모른다.

즉, 지금 시점에서 증거는 없다.

나는 없을지도 모르는 증거를 찾아야만 하는 걸지도 모른다.

스트레스로 머리가 벗겨지겠군….

나 혼자서 고민한다고 답이 나올 것 같지도 않고, 내일 록시와 이야기를 해 보자.

제5화 카론 요새

알현을 한 그 다음날. 나는 출발 준비를 자노바에게 맡기고 숙소로 돌아가서 록시와 합류했다.

록시는 완전무장인 상태로 숙소에서 대기하고 있었다.

철야한 뒤라서 나른한 기색이었지만, 내 모습을 보고 바로 일어서서 달려왔다.

"괜찮았습니까? 연락이 없어서 걱정했습니다만…."

"예, 아무 일도 없었습니다."

그녀는 아침식사도 아직이라고 하기에 방에서 식사를 하면서 알현 내용을 전했다.

팩스가 인신의 사도일 가능성은 낮다.

인신의 의도를 알기 어렵다.

왕룡 왕국의 국왕이 수상하다.

일어난 일과 마음에 걸리는 일을 모두 말했다.

"…흐음."

록시는 수프를 마시면서 내 이야기를 듣고 복잡한 표정을 하였다.

"솔직히 수면부족이라 머리가 잘 안 돌아갑니다만…."

"그렇겠지요."

눈 밑에 거뭇거뭇한 기운도 있고, 전체적인 움직임도 둔하군. 하룻밤 철야로 왜 이러나 싶지만, 전날에도 계속 이동했다. 게다가 전투태세. 익숙한 모험자라도 역시 지치겠지.

"싸움은 없다. 팩스 왕자는 이지적이다. 인신의 이름은 나오지 않았다…. 이걸로는 판별할 수 없네요."

아무리 록시라도 모르나.

"싸움이 없었다면 저도 가는 게 좋았을지도 모릅니다."

"왜죠?"

내 설명으로는 알기 어려웠나?

"제 귀로 들으면 뭔가 알 수 있을지도 모르니까요."

아하, 그건 그럴지도 모르지.

나는 알현 중에 인신의 덫이나 사신에 대해서만 생각했다. 내가 예상하지 않은 방향으로 흘러가는 대화에 고개만 갸웃거렸다.

그럼 다른 방향으로 생각할 머리가 필요했을지도 모른다. 그 머리가 록시다.

뭐, 지나간 일을 푸념해도 소용없지.

"…인신의 덫, 어디에 있을까요."

"으음…. 덫은 올스테드의 기우고, 사실은 아무런 관계도 없었던 것 아닐까요?"

"가령 그렇다고 해도, 최악의 케이스를 생각하고 움직이죠. 가볍게 보았다간 우리 가족의 목을 조를지도 모릅니다."

라라가 울던 것도 마음에 걸리고, 인신과는 관계없이 뭔가 있을지도 모른다.

"그렇네요. 경솔한 발언이었습니다."

록시는 꾸벅 고개를 숙였다.

"가령 덫이라고 해도, 단순히 불러내어서 공격할 뿐이라면 덫이라고 할 수 없을 테니까 뭔가 숨기고 있을 겁니다."

"뭔가를… 예를 들면?"

"예를 들자면 오늘 아침에 진저 씨가 정보를 입수해 왔습니다."

"호오."

진저의 모습은 보이지 않지만, 그녀도 뒤에서 움직이는 거겠지.

"현재 북쪽의 카론 요새에는 고작 병력이 5백밖에 안 된다고 합니다."

"5백."

숫자만 들어선 실감이 나지 않는군. 많은 걸까, 적은 걸까. 병력이 5백밖에, 라고 하는 걸 보면 적은 거겠지만.

"반대로 적의 전력은 약 5천이라고 합니다."

5천. 이거 심한데. 열 배나 되잖아… 승산은 없는 거 아냐?

"거기에 대해 들었습니까?"

"……아뇨."

적어도 나는 그 이야기를 못 들었다. 그냥 가라는 말만 들었다.

"저도 진저 씨에게 들었을 뿐입니다만, 팩스 왕자는 카론 요새가 최소한의 병력으로 버티는 동안에 후방의 리콘 요새에 용병을 모으고 요격할 생각이라는 이야기였습니다. 그 전략에 대해 들었습니까?"

"…아뇨."

처음 들었다.

하지만 그런가. 카론 요새는 버리는 건가….

표면적으로 자노바를 맞아들이고 써먹다가 버린다. 자노바가 죽을 때까지 적군을 붙들어놓고 공헌하는 동안에 자기는 자기대로 전력을 준비할 수 있다. 팩스가 자노바를 거북하게 여긴다면 그야말로 일석이조로군.

"또 루디에 대한 덫도 됩니다."

"그 말은?"

"저도 전쟁은 처음이지만, 과거에 한 성급 마술사가 천 명의 병력을 제지했다는 기록을 읽은 적이 있습니다."

그런 기록이 있나.

일기당천. 성급 마술의 규모를 생각하면 불가능한 것도 아니다.

"저는 왕급, 루디는 제급에 해당되죠. 그런 두 사람이 요새에 가면 상당한 시간 동안 버텨낼 수 있을 겁니다."

음. 5천이라면 단숨에 섬멸하는 건 어려울지도 모른다. 갑자기 전군이 밀려든다면 마술로 단숨에 섬멸하면 되지만, 저쪽도 정보 수집 정도는 하겠지. 왕급, 제급 마술사가 있다는 정보는 어딘가에서 새어나가겠지. 그런 요새에 한데 뭉쳐서 돌격해 오는 바보 같은 짓은 않는다.

혹시 돌격해 온다고 해도 5천 명이나 되면 그중에 마술사도 꽤 있겠지.

그런 마술사들이 일제히 상쇄하면 아무리 성급 마술이라도 무효화될 가능성이 있다.

아니, 무효화되면 한 방 더 날리면 될 뿐이지만.

"하지만 마력총량에는 한계가 있습니다. 지치기도 하겠죠."

그 정도로 내 마력총량이 바닥날 것 같지는 않지만, 싸우는 동안 피로는 쌓이겠지. 야습도 경계해야만 하겠고, 그러면 마력총량은 관계없다.

"그렇게 피폐해졌을 때를 노려 '사신'을 보내서 확실하게…같은 가능성은 어떨까요? 덫 같지 않나요?"

"오오, 그러네요."

"그리고."

록시는 스푼을 손가락처럼 세웠다. 선생님의 포즈다.

"사도는 세 명이라고 말했지요."

"예."

"왕룡 왕국의 왕은 팩스를 다소 무리하게 왕으로 만들었다. 그렇기에 덫이 틀림없다고 하고. 그 단계에서는 적국이 공격해 올지 알 수 없지요? 루디라면 어디에 사도를 배치하겠습니까?"

어디에 배치한다니… 아, 적국인가!

실론은 왕룡 왕국의 속국 같은 곳이다. 거길 공격하려면 리스크를 감수하게 된다. 나라 안에서도 반대 의견이 나오겠지. 그걸 밀어붙일 정도의 사도. 카론 요새를 공격하는 나라의 왕족… 아니, 장군 정도가 좋을까.

"인신에게 조언을 받으면서, 우리를 지치게 만들고, 사신을 이용해서 확실하게… 분명히 그렇군요."

록시의 예상을 들은 덕분에 내 머릿속에서도 생각이 조금 정리되었다.

인신의 사도일 가능성이 높은 것은 두 명. 한 명은 왕룡 왕국의 국왕. 또 한 명은 카론 요새를 공격하는 적국의 높은 사람.

그럼 세 번째는 어디의 누구일까.

아슬라 왕국 때에는… 루크였다. 그렇다면 솔직히 자노바가 의심스러운데.

하지만 어제 대화해 본 바로는 그런 느낌이 없었다.

그럼 진저라든가? 아슬라 왕국에서의 편성을 생각하면 사신도 수상하다.

어쩌면 팩스의 옆에 있던 그 왕녀님일 가능성도 있다. 아슬라 왕국에서의 싸움 이후로 인신은 두 명 이상의 부하를 쓰지 않았다. 그렇다면 이번에도 두 명이고, 마지막 한 명은 다른 장소에서 다음 수를 위해 움직이고 있을 가능성도 있다.

즉, 세 명째가 없을 가능성이다. 여러 가능성이 있군.

세 명째는 아직 판별할 수 없지만, 두 명은 대략 파악되었다.

왕룡 왕국의 국왕과 적국의 장군이다.

역시 록시는 믿음직하다.

"가령 카론 요새가 함정이라면 어떻게 해야 할까요."

"글쎄요. 일단 상대의 생각대로 넘어가지 않는 것이 중요하다고 생각합니다만…."

"카론 요새에 안 가는 게 제일이군요."

하지만 자노바는 이미 갈 생각으로 가득하다.

막더라도 가겠지. 혼자서라도 가겠시.

하지만 팩스가 병력이 5백밖에 없는 곳에 자노바를 보냈다는 것은 설득할 요소가 된다. 팩스는 자노바를 죽이려고 한다…라고 할 만큼 강한 감정은 가지지 않았더라도, 죽어도 상관없다고 생각한다. 쓰다 버릴 생각이다.

물론 그 이유만으로는 자노바가 멈추지 않는다.

자노바는 출발할 때 '나라를 지키는 것이 의무다'라고 말했다.

그럼 적이 공격해 오는 상황에서 '돌아가자'라고 한다고 수긍하지 않겠지.

잠깐만…. 그럼 그 5천의 적을 어떻게 하면 자노바도 만족할까?

팩스는 카론 요새에서 버티는 사이에 병력을 모으고 있다. 즉, 카론 요새를 지켜내면 나라는 안정된다는 소리다. 그것은 나라를 지킨 게 되지 않나?

"…카론 요새에는 가도록 하죠. 자노바를 돕겠습니다."

"알겠습니다."

"문제는 덫을 어떻게 하냐는 겁니다."

그렇게 말하자 록시도 씁쓸한 얼굴을 하였다. 일단 '1식'은 가져가기로 하자.

정면에서 싸울 거면 그게 제일이지만….

"뭐, 카론 요새에 도착할 때까지 시간은 있습니다. 여러모로 생각해 보죠."

"예, 선생님."

그렇게 우리의 대화가 끝날 무렵, 자노바가 탄 마차가 도착했다.

★　★　★

자노바는 5백이라는 숫자를 듣고도 안색 하나 변하지 않았다.

오히려 "그 정도겠지요."라면서 기쁜 듯이 끄덕였을 뿐이다.

태연한 태도. '이 녀석은 혹시 전력차 같은 걸 전혀 모르는 거 아닌가?'라는 생각이 들었을 정도였다.

"알겠어, 자노바? 옛말에 '열이면 포위하고, 다섯이면 정면에서 공격하고, 둘이면 갈라서 격파하고, 대등하면 죽기를 각오하고 싸우며, 적보다 적으면 싸우지 않고, 그렇게 할 수 없다면 피하라. 소수가 아무리 강대해도, 다수의 포로가 된다'라고 했어. 즉, 싸움은 숫자야, 자노바. 숫자가 많은 쪽이 유리해."

이쪽은 요새를 의지해서 싸우지만, 전력차가 열 배라면 버텨내기도 어렵다.

그렇게 설명하자, 자노바는 놀란 얼굴로 고개를 갸웃거렸다.

"숫자가 많은 편이 유리하나는 정도는 알고 있습니다만?"

"그럼 왜 그렇게 밝은데? 열 배라고, 열 배."

"아뇨, 스승님. 열 배나 될 리가 없지 않습니까?"

열 배가 아니라니…. 이 녀석 진짜냐. 산수도 못 하는 건가?

실론 왕족의 교육은 어떻게 되어먹은 거야?

"이쪽은 5백. 상대는 5천이잖아? 5백의 열 배는 5천이야. 이해돼?"

"흠…. 스승님은 저를 시험하고 계십니까?"

자노바는 가볍게 웃었다. 비웃는 듯한 웃음이었다. 끄으으, 자노바가 나를 이런 얼굴로 보다니!

"들어보시지요, 스승님."

그리고 술술술 말하기 시작했다.

"그 계산에는 스승님과 록시 님이 포함되어 있지 않습니다. 성급 마술사는 운용에 따라서 천 명의 병력에 필적한다고 하니까요. 그걸 생각하면 이쪽의 전력은 최소한 2천 5백. 스승님과 록시 님이 두 분 다 왕급 이상임을 고려하면 3천 이상으로 봐도 좋겠지요. 보통 공성에는 세 배의 병력이 필요하다고 합니다만, 카론 요새는 특히나 수비에 적합한 위치에 있습니다. 고로 그 이상의 병력이 필요해집니다. 게다가 스승님의 마력총량이나 제가 신의 아이임을 고려하면… 전력상으로는 이쪽이 유리하다고도 할 수 있습니다."

"……."

놀랐다. 예상 이상의 대답이 돌아왔다. 이 녀석, 의외라고 할까, 뭐라고 할까.

"꽤, 꽤나 잘 아네, 자노바."

"저는 어렸을 적에 이 나라의 장수가 되기 위한 교육을 받았으니까요."

나라를 지키기 위해 목숨을 붙여놓았다고 해도, 딱히 그냥 내버려두고 있던 건 아니었다.

그도 그렇군.

전장에 보내서 활약시키려면 상황을 판단하는 지식을 길러 주는 편이 낫겠지.

실론 왕족의 교육을 얕보고 있었다.

"스승님은 전쟁이 처음인 모양이신데… 안심하십시오. 저는 옛날에 어느 정도 전쟁터에 나간 적도 있습니다. 스승님과 록시 님이 있다면 적에게 호락호락 요새를 넘기는 일은 없습니다."

자신만만하군. 정말로 괜찮은 걸까? 괜찮지 않을 것 같다.

아니, 지금으로서는 카론 요새에 가지 않는 것이 최선이다.

조금 설득해 볼까.

"하지만 팩스는 적어도 록시의 존재를 모른 채 너를 북쪽의 요새에 배치하려고 했어."

"뭐, 그런 게 됩니다."

"내 마력총량이 대단하다는 사실도 팩스는 모를 거야."

"스승님, 무슨 말씀을 하고 싶으신 겁니까?"

아직 서론을 말하는 도중이지만, 그렇게 말한다면 결론을 내리지.

그래, 말하는 거야.

"너를 버림패로 삼으려는 게 아닐까?"

"……."

자노바는 어안이 벙벙한 얼굴을 하였다.

자노바라면 어지간한 일로는 이러지 않겠지만, 뭐, 그건 됐어.

"분명히 팩스는 이미 너를 미워하지 않을지도 몰라. 하지만 죽어도 상관없다고 생각할 거야."

"…뭐, 그럴지도 모릅니다."

자노바는 얼굴을 긁적이면서 내 말을 기다렸다.

"그런 말을 따를 필요는 없지 않아?"

자노바는 가볍게 웃었다. 그런 소리였나? 라는 듯한 표정이었다.

"전쟁에서는 누군가가 희생되어야만 할 때가 있습니다. 처음에 희생되는 것은 병사들입니다만, 때로는 왕족도 죽어야만 하는 때가 있습니다."

"하지만 그건 팩스의 뒤처리를 해주는 거야. 다른 왕족을 모두 죽였다고. 네가 할 의무는 없잖아?"

"누군가가 실수해도 그걸 처리하는 게 중요하다고 스승님도 곧잘 말씀하시지 않았습니까."

자노바는 그렇게 말하면서 창밖을 보았다.

밖에는 용병들에 섞여서 평범한 사람들도 보였다.

평범한 모습이지만, 그래도 약간 불안을 띤 것처럼도 보였다.

자노바는 출발할 때 말했다. 타국과의 전쟁이 자신의 의무라고. 그럼 왕이 팩스고, 팩스가 자노바를 어떻게 생각하는지는 관계없는 거겠지.

…역시 지금 시점에서 설득은 무리인가.

"알았어. 이상한 소리 해서 미안해."

"아뇨, 스승님이 제 몸을 걱정해 주시는 것은 잘 알고 있습니다."

"네 마음이 그렇게 확고하다면 카론 요새를 지키자. 나는 그쪽으로는 잘 모르니까 네 지시에 따를게. 뭐든지 말해 봐."

자노바가 날 두고 가는 일이 없도록 그렇게 말했다.

"오오, 감사합니다. 스승님이 계신다면 탄탄하지요!"

"든든하다고 말해라."

좋아. 일단 북쪽의 카론 요새란 곳을 지키자.

그 동안에 팩스도 전력을 정비하겠고, 적국도 공격해 오지 않을지도 모른다. 시간이 흐르면 나라도 안정되겠지. 나라가 반석에 오르면 자노바도 나라를 지켜낸 것에 만족할지도 모른다. 그 다음은 왕룡 왕국이나 팩스가 할 일이라고 설득하자.

참고로 요새로 가는 멤버는 나, 록시, 자노바까지다.

진저는 왕도에 남게 되었다.

그녀는 자노바가 요새로 간다는 말에 다소 고민하는 듯했지만, 정보를 계속 모으기로 한 모양이었다. 뭔가 마음에 걸리는 게 있는 모양이다.

왕자님을 아무쪼록 잘 부탁한다는 말을 내게 했다.

그렇긴 해도 고작 셋인가. 왕자의 출진인데 배웅도 없고, 호위도 없고, 원군도 없다. 마부석에 앉은 사람은 이 나라의 병사라고 하지만, 태도는 어째 뻣뻣했다.

역시 팩스는 자노바를 버림패로 삼으려는 걸까. 그 사실이 왠지 분하게 느껴졌다. 자노바는 이런 각오를 하고 나라로 돌아왔는데, 팩스를 왕으로 인정하고 자기는 장수로서 몸을 던져가며 일하려고 하는데….

그런 건 둘째치고, 마도갑옷 '1식'은 자노바의 취미인 인형이라는 걸로 해서 별도로 파츠별로 운반시켰다. 우리보다 도착은 늦어지겠지. 이 세계의 운송업은 현대 일본의 운송회사와 비교해서 느릿느릿하고. 내 도착과 마도갑옷의 도착. 그 사이에 무슨 일이 일어날지도 모른다.

걱정이다.

그렇게 걱정이면 입고 이동하면 된다는 생각도 했지만, 올스테드와 싸울 때 마력이 바닥나서 죽을 뻔한 것을 떠올렸다.

최대한 마도갑옷을 입기 위한 마력은 온존해두고 싶다.

요새로 가는 길은 커다란 가도가 아니었다.

논 사이의 샛길처럼 가느다란 길을 계속 마차로 이동하는 것이다.

농촌은 있지만 숙박거리는 없고, 때로는 야숙을 하면서 북쪽으로 향했다.

"……."

가는 동안, 처음에는 인신에 대해서 생각했지만, 문득 '이제부터 전쟁을 하러 가는 거다'라는 사실을 깨닫자 그 순간 극도로 불안해졌다.

몸이 굳어졌다. 전쟁. 살인 자체는 이 세계에 온 이후로 그럭저럭 익숙해졌다. 하지만 전쟁이라. 그 말에는 표현하기 어려운 두려움이 있다. 죽이는 것도, 죽는 것도 아니라, 그저 전쟁이라는 현상에 대한 두려움이 있다. 내가 그곳으로 간다면 더더욱.

…아니, 이길 수 있을까? 저번에 설명을 들은 바로는 어떻게든 싸움이 될 것 같기는 한데.

실제로 전쟁에 참가하는 건 처음이다.

"스승님, 보십시오. 모험가들이 있습니다. 이렇게 아무것도 없는 장소에 저런 중장비를 하고 어디로 가는 걸까요?"

불안한 나와는 달리 자노바는 정말 즐거운 모습이었다.

뭔가를 발견할 때마다 내게 보고하고 웃어 주었다.

엄청 밝군. 이제부터 전쟁을 하러 가는 거라고는 생각되지 않을 정도다.

"저건 미궁을 탐색하러 가는 파티로군요. 이 근처에는 미궁이 많지만, 모든 미궁이 도시와 가까운 건 아닙니다. 진짜로 미궁을 답파하고 싶은 파티는 저렇게 인적 없는 미궁으로 발을 옮깁니다."

록시도 차분한 모습이었다.

자노바만큼 밝지는 않지만 평소와 같다.

전쟁은 처음이라고 말했을 텐데, 내색도 않는다.

"오오, 역시나 록시 님. 박식하시군요."

"저도 한때 이 근처의 미궁을 드나들었으니까요."

겁먹은 건 나뿐이다.

왜 두 사람은 이렇게 차분한 걸까. 나 혼자만 뭔가 안심할 요소를 놓치고 있나? 아, 혹시 이 녀석들에게는 내가 안심할 요소일까.

그렇다면 불안한 내색을 하면 안 되겠네….

"그러고 보면 록시 님은 미궁 단독 답파의 공적을 인정받아, 우리나라의 궁정마술사가 되셨지요."

"예, 오래된 이야기입니다."

"미궁을 혼자 들어가는 건 보통 일이 아니라고 들었습니다. 스승님의 스승님이시라면 당연하다고 생각합니다만, 왜 그렇게 힘든 일을 하셨습니까?"

"예? 어어, 저기, 찾는 거라고 할까, 뭐라고 할까…. 젊은 치기지요."

"호오, 그것은 찾았습니까?"

"그때는 찾지 못했습니다만, 나중에 찾았다고 할까, 그쪽에서 저를 찾았습니다."

록시는 모자 뒤로 힐끔힐끔 나를 보며 말했다.

아, 이건 그 이야기인가. 록시가 연인을 찾아 미궁에 들어갔다는 이야기.

"그렇군요. 파랑머리 천재마술사가 결혼 상대를 찾으러 미궁에 들어갔다는 것은 사실이었던 거로군요."

"그렇게 다 말하지 마세요. 부끄럽지 않습니까."

"좋은 이야기 아닙니까. 스승님도 학교에 입학하기 전부터 록시 님을 계속 흠모하셨던 모양이고요."

"정말인가요? 실피와 사이좋지 않았나요?"

"아뇨, 그게 말이죠. 당시에는 저도 몰랐습니다만, 스승님은 록시 님의…."

자노바와 록시는 즐겁게 옛날이야기로 꽃을 피웠다.

평소라면 자노바에게 질투라도 했을지 모르지만, 지금은 왠지 그럴 기분이 들지 않았다.

"어머, 예전부터 루디는 저를… 루디? 왜 그러나요?"

어느 틈에 록시가 내 얼굴을 들여다보고 있었다.

얼굴이 가깝다. 키스라도 할까 했지만, 그만두자.

"아니, 자노바는 전쟁터에 가는데도 꽤 즐거워 보인다 싶어서."

"하하하, 저도 남자니까요! 이러니저러니 해도 사력을 다한

결투나 싸움에는 마음이 두근거립니다!"

"……."

위장이 아프다.

9일 뒤. 요새에 도착했다.

카론 요새는 생각 이상으로 제대로 된 요새였다.

멀리서 봤을 때는 돌로 쌓은 작은 성 같은 외견의 흔해빠진 건물이라서, 별로 미덥지 않다는 것이 첫 인상이었다.

하지만 입지는 좋았다. 삼각주 같은 강과 강의 합류지점에 세워져 있었다.

분명히 그 유명한 스노마타 일야성도 이런 장소에 세워졌을 거다.

더 말하자면 강 너머는 숲이다. 숲을 빠져나가면 실론 왕국에 들어가기 쉽지만, 군대를 데리고 숲을 통과하기란 어렵다. 특히나 이 세계의 숲에는 마물이 나오니까. 마물과 싸우면서 시간을 잡아먹는 사이에 적보다 뒤쳐져서 숲의 출구에서 포위 공격을 받는다는 사태도 일어나기 쉽다.

그야말로 요해지라는 거겠지.

가까이 가 보니 생각 이상으로 위풍당당하고, 옥상에는 전망대와 투석기 같은 것이 설치된 것도 보였다. 5백 명밖에 없다고 들었기에 더 작을 거라고 생각했는데, 뜻밖에도 괜찮았다.

하지만 거기에 있는 병사들의 안색은 어두웠다.

적이 압도적이라는 말에 사기가 떨어진 거겠지.

"스승님, 록시 님, 이쪽으로."

우리는 자노바를 따라서 요새 책임자인 대장을 방문했다.

대장은 작전회의실인 듯한 장소에서, 몇몇 부하들과 지도 앞에서 머리를 모으고 있었다.

"누구냐?"

"실론 왕국 제3왕자, 자노바 실론이다."

"……!"

그들은 의심어린 눈을 하였지만, 자노바가 이름을 밝힌 순간 곧바로 무릎을 꿇었다.

"실론 왕국 기사 갈릭 바빌리티, 카론 요새 방어부대 대장을 맡고 있습니다."

"그래, 지금까지 수고했다. 폐하께서 연락하셨으리라 생각하는데…."

"예, 얼마 전에 전달받았습니다."

"그럼 이야기는 간단하군. 내일부터 내가 이 요새의 지휘관이 된다. 알겠지?"

"…예."

갈릭에게서는 불만 어린 기색이 느껴졌다. 자기가 우두머리 자리에서 쫓겨나는 게 싫다기보다는 이런 녀석에게 지휘권을 넘기는 게 싫다는 느낌일까.

그도 지금까지 요새를 지켜왔다는 자존심이 있겠지.

일단 동료니까 사이가 틀어지지 않을 정도로 달래주는 편이 좋지 않을까.

"그렇긴 해도 나도 전장에 선 지 오래되었군. 고로 어디까지나 보좌라는 입장을 지키면서, 실제 지휘는 계속 갈릭 경에게 맡기고 싶군. 괜찮을까?"

"예."

내가 뭐라고 할 것도 없이 자노바가 그렇게 잘 처리하였다.

좋아, 좋아, 이런 건 베테랑에게 맡기는 게 제일이지.

"자, 그럼 갈릭 경. 병사들의 사기를 올리고 싶으니, 이 요새에 있는 모든 병사를 모아 주게."

"예!"

자노바의 말에 요새에 남은 병사들과 대면했다.

약 한 시간 뒤.

요새 바깥에 설치된 연단 앞에 450명 가까운 갑옷 차림의 군대가 늘어섰다.

나머지 50명 중 열 명은 파수 임무로 요새의 곳곳에 흩어져 있다.

나머지는 정찰이나 보급부대의 호위 등으로 이 자리에 없는 모양이다. 여기 늘어선 이들은 모두가 강하고 대담하며 터프한 얼굴이었다. 생각 이상으로 씩씩한 모습이고, 장관이었다.

5백은 적다고 생각했는데, 실제로 이렇게 보니 그런 기분은 들지 않았다. 이 정도 있으면 어떻게든 되지 않을까. 그런 기분이 들었다.

아니, 상대는 이 열 배니까 어떻게 안 되겠지만.

"어이, 저거 봐."

"저 녀석, 누구지?"

"보아하니, 왕족인가…?"

그들은 자노바가 단상에 모습을 드러내자 의아한 표정으로 바라보았다.

다들 사기가 낮다. 왕족 앞인데도 소곤소곤 이야기하는 녀석도 있었다.

"실론 왕국 제3왕자 자노바 실론이다."

"자노바 전하! 저희 일동, 당신과 함께 싸우는 것을 영광으로 생각합니다!"

제일 앞에 선 대장이 가슴을 펴며 그렇게 말했지만, 그냥 인사치레겠지.

그 자신도 별로 자노바를 환영하지 않는 기색이었다. 뭐 하러 왔냐? 라는 얼굴이다.

"음."

자노바는 느릿느릿 고개를 끄덕이고 병사들을 내려다보았다.

내가 준비한 전신갑옷과 곤봉 때문인지, 제법 그럴 듯하게 보였다.

"일단 상황을 설명하라!"

"예! 현재 적과 자잘한 충돌이 이어지고 있습니다. 포로를 심문한 결과, 조만간 대공세가 있을 것이라고 판명되었습니다."

"그래. 그럼 시간은 없나."

자노바는 고개를 끄덕였다.

대장은 조금 불안한 얼굴이었다. 정말로 알아들은 걸까? 라는 얼굴이군.

자노바는 가슴을 펴고 큰 목소리로 외쳤다.

"일단 제군들에게 원군을 소개하지."

원군이라는 말에 병사들의 얼굴이 살짝 밝아졌다.

사기가 오르는 순간이라는 게 느껴지는군. 하지만 원군은 어디에 있는 걸까.

적어도 팩스한테 그런 걸 받은 적은 없다.

그렇게 생각했는데 자노바가 우리 쪽으로 눈짓을 하였다.

나와 록시는 그 눈짓을 따라 단상에 올라갔다.

"어이, 저분은."

"전에 한 번…."

"하지만 분명히…."

병사들이 술렁거렸다.

그 녀석들은 주로 록시를 보고 있는 것 같았다. 전쟁터에는 여자가 적으니까 록시에게 야수의 눈을 들이대는 걸까. 록시는 귀엽고 아름다운 데다가 신성하기까지 하니까 모를 것도 아니지만, 여병사도 록시를 보고 있다. 하지만 그렇게 바라보는 것은 남녀 가릴 것 없이 비교적 나이 든 사람들이 많은 듯했다.

30대에서 40대.

"제군! 적은 다수, 아군은 소수. 적의 대공세도 예상되었으니, 요새의 앞날이 어둡게 느껴지겠지. 하지만 오늘 마법도시 샤리아에서 강력한 원군을 모셔왔다."

자노바가 눈짓을 하였다. 아하, 원군이란 건 즉 우리인가. 그래, 성급 이상은 일기당천.

나와 록시, 둘을 합치면 2천만 태그다.

"안녕하십니까."

록시가 모자를 벗고 인사했다. 병사들의 술렁거림이 커졌다.

"역시! 궁정마술사님이었어…."

"왕급 마술사인…."

"지금 교련의 기초를 만들었다는…."

자노바는 의기양양한 얼굴을 하면서 록시에 대해 설명하기 시작했다.

"이쪽은 록시 미굴디아, 예전에 우리 실론 왕국의 궁정마술사였던 분이다. 알고 있는 이도 많으리라 생각하지만, 현재 우리 군의 대마술 교련의 기초를 만든 분이기도 하다. 그리고 그 세자인 루데우스 그레이랫. 두 분 다 왕급 이상의 민완 마술사이다."

오오옷 소리와 함께 자리가 술렁거렸다.

그래, 록시는 예전에 이 나라의 궁정마술사였다. 병사들 중에는 당시부터 이 나라에서 병사였던 이도 있겠지.

하지만 자노바, 지금 록시는 록시 미굴디아 그레이랫이야. 틀리면 안 되잖아. 뭐, 미굴디아라고만 하는 편이 잘 통하겠지만.

"성급 마술사는 천 명에 필적한다는 이야기는 제군들도 들은 바 있겠지. 그럼 왕급 마술사는 어떠할까…! 모르는 자가 있을지도 모르지만, 사실 과거 라플라스 전쟁에서 왕급 마술사 한 명이 10만 대군을 막아내었다는 기록도 있다!"

갑자기 자리가 고요해졌다.

십만은 너무 부풀렸잖아. 그런 이야기, 들어본 적도 없어.

하지만 믿는 사람도 있는 건지, 나를 동경의 눈으로 보는 녀석도 생겼다.

"그런 왕급 마술사 이상의 두 분만이 아니라 신의 아이인 '목 뽑는 왕자'라는 별명을 가진 내가 전선에서 직접 지휘하겠다!"

신의 아이나 '목 뽑는 왕자'라는 단어에 병사들 사이에 기대의 표정이 퍼졌다.

내가 실론 왕국에 갔을 때는 기피의 대상인 별명이라도, 전쟁터에서는 든든하게 들리겠지.

"나는 제군들에게 승리를 약속하지!"

자노바가 주먹을 쥐고 외치듯이 선언한 순간, 병사들은 환성을 올리며 주먹을 쳐들었다.

"오오오오오!"

사기는 높다.

제법 괜찮은 연설 아닌가.

자노바는 의외로 리더로서의 소양도 있는 걸까.

하지만 이렇게 공격하기 어려운 요새에 두 명의 왕급 마술사. 이쪽에서 치고 나가서 이기기는 어렵겠지만, 지키는 건 쉽겠지. 자노바의 자신만만한 모습이나 병사들이 록시를 보고 환성을 지르는 것도 이해할 수 있다.

주먹을 쳐드는 병사들을 계속 보고 있으니 불안함도 조금 사라졌다.

열심히 해 보자.

제6화　전쟁 준비

다음날, 나는 자노바와 데이트를 하고 있었다.

장소는 카론 요새 북쪽, 주전장이 될 수 있는 황야였다.

아침댓바람부터 자노바가 찾아와서 '잠시 해 주셨으면 하는 일이 있다'라고 하길래 시키는 대로 따라나섰더니 여기로 데리고 왔다.

솔직히 좀 쫄았다. 이 근처는 전투구역이다. 언제 적 부대와 접촉해도 이상하지 않다.

"어이, 괜찮은 거야?"

"음? 스승님. 왜 그리 움찔거리십니까?"

"아니, 적하고 만날지도 모르고…. 아니, 조만간 공격해 온다잖아?"

"적이 나오거든 해치우면 되는 것 아닙니까. 용신 올스테드에게 도전했던, 용맹과감한 스승님답지 않은 말씀이군요."

용맹과감이라는 형용사는 나를 표현할 때에 제일 적합하지 않은 말이야.

오히려 에리스에게 어울리지. 물론 2식 개량형 마도갑옷은 입고 있으니까, 어지간한 잡졸이 기습해도 별 문제 없겠지만….

"뭐, 적의 척후가 오더라도, 요새에서 보이는 위치까지는 안 옵니다."

"반대 아냐? 요새가 보이는 위치까지 안 가면 척후로서 역할을 다할 수 없지 않아?"

"일리가 있습니다만, 갈릭 대장의 말로는 이미 상대는 이쪽의 전력을 파악했다고 합니다. 한둘이라면 우리의 행동을 보고 있을지도 모릅니다만, 부대를 이끌고 오지는 않겠죠."

그런가, 그렇다면 됐어.

상대에게 이쪽의 전력이 알려진 것은 별로 기쁘지 않지만.

"그보다 자노바, 이런 곳에 데려와서 뭘 시키려고? 사랑 고백이야?"

"하하, 저는 스승님을 좋아합니다만, 남색 취향은 없습니다. 하지만 아슬라 귀족 중에는 남색가도 많다고 했던가요?"

"…우리 집안은 여자를 좋아해."

노토스 가문은 대대로 왕가슴을 좋아한다. 가슴을 좋아하는
건 남자로서 자연스럽지.

어차, 착각하지 말아줘. 나는 작은 쪽도 좋아해.

어느 쪽이든, 이 세계에서는 딱히 특수한 것도 아니다.

"그건 그렇고…. 이 근처는 실제로 전투가 일어났을 때에 적
군이 포진할 위치일 겁니다."

"호오."

그 말에 주위를 둘러보았다.

아무것도 없는 황야다. 구불대는 지형에 키가 큰 풀과 한 아
름은 될 만한 돌이 굴러다니고 있다.

또 경사도 있다. 카론 요새를 보면 올려다보는 형태가 된다.
약간 내리막인 비탈길이다.

강도 남쪽에서 북쪽 방향으로 흐른다.

응. 이렇게 보니 카론 요새의 위치는 이상적이군. 실로 든든
해.

"왜 여기라고 생각해?"

"이 부근이 아슬아슬하게 적의 활 사정거리에 듭니다."

"헤에…."

꽤 거리가 있는 줄 알았는데, 그래도 닿나.

뭐, 아군의 활은 요새 위에서 쏘는 거라서, 사정거리가 그보
다 더 길겠지만.

"그러니 여기 지형을 적이 포진할 수 없는 것으로 바꿔주실 수 있겠습니까."

"그렇군."

여기 지형을 변화시키면 상대는 이보다 더 뒤쪽에 포진할 수밖에 없어진다.

이쪽의 화살은 닿고, 상대의 화살은 닿지 않는 거리다. 진군조차 곤란한 지형으로 만들면, 그걸 요새에서 저격할 수도 있겠지. 미리 손을 쓰는 건 유효할 것이다.

"그럼 스승님, 한 방 크게 부탁드립니다."

"그래, 어떤 느낌으로 할까?"

"산이나 계곡이군요."

"그럼 계곡으로."

그리고 그날 하루를 꼬박 전장의 지형을 바꾸는 데에 들였다.

깊이 10미터, 종폭 5미터, 횡폭 20미터짜리 구멍을 황야 여기저기에 만들었다.

하는 김에 몇 개에는 뚜껑을 덮어서 함정처럼 만들어두었다.

이거면 그리 간단히 메울 수 없겠고, 가령 투석기 같은 것을 가져왔다고 해도 사정거리 안까지 운반하기 어렵다. 계곡 밑으로 오르내리기도 힘들 테니 참호로 쓰기도 어렵겠지.

또 요새를 둘러싼 강 바깥쪽에 돌벽과 해자를 만들어두었다.

진지를 구축해도 요새 상황이 잘 안 보이겠고, 함정지대를 넘어서 공격해 오더라도 요새에 접근하기 어려워진다.

"휴우, 이 정도일까."

"수고하셨습니다."

반나절 만에 작업이 끝났다.

이만큼 만들면 적도 그리 쉽게 진군할 수 없겠지.

"이걸로 좀 안심일까."

"아뇨, 스승님이라면 이 덫 너머에서 마술로 요새를 파괴할 수도 있겠지요?"

"가능해."

눈에 보이는 범위에 있으니 충분히 사정거리다.

"그럼 다른 마술사도 마술의 사정거리라고 가정하는 편이 좋겠지요."

일반적인 마술사의 사정거리가 어느 정도인지는 모르지만, 내게 가능한 일이니까 사정거리라고 생각하는 편이 있겠지.

인신이 왕급, 성급 마술사를 준비했을 가능성도 있다고 생각합니다.

"또 상대 쪽의 마술사가 지금 만든 덫을 메우려고 할 가능성도 있습니다."

이번에는 함정을 중심으로 만들었다.

하지만 결국은 바닥 없는 함정일 뿐이다. 상대에게 흙 성급 마술사가 있으면 쉽게 메워진다.

"싸움의 초반, 스승님과 록시 님은 그런 마술을 저지하시는 일을 메인으로 하시게 됩니다."

"그렇군."

뭔가 해 오더라도 이쪽에도 성급 이상의 마술사가 두 명 있다. 지형이 파괴될 것 같거든 맞서면 된다. 대항주문이다.

"자세하게는 다음에 또 설명할까 합니다만, 일단 오늘의 덫에는 그런 의미가 있습니다."

적은 덫을 보고 그 앞에 포진한다. 그리고 일단 덫을 어떻게 하려고 한다.

마술사를 쓰든지, 인해전술을 쓰든지. 마술이라면 내가 상쇄하고, 인간이라면 요새의 궁병이 방해한다.

이거라면 안심이다.

그렇게 쉽사리 공략될 일은 없겠지.

좋아, 좋아, 왠지 여유가 생길 것 같다.

그로부터 사흘 정도 지났다.

마도갑옷이 도착했기에 조립해 놓았다. 기본적으로 접근전용 장비라서, 적이 요새 가까이까지 오지 않는 한 쓸 일은 없겠지. 소비마력도 크고, 이 일이 다 끝난 뒤를 생각하면 일단 이건 쓰지 않고 싸우자. 칠대열강과 싸울 가능성이 있는 것을 잊으면 안 된다.

마도갑옷을 완성시킨 뒤에 나는 자노바가 시키는 대로 요새 보강작업에 종사했다.

구멍을 메우고 벽을 강화하고. 이 정도면 마력 소비는 사소한 것이니까 문제 없다.

내가 그런 일을 하는 동안, 록시는 요새의 병사들에게 마술을 가르친 모양이다.

마술병만이 아니라 일반 병사에게도, 여차할 때에 초급 마술이라도 쓸 수 있는 것과 쓸 수 없는 것은 생사를 가르게 된다.

록시는 애초에 궁정마술사였던 만큼 쉽게 받아들여졌다. 인기가 많다.

반대로 나는 요새 병사들에게 기피당하는 존재였다.

내게 적의를 보이는 건 아니다.

말하자면 두려움을 산 것이다. 하루 만에 지형을 바꿔 버린 탓이겠지.

요새 안을 걷고 있으면 병사들이 다급히 길을 열고, 질문이라도 하려고 하면 아주 깍듯한 모습으로 공손히 대답해 준다. 하지만 먼저 말을 걸어오는 일은 거의 없었다.

약간의 소외감. 자노바나 록시는 이미 병사들에게 인정을 받기 시작했는데….

이게 커뮤니케이션 능력의 차이일까.

더 많이 말을 거는 편이 좋을까.

딱히 친구를 사귀러 온 건 아니니까 괜찮지만, 조금 적적했다.

아, 병사들은 서먹서먹하지만, 밥은 맛있었다.

그것도 이번 전쟁은 왕룡 왕국이 뒤에 있기 때문이었다. 원군은 보내주지 않는 모양이지만, 물자는 보내준다고 한다.

물자는 주로 식량이었다.

왕룡 왕국에서 일상적으로 먹는 사나키아 쌀.

이것은 실론 왕국에서도 먹는 것이지만, 이 요새에서는 주식이 되었다.

우리 집에서 품종개량을 진행 중인 아이샤 쌀과는 맛이 다소 다르다.

솔직히 아이샤는 내 취향에 맞도록 여러모로 시험하고 있다.

고로 맛은 아이샤 쌀이 낫다.

하지만 원래는 같은 쌀이다. 이런 것을 매일 먹을 수 있다면 나는 실론 왕국의 병사가 되어도 좋다. 그렇게 생각할 만큼 행복한 시간이었다. 팩스의 부하인 것은 사양이지만.

그리고 나흘째가 되는 날. 아군 척후병에게서 적 부대가 요새에서 출진했다는 정보가 들어왔다.

이제 곧 적이 온다.

적의 요새에서 여기까지는 군대를 데리고 약 5일.

척후가 며칠 만에 왕복할 수 있는지는 모르지만, 닷새 거리를 하루 만에 이동할 수는 없다.

사흘일까, 이틀일까. 아무튼 곧 온다.

요새 안은 갑자기 부산해졌다.

자노바는 갈릭과 함께 부대를 재편성하고, 록시는 요새 옥상에 마법진을 그리기 시작했다.

요새의 병사들은 무기를 손질하고 갑옷을 정비하고 화살 숫자를 다시 파악하였다.

그중에는 언제 적이 와도 좋도록 유서를 쓰는 자도 있었다.

나는 한가해졌다. 할 일이 있는 듯하면서 없었다. 내가 할 수 있는 일은 요 며칠 동안에 대충 다 끝냈다. 그러니까 기껏해야 록시가 그리는 마법진을 거드는 정도였다.

록시의 말로는 이 마법진은 불의 성급 마술 '플래시오버'의 마법진이라는 듯했다.

록시는 이 마술을 정식으로 습득한 게 아니다.

불 계열은 특기 주문이 아니기 때문에 제어할 수 없다.

하지만 마법진을 그리는 법은 알고 있었다.

그래, 이 마법진은 록시가 쓰는 게 아니다. 요새의 마술병 여러 명이 마력을 주입해서 쓰는 것이다. 어디까지나 록시는 물의 성급 마술을 쓸 생각인 모양이다.

불 마술은 기본적으로 마물을 상대로 쓰지 않는다. 위력이 강하지만, 미궁 안에서는 산소결핍을 일으킬지도 모르고 주위에 불티가 튀어서 위험하기 때문에 별로 선호되지 않는다.

하지만 인간이 상대라면 대단히 유효하다.

애초에 보통 인간은 대개 불에 약하니까.

나는 싸움이 시작되거든 록시와 함께 요새 옥상에서 적을 향해 마술을 날리게 된다.

자잘한 계획은 있지만, 기본적으로는 막 쏘게 되겠지.

그것이 내 역할이다.

하지만 한 가지 걱정이 있다.

나는 과연 쏠 수 있을까.

이 세계에 온 뒤로 나는 사람을 죽이는 단계가 되면 일일이 주저한다.

이제 와서 살인은 안 된다는 얄량한 소리를 할 생각은 없다.

장래에 자식들에게 살인은 안 된다고 당당하게 말할 수 없어 진다며 괜히 어른인 척할 생각도 없다.

마음에 걸리는 거라면 과거에 루이젤드에게 사람을 죽이지 말라고 한 정도다.

과거에 내가 확실히 살의를 가지고 사람을 죽인 것은 한 번.

다리우스 상급대신이다. 또 오베르도 일단은 그런가. 마무리는 안 했지만, 몰아붙여서 죽였다. 뒷맛은 썼다. 그래도 쓰러뜨려야만 하는 상대였다.

이번에는 기본적으로 아무런 죄도 없는 상대다. 죽여야만 하는 것은 아니다.

대의명분은 없다. 구태여 말하자면 자노바를 위한 것이지만, 꼭 그래야만 한다고 할 수 없는 레벨이다.

아무튼 그런 이들을 수없이, 멀리서 마구잡이로 마술을 써서 죽이게 된다.

오베르 때와는 다르다. 일방적이 되겠지.

가능하냐 불가능하냐를 말하자면 가능하다. 할 거냐 안 할 거냐를 말한다면 할 거다.

하지만 끝난 뒤에 괜찮을까. 갑자기 속이 메스꺼워지고 토하는 게 아닐까.

그 뒤에 사신이 공격해 온다면 제대로 싸울 수 있을까….

"······."

"왜 그러나요, 루디."

고민하고 있자, 록시가 나를 올려다보았다. 뺨에 잉크가 묻어 있었다.

그러고 보니 그녀는 전쟁인데도 태연했다. 록시는 모험가였으니까 전쟁에 참가한 적은 없었을 텐데. 그 이전에 사람을 죽인 적은 있는 걸까.

이제까지 그런 이야기는 못 들었던 것 같다.

"록시…. 어어, 저기요."

하지만 묻기 어렵군.

당신은 사람을 죽인 적이 있습니까.

전생에서 그런 말을 하면 '이 녀석 혹시….'라고 여겨질 만한 발언이었다.

"아…. 알겠습니다. 어쩔 수 없네요. 요새에는 안 쓰는 방이 있다니까 거기로 가지요."

"예?"

"남자는 싸움 전에 거칠어진 마음을 여자를 안아서 진정시킨다고 들었습니다. 다리에 힘이 안 들어갈 정도로 하면 안 되겠지만, 저도 일단 루디의 아내니까요. 아무데서나 하는 것보다는."

"아니아니, 그런 게 아니라요."

"아닌가요…."

아무리 나라도 그렇게 하루종일 그런 생각만 하는 건 아니다.

아니, 록시, 조금 아쉬운 기색인데, 록시가 하고 싶다면 나는 기쁘게….

아니, 그건 넘어가자. 좋아, 물어볼까.

"록시는… 지금까지 사람을 죽인 적이 있습니까?"

"있습니다."

쉽게 대답이 돌아왔다. 얼떨떨해졌다. 록시가, 이 요새의 병사와도 금방 친해지는 록시가….

"오랫동안 모험가 생활을 했으니까요. 이상한 일도 아니지요."

"어어… 어떤 상대를?"

"처음은… 마대륙에서 모험가를 하던 무렵이었을까요. 저를 아이라고 얕보고 속이려던 상대와 싸움이 일어나고, 그대로 죽고 죽이는 상황이 되어서…."

기세를 타고 그랬다는 걸까.

"그것뿐?"

"혼자서 모험가 생활을 하던 때에도 몇 번…. 아, 혼자서 여행할 때에는 인신매매범에게 찍히는 일도 많았지요. 이런 모습이니까 납치하기 쉽다고 보였겠지요. 전원 격퇴했습니다만."

뭐, 그렇지.

이런 세계다. 다들 깨끗하게 살 수 있는 것도 아니다.

"록시, 꽤나 차분하게 보였는데…. 전쟁은 이게 처음인가요?"

"예. 하지만 죽음의 위기는 지금까지 몇 번이나 겪었습니다."

딱 잘라 말했다.

"이번에는 적이 눈앞에 오는 것도 아니고, 위험하다 싶으면 뒤쪽으로 도망칠 수도 있습니다. 여유가 있지요."

"도망치는 건가요?"

"예. 여차하면 루디를 들고서 도망치겠습니다. 저는 루디를 지키기 위해 따라온 거니까요."

록시는 손에 붓을 들고 쳐들고 팔에 알통을 만드는 포즈를 취했다.

포동포동한 팔이다. 근육은 전혀 없지만, 왠지 든든하다.

"루디는 사람을 죽이는 게 무섭습니까?"

"예, 무섭습니다."

"어째서인가요?"

"모르겠습니다…."

록시는 흠 소리와 함께 고개를 끄덕이면서 이마의 땀을 소매로 닦았다. 방금 전의 포즈로 소매에 잉크가 뒤있는지, 록시의 이마에도 잉크가 묻었다.

"루디는 이전부터 겁이 많았으니까요. 말을 타는 것도 무서워했고…."

그래. 그러고 보면 15년 전에는 밖에 나가는 것도 두려워했지. 그리운 기억이다.

"어떤 걸 모르겠나요? 제게 말해 보세요."

왠지 오랜만에 록시가 선생님 같다.

"사람을 죽이려고 하면… 그 직전에 멈추게 됩니다."

"멈춘단 말인가요. 그건 왜라고 생각하나요?"

어째서일까. 그걸 알면 고민도 안 하지. 하지만 거기서 생각을 멈추면 안 된다. 생각하자.

예전에 나는 왜 사람을 죽이지 않았는지를.

"마대륙을 여행하던 무렵부터, 죽이지 않도록, 죽이지 않도록, 그렇게 마술을 컨트롤해 왔습니다."

그래. 과거에 스톤 캐논의 위력을 조정한 것은 에리스에게 마물과의 싸움 경험을 쌓게 하기 위해서였다.

하지만 인간이 상대라도 죽이지 않도록 위력을 조정하게 되었다.

루이젤드… 그리고 '데드엔드' 파티는 살인을 하지 않기로 정했기 때문이다.

"그때, 파티에서, 사람은 죽이지 않기로 정해서…. 내가 리더였으니까, 모범이 되어야 한다고 생각하기도 했습니다. 그걸 계속했으니까, 그 마음이 몸에 밴 것일지도."

오랫동안 하지 않았던 일이니까 어느 틈에 내 안에서 기피해야 할 일이라는 인식이 뿌리를 내렸다. 어렸을 적에 엄한 교육을 받아서 일정한 일을 기피하게 된 인간은 어른이 되어서도 계속 기피하는 것처럼.

일종의 트라우마다.

아니면 도중에 한 명이라도 죽였으면 이제 와서 고민할 일도 없었을지 모른다.

그걸 할 수 없는 채로 여기까지 왔다.

"그렇군요."

록시는 앞머리를 쓸어올렸다. 잉크가 콧등에까지 묻었다.

"루디 자신은 그걸 어떻게 생각합니까? 어떻게든 해서 없애야 한다고 생각합니까?"

"…아니요, 오히려 없어지는 게 무섭습니다."

이 세계에서 나는 힘을 가지고 있다. 아마 웬만한 상대는 손가락 하나만으로 없앨 수 있는 힘이다.

조금 마음에 안 드는 상대를 죽이고, 그걸 막는 상대도 죽일 수 있을 정도의 힘.

제지할 게 없어지면 나는 미래의 일기에 적힌 대로 누구든 개의치 않고 죽이는 살인귀가 되겠지.

그건… 싫다.

왠지 모르지만 싫다. 그렇게 되고 싶지 않다.

"그럼 좋지 않습니까."

좋은 걸까. 앞으로 문제가 생길 것 같은데.

"여기서 '이번에는 루디가 죽이지 않고 자노바 왕자가 죽이는 것이다'라고 해도 좋습니다만, 루디는 화낼 테니까요."

"……."

전쟁에서 개인의 살인은 나라가 보호해 준다. 모두 조직, 나라의 책임이다.

그러니까 이번 전쟁에서 내가 죽이는 것은 노 카운트. 모두 자노바, 혹은 팩스의 책임이다.

물론 그건 변명에 불과하다.

"이번에 혹시 루디가 마술을 쓸 수 없으면 제가 대신하겠습니다. 제가 마력 고갈을 일으키면 업고 도망쳐 주세요."

"…뭐, 록시가 나를 업는 것보다는 그 편이 좋겠네요."

"그렇죠?"

록시는 그렇게 말하고 웃으면서 새 잉크병을 손에 들었다.

그때 자기 소매에 잉크가 묻은 것을 깨닫고 얼굴을 찌푸렸다.

"루디, 혹시 제 얼굴에 잉크가 묻었나요?"

"예, 얼굴에서 마술이 나올 정도로."

그렇게 대답하자 록시는 품에서 손수건을 꺼내어 북북 문질렀다.

얼굴이 새빨갛다. 마술 대신 불이 나왔나.

"어디에 묻었나요?"

"뺨과 이마와 콧등입니다."

"……닦아 주세요. 이대로 있다간 시집도 못 갑니다."

"이미 시집왔잖아요."

그렇게 말하면서 나는 록시에게서 손수건을 받아서 물 마술로 적셨다.

눈을 감고 얼굴을 이쪽으로 내미는 록시. 그녀의 이마를 문지르고 콧등을 문지르고 뺨에 가볍게 키스를 했다.

"……."

록시는 어느 틈에 눈을 뜨고 지그시 보고 있었다.

얼굴은 여전히 새빨갛군.

"이, 이제 마법진도 거의 끝났습니다. 나머지는 나중에 천천히 하죠."

"예."

나머지를 하게 해 줄 모양이다.

나는 그 뒤에 록시가 마법진을 다 그릴 때까지 개처럼 기다렸다.

둘이서 방으로 돌아가서 정을 나누었다.

이 전쟁, 내가 움직일 수 있을지는 모른다.

하지만 록시가 있으면 괜찮겠지.

다음날. 적 군대가 움직였다는 보고가 들어왔다.

요새에 긴장이 일고, 전원이 자기 배치에 임하려고 뛰어다녔다.

나도 요새 옥상으로 이동했다.

나와 록시의 일은 여기서 마도병 중대장의 지시를 받으면서 마술을 날리는 것이다.

그 시기가 올 때까지 계속 기다리게 된다.

마도갑옷 '2식 개량형'은 입고 있다. '1식'도 요새 뒤쪽에 세워놓듯이 배치하였다.

뛰어내리면 바로 입을 수 있다.

인신은 지금에 이르기까지 아무 짓도 하지 않은 듯하다.

이 전투가 끝날 때에 뭔가 해 올까. 아니면 이 전투를 틈타서 뭔가를 해 올까.

적에게 사도가 있는 걸까. 요새 안에 사도가 있는 걸까. 팩스가 적이 되어서 뒤에서 공격해 오는 걸까….

여러 불안이 오가는 도중에 문득 시야 구석에서 움직이는 것이 있었다.

"응?"

요새 뒤쪽. 적이 오는 곳과는 정반대쪽.

갑옷 차림의 한 무리가 요새를 빠져나가서 강을 건너 숲으로 이동하는 게 보였다.

백 명 정도일까. 설마 탈주병은 아니겠지.

"저기, 저게 뭔지 압니까?"

"예!"

나는 중대장인 빌리 씨에게 물어보았다.

그러자 그는 요새 바깥, 갑옷 차림의 무리를 보고 고개를 끄덕였다.

"저번에 자노바 전하께서 편성하신 부대입니다. 숲을 통과해 오는 적병을 쓰러뜨리고, 상황에 따라서 적 본대를 기습하여 적장의 수급을 취한다고 말씀하셨습니다."

"뭐?!"

그건 뭐야?

"나는 못 들었는데!"

"예…. 아뇨, 저기, 루데우스 님이 따라오신다면 요새의 수비가 약해질 거라고."

"아니, 그거랑 말하지 않는 건 별개인데?"

"말하면 따라올 거라면서. 그리고 루데우스 님이 따라오면 록시 님도 따라올 거라면서."

아니, 그 마음은 고맙고, 무슨 의미인지도 안다.

분명히 자노바가 소수로 출격하게 되면 나는 '이것이야말로 인신의 덫!'이라면서 따라가겠지.

그러면 록시도 따라올지 모른다.

마술은 이디서든 쏠 수 있다고 해도 숲속이면 상황에 맞춰 정확하게 쏠 수 없을 것이다.

이해는 된다.

하지만 그래선 의미가 없잖아. 뭘 위해 내가 여기까지 왔다고 생각하는 거야.

나는 자노바를 지키기 위해 왔어. 하다못해 출발 전에 한 마디 말이라도 했으면 좋잖아.

오폭이라도 하면 어쩌려고. 아니, 숲속에 이쪽의 총대장이 있다고 상대가 알게 되면 큰일 나는 것 아냐?

지금 당장 쫓아가서….

"윽!"

하지만 내가 무슨 행동에 들어가기 전에 요새 안에 긴장이 감돌았다.

적습을 알리는 징 소리가 깡깡 울리고, 주위의 시선이 한 곳에 모였다.

시선 끝, 흙먼지로 지평선이 부옇게 되어 있었다.

적이 왔다.

제7화 전쟁

자노바가 어딘가로 갔다.

적장의 수급을 취한다고 한다.

무슨 소린지 모르겠다. 모르겠지만 나도 이 자리를 이탈할 수는 없다.

자노바가 전장에 있는 상태로 마술을 쏘는 건 무섭지만… 자노바는 사전에 대장, 중대장들과 회의를 했다. 설마 나와 록시가 쏘는 마술 앞에 튀어나올 만큼 무모하지 않겠지.

제대로 생각했을 거다.

아니, 혼자도 아니라 백 명 정도 데려갔으면 작전 행동이겠지.

나는 시키는 대로 하면 된다. 그러면 된다.

"…후우."

진정하자. 자노바도 제대로 생각하고 작전을 세웠을 거다.

그럼 나도 예정대로 움직이면 된다.

"후우… 하아…."

좋아, 일단은 적을 보자.

적은 내가 혼란에 빠진 사이에도 이동하여 뒷 앞에 진을 쳤다.

이쪽의 화살이 아슬아슬하게 닿지 않는 거리다. 물론 적의 화살도 닿지 않는다.

본격적인 전투가 벌어지는 건 적의 절반이 내가 만든 함정지대에 침입했을 때겠지.

"그렇긴 해도 많네."

"3천 정도로 보입니다만."

"후진이 있어."

병사들이 그런 이야기를 하였다. 병사의 숫자를 세려면 깃발

숫자를 본다고 하던가.

"루디! 상쇄해 주세요!"

"어?"

갑자기 록시가 외쳤다.

적을 보니, 적진 중앙 부근에서 용오름 같은 것이 하늘로 솟구치는 게 보였다.

"흙 마술로 덫을 단숨에 메울 생각입니다!"

아하, 저건 흙의 성급 마술 '샌드 스톰'인가.

함정의 존재는 적의 척후나 무슨 수단으로 확인이 끝났고, 다량의 흙으로 그걸 메워 버리려는 거겠지.

하지만 이것도 예상하였다.

"알겠습니다. 바이올런트 스톰으로 상쇄하겠습니다."

나는 그렇게 선언하고, 일어나는 흙먼지를 향해 두 손을 펼쳤다.

사용하는 것은 바람의 성급 마술 '바이올런트 스톰'.

거창한 이름이지만, 단순히 강한 바람을 발생시킬 뿐인 마술이다.

하지만 괜히 성급으로 분류되는 게 아니다.

물 성급 마술 '큐무로님버스'.

흙 성급 마술 '샌드 스톰'.

양쪽 다 '속성＋바람'이라는 혼합 마술에 가깝다.

하지만 바람 마술은 바람만을 일으킨다.

비슷한 마력총량임에도 불구하고 단순히 바람만 일으킨다.

그 위력은 엄청나서, 이것만으로 물 성급, 흙 성급 마술로 만들어진 현상을 지워버릴 수 있다.

하늘을 나는 마물에게는 대단히 유효하다.

물론 상대가 지상에 존재하는 생물이라면 다른 마술을 쓰는 게 더 위력적이다.

거리가 멀면 멀수록 초목 등으로 위력이 감소하기 때문이다.

일설에 따르면 바람 마술은 전쟁에서 그런 환경이나 기후를 변화시키는 마술에 대항하기 위해 만들어졌다고도 한다.

뭐, 결국은 일설에 불과하다. 위력 감소가 있다고 해도 충분히 마력을 담으면 나무를 뿌리째 뽑아 버릴 정도의 위력이 있다.

애초에 지상에서는 위력이 감소하지만, 하늘에서는 위력이 감소하기 힘들다. 하늘을 나는 드래곤을 쓰러뜨리기 위해 개발되었을 가능성도 있다지 않나. 뭐, 드래곤 자체가 바람 마술을 사용할 것 같지만. 아니, 보통은 그 덩치로 하늘을 못 나는 것 아냐?

또 일설에 따르면 바람 마술을 너무 쓰면 대머리가 된다고 한다. 바람 때문에 모근까지 뽑히기 때문이라나. 바람 왕급 마술사인 마법대학의 교장이 대머리니까 이건 신빙성이 있다.

좋아, 좋아, 마음이 진정되었어.

그렇게 생각하는 동안에 내 마술은 적의 흙먼지를 순식간에 날려 버렸다.

"오오오!"

주위에서 병사들의 환성이 일었다.

하지만 역시 이만큼 거리가 있으면 지상에는 별로 대미지가 안 가는 모양이다.

샌드 스톰을 지워 버릴 정도의 바람이라면 보통은 지상에도 심상찮은 피해가 나올 텐데, 지향성이 강한 탓일까. 위쪽에 날리기도 했고.

아니면 마력과 관계가 있는 걸까.

뭐, 됐어. 아무튼 이걸로….

"루디, 또 옵니다!"

"어? 또요?"

몇 번 해도 헛수고라고 생각하는데… 음, 아니, 헛수고가 아닌가.

보통은 마력 고갈이 일어난다.

저쪽은 열 배의 전력이 있으니까, 마술사의 숫자도 열 배겠지.

이쪽과 마찬가지로 마법진을 설치하고 연속해서 쏘면, 이쪽이 먼저 마력 고갈을 일으킬 거라고 생각해도 이상할 것 없다.

어라? 그렇게 생각하면, 저쪽에 인신의 사도는 없나?

사도가 있어서 내 존재를 안다면 그런 행동을 하지 않겠지. 마력 낭비다.

…아니, 인신이 조언했다고 해도 사령관이 꼭 따르는 것은 아닌가.

"일단 저쪽이 체념할 때까지 계속 상쇄하겠습니다. 알겠나요?"

"아, 예. 마력 쪽은 괜찮…습니까?"

"괜찮습니다."

중대장이 전율하는 눈으로 보았다.

뭐, 나는 마력총량만큼은 대단하니까. 성급 열 방 정도라면 여유롭게 할 수 있다.

그 뒤에 다섯 번 정도 샌드 스톰이 일어났지만, 전부 지워 버렸다.

디스터브 매직을 쓸 수 있으면 내 소모도 억제할 수 있지만, 아무래도 이 거리면 닿지 않는다.

"……."

그걸로 일단 적군의 움직임은 멎었다.

성급 마술을 쓸 수 있는 마술사가 없어진 걸까, 아니면 준비했던 마법진이 사라졌을까. 아니면 헛수고라고 알았을까….

"공격해 올까요?"

"글쎄요."

중대장 빌리는 적을 보면서 복잡한 표정으로 말했다.

내가 적 지휘관이라면 덫이 깔린 전장에 그대로 돌격하는 짓은 않는다. 일단 물러나겠지. 처음에 상대의 힘을 잘못 재었다면, 물러나서 적 전력을 다시 조사한다.

나라면 그렇게 한다.

"아… 오려나 보군요."

살펴보니 적 진영이 움직이기 시작했다.

뭔가 무거운 것을 질질 끌어내는 것처럼, 천천히 이쪽으로 다가왔다.

뭐, 그런가.

그들도 여기에 오기까지 열심히 작전회의를 거듭하고 여러 작전을 세웠겠지. 식량도 썼겠고, 병사의 사기 문제도 있다. 처음 한 수에서 당한 정도로 순순히 물러날 수 없을지도 모른다.

뭐, 방금 전의 마술 대결로 이쪽의 마술사도 마력을 다 썼을지도 모르고, 그렇다면 저 함정지대를 완전히 돌파할 수 있을지도….

그렇게 생각했을 가능성도 있다.

"궁병대 준비!"

중대장의 호령으로 궁병대가 앞으로 나섰다.

함정시내를 통과하려는 적병을 향해 화살을 메겼다.

"발사!"

중대장의 호령에 시위소리가 울렸다.

기껏해야 50명 정도의 궁병.

적병은 눈에 보이는 범위만 해도 2천에서 3천.

참새 눈물 정도의 효과밖에 없겠지.

적장도 그렇게 생각하겠지. 잠시 뒤에 나팔 소리가 들렸다.

그와 동시에 적의 진군속도가 빨라졌다. 적병은 때때로 함정에 걸리면서도 함정에 다리를 놓거나 우회하면서 계속해서 그걸 통과하였다.

아무래도 지금 화살 공격을 보고 이쪽에게 마술 공격은 없다고 판단한 모양이다.

하지만 그게 있단 말이야.

"마술부대 준비."

중대장이 호령하자 마술병들이 지팡이를 쳐들었다.

이쪽의 마술병은 20명 정도. 그중 여덟 명이 옥상 가장자리로 이동. 다른 여덟 명이 그 뒤에서 대기.

나머지 네 명은 록시가 그린 마법진 앞에서 지팡이를 들었다.

"충분히 끌어들여라!"

요새 옥상에서 마술병들이 지팡이를 들었다. 록시 또한 지팡이를 들고 눈을 감고 있었다.

나도 해야겠지. 기합을 넣고 주먹을 쥐었다.

적의 절반이 함정지대에 들어갔다.

"영창, 개시!"

앞에 선 여덟 명이 나란히 불 마술의 주문을 외우기 시작했다.

그들의 주문이 절반 정도 완성되었을 때, 한 발 늦게 뒤쪽의 여덟 명이 주문을 외우기 시작했다.

"'파이어 볼'!"

앞의 여덟 명의 지팡이에서 불덩어리가 발사되었다.

불덩어리는 포물선을 그리면서 날아가서, 적의 한가운데에 착탄. 몇 명이 숯덩어리가 되었다.

그 뒤에 발사한 자는 즉각 뒤로 물러나고 다시 한번 주문을 외우기 시작했다.

"'파이어 볼'!"

뒤쪽의 여덟 명이 시간차를 두고 불덩어리를 날렸다.

주문 절반 정도의 시간차를 주면서 차례로 화염탄을 날렸다.

하지만 두 바퀴째부터는 적진에서 무수한 물덩어리가 날아오게 되었다. 그것은 이쪽 요새에 닿지 않지만, 불덩어리에 충돌해서 증발시켰다.

상쇄다. 방금 전의 공방으로 상대의 마술사를 모두 처리한 건 아니었다.

당연한가.

"록시 님, 우익 쪽의 전갈 깃발입니다."

"예. 보입니다."

중대장의 말에 록시는 이쪽을 보았다.

우익 쪽의 전갈 깃발. 저기가 물덩어리가 날아온 방향이다. 저 근처에 적 마술부대가 밀집한 것이다. 즉, 저기를 박살내면 상쇄될 가능성은 훅 내려간다.

"자, 루디도… 아뇨, 거기서 보고 있겠습니까?"

"아뇨, 하겠습니다."

"그렇습니까."

록시는 살짝 미소를 짓더니 주문을 외우기 시작했다.

나도 각오를 다지고 두 손에 마력을 모았다.

그 직후 나는 사람을 죽였다.

그 뒤에는 일방적이었다.

그들은 마술사를 잃어서 마술을 상쇄할 수 없어졌다.

태반은 어쩔 도리도 없이 이쪽의 마술병이 날린 불 성급 마술에 불탔다. 완전히 붕괴한 적은 함정 때문에 마음대로 후퇴도 할 수 없는 채로, 도중에 지휘계통을 잃기라도 했는지 뿔뿔이 흩어지기 시작했다. 거기에 나와 록시가 마무리로 성급 마술을 날렸다.

폭우 속의 개미 같았다. 우왕좌왕. 혼란 속에서 폭풍에 함정 안으로 떨어지거나 낙뢰에 직격하거나. 차례로 사람이 죽었다. 지금이라면 그 사람이 한 말도 이해할 수 있다. 사람이 쓰레기 같다.

물론 그들도 전부 다 우왕좌왕했던 건 아니다.

함정지대를 빠져나가서 마술의 사정권 밖에 있던 이들도 있었다. 숫자는 많지 않았지만, 마술사는 사정거리에 들어간 순간 마술을 썼다. 거의 다 상쇄되었지만, 그래도 일부가 요새 옥상에 착탄하여 사상자도 나왔다. 궁병은 무기를 검으로 바꾸어 들고 보병이 되었고, 보병은 요새에 달라붙었다.

그들은 300명에 가까운 방어부대가 요격했다.

옥상에 있던 이들은 위에서 바위라도 떨어뜨리듯이 마술을 날려댔다.

최종적으로 적은 소수가 되었다. 전의를 잃은 자, 저항하는 자. 포로가 된 녀석도 있고, 죽은 녀석도 있다. 기준은 모르겠다.

적의 피해에 비해 이쪽의 피해는 기껏해야 몇 명이겠지.

역사적인 대승이라고 할 수 있는 형태로 적은 철수했다.

전투가 끝나자 갈릭 대장이 함성을 올렸다.

내 주위의 마술병과 궁병도 고양된 얼굴로 소리를 질렀다.

나도 소리를 질렀다. 기쁜지는 잘 몰랐다. 사람을 죽였다는 감각은 희박하고, 이겼다는 의식도 희박했다. 하지만 주위는 고양되어 있었다. 지금까지 겁먹고 다가오지 않던 병사가 내 곁으로 와서 등을 두드려 주었다. 어깨를 얼싸안거나 껴안는 이도 있었다. 그중 한 명은 젊은 여자 궁병이었다. 네 덕분이다, 잘했다, 고맙다. 그런 말을 들으니 내 마음속에도 기쁨이 커졌다.

마지막은 록시였다. 록시는 내게 안겼다. 그녀도 흥분한 건지, 어쩐 일로 그녀가 먼저 키스를 해 왔다. 주위는 우리를 보고 야유를 보내거나 갈채했다.

기쁘다. 그저 기쁘다.

결코 여자가 안겨서 기쁜 게 아니다. 이른바 집단심리라는 것이겠지. 열광이 확실히 내 마음을 마비시켰다. 나쁘지 않다. 손가락 하나로 대량의 사상자를 낸 것에 대해 복잡하게 생각하지 않아도 되었다.

아무튼 이쪽의 피해는 거의 없이 승리했다. 그 점을 기뻐하면 된다. 그거면 된다. 사소한 일은 생각하지 않아도 된다. 처음으로 해 봤지만, 의외로 대단하지 않았다는 정도면 된다. 그게 이 세계에서 살아가는 것이다.

언제까지 지난 생의 윤리관이나 과거의 규율에 얽매일 필요는 없다.

해야 할 일은 하고, 참아야 할 때는 참는다. 한 명 죽인다고 걷잡을 수 없어지는 일은 없다.

컨트롤할 수 있다.

"자노바 왕자님이 돌아오셨다!"

아래층에서 달려온 전령의 말에 정신이 들었다.

전투 도중부터 자노바에 대해서 까맣게 잊고 있었다.

나는 튕기듯이 요새 안으로 달려갔다. 계단을 내려갔다가 놀랐다.

병사들에게 둘러싸인 이들 중에 눈에 띄게 분위기가 다른 이들이 열 명 정도.

그들은 온몸에 나뭇잎이 달라붙고, 얼굴은 검댕과 흙으로 더러워지고, 머리는 피와 땀으로 젖어 있었다.

그중 한 명, 멋진 갑옷을 입은 무시무시한 남자가 나를 보고 밝게 말했다.

"오오, 스승님!"

누군가 했다.

누구지? 라고 생각했다.

머리는 피를 뒤집어쓴 건지 뻣뻣. 갑옷에는 오늘 아침에 없었던 흠집이 잔뜩 나 있었다. 안경에는 피를 닦은 흔적도 있었다.

"자노바?"

자노바, 그래, 자노바다. 다른 사람처럼 보였지만 자노바가 틀림없다. 그래, 한소리 해 줘야만 한다. 뭘 할 거면 사전에 말을 히라고 말해야만 한다.

"너…."

내가 다가가자 병사들의 인파가 갈라지고, 그 모습에 말을 삼켰다.

자노바의 발치에 누군가가 무릎 꿇고 있는 게 보였다. 이 녀석도 진흙투성이지만, 그물에 잡혀 있는 이가 한 명 보였다. 본 적 있는 그물이다. 내가 자노바에게 준 마력부여품이다.

"스승님 덕분에 무사히 기습은 성공, 적장을 잡아왔습니다!"

"어, 어어….."

주위의 병사들이 진흙투성이인 열 명을 칭송하였다. 그들이 자노바를 보는 눈은 이 요새에 왔을 때와는 이미 달랐다. 그때의 의심어린 눈과는 달랐다. 존경의 눈이었다.

아니, 열 명이라니. 왜 이렇게 적지?

분명히 내가 보았을 때는 백 명 정도였는데.

"다른 이들은?"

"전사했습니다. 명예로운 전사로군요."

아, 그런가. 그렇군. 그렇게 많은 적군 속에 백 명으로 돌입했으니 그렇게 되겠지.

하지만 그건 이상하지 않나? 이번 싸움은 딱히 돌격 같은 게 없어도 이길 수 있었잖아?

왜 아무도 그런 말을 하지 않는 거야?

"그, 그 녀석은, 90명의 희생의, 값어치를… 하는 거지?"

"당연합니다. 이자는 적국의 왕족. 이 녀석을 인질로 삼아 교섭하면 전쟁은 끝나겠지요."

아하, 과연…. 그래. 응. 이해했다.

그런 거라면 돌격할 필요는 있었겠지. 대국적으로 보면 방금 전의 싸움은 승리도 무엇도 아니었다.

자노바는 결사의 돌격으로 그것을 승리로 바꾸었다.

그렇게 생각하면 90명의 희생은 필요했겠지. 오히려 적다고 할 정도다.

아니, 잠깐, 속으면 안 돼. 이번에는 적에게 큰 타격을 주었다.

천이나 2천, 어쩌면 3천.

정상적인 머리를 가진 지휘관이라면 그만한 희생을 내면 더는 공격해 오지 않겠지.

아니, 처음에 보였던 건 3천이니까, 더 적나? 대승리로 생각했지만, 그만큼 대단한 승리는 아니었나. 생각해 보니 적의 태반은 철수하였다. 예비전력도 남겨두었다고 그랬고, 실질적으로 5백 정도밖에 못 해치웠나?

"스승님을 계속 요새에 잡아둘 수도 없으니까요. 성공해서 다행입니다."

자노바는 히죽 웃었다.

역시나 그런가.

이번 대패로 적이 침공을 그만두리라고만 할 수는 없다. 상대 지휘관이 제대로 된 머리를 가지지 않았을 가능성도 있다. 큰 타격을 주었다고 해도 아직 적이 더 낳나.

그런 가운데 나나 록시가 없어지면 요새가 함락될 가능성이 있다. 나와 록시도 여기에 1년이고 2년이고 머물 것은 아니니까.

하지만 이렇게 적의 왕족을 잡아서 정전협정이라도 맺으면 전쟁은 끝난다.

이쪽이 주도권을 잡아서 확실하게 끝낼 수 있다.

하지만 다른 방법도 있지 않았을까.

예를 들어서 내가 적의 요새를… 아니, 싸우기 전에 록시한테 살인은 싫다고 주절거렸던 녀석한테 그런 걸 맡길 수 있겠냐….

"으음, 하지만 예상대로였습니다. 스승님과 록시 님의 성급 마술. 거기에 이 '난획의 투망'. 이것으로 적장을 생포할 수 있을 거라고 생각했습니다만, 이렇게 잘 될 줄이야."

아무튼 자노바는 물의 성급 마술로 폭풍우가 몰아치는 속에, 혼란을 틈타서 적의 머리를 노렸고 성공했다.

위험 속에 뛰어들었다. 도박에 나서서 승리를 손에 넣었다.

나와 록시를 써서 상황을 만들고, 자기가 할 수 있는 아슬아슬한 선의 일을 해서, 한 차례의 전투로 최대의 결과를 손에 넣었다.

"으음, 하지만 성급 마술이란 것은 멀리서 보는 것과 그 안에 뛰어드는 것이 전혀 달랐습니다!"

"어, 어어…. 뭐 그렇지."

안 좋은 예감이 등골을 훑었다. 큐무로님버스의 범위는 넓다. 광범위의 적을 한꺼번에 쓸어 버리는 마술이다. 혹시나….

"저, 저기, 자노바… 낙뢰 같은 것, 맞지 않았어?"

"흠…."

자노바는 턱에 손을 대고 생각하는 포즈를 했다. 그리고 진지한 얼굴로 말했다.

"…스승님, 전쟁에 희생은 따르는 법입니다."

맞은 것이다. 나나 록시의 '큐무로님버스'의 낙뢰가.

이 요새에 있던 누군가에게. 아니면 폭풍으로 날아가고 구멍에 빠졌을지도 모른다.

옆에서 밥을 먹던 녀석일지도 모른다. 록시에게 마술을 배웠던 녀석일지도 모른다.

나와는 접점이 별로 없었지만, 요 며칠 동안 본 얼굴 중 몇 명은 이미 없어졌다.

"그리고 희생을 낸 것은 모두 지휘관인 저의 책임. 스승님이 근심하실 것 없습니다."

그런 말을 들어도 왠지 돌이킬 수 없는 짓을 저지른 느낌이 들었다.

"스승님도 지치셨겠지요. 오늘은 푹 쉬십시오."

자노바는 그렇게 말하면서 내 어깨를 툭 하고, 부드럽게 쓸듯이 두드렸다.

그리고 포로를 데리고 요새 안쪽으로 사라졌다. 주위 병사에게 이것저것 지시를 내리면서.

나는 그것을 멍하니 지켜보았다.

말은 더 이상 나오지 않았다.

"……."

아, 그래. 사신의 습격에 대비해야지.

멍하니 있을 짬은 없다. 쉬고 있을 짬도 없다.

'1식'의 옆에 있자. 언제 적이 와도 좋도록.

그 날 밤, 습격자가 나타났다.

하지만 사신은 아니었다. 나를 노리고 온 것도 아니었다. 오늘 인질로 잡힌 왕족을 구출하러 온 것이다.

그들은 죽이지 않아도 되었다. 약했기 때문이다. 기절시켜서 요새의 병사들에게 넘겼다.

그 뒤에 어떻게 되었는지는 모른다.

적어도 죽이지 않을 수 있었다. 괜찮아. 나는 괜찮아. 지금 나는 불안정하지만, 컨트롤할 수 있다.

컨트롤하고 있다고. 그러니까 괜찮아.

스스로에게 그렇게 들려주면서 하룻밤. 사신은 오지 않았다.

습격은 없었다.

다음날 아침, 자노바의 부탁으로 인질을 심문하게 되었다.

북쪽 나라의 왕족 말이다.

인신이라는 존재를 아는가. 아니.

국내에 예지능력이 있는 듯한 발언을 한 자는 없었나. 아니.

어떻게 이렇게 짧은 기간 동안에 5천이나 되는 병력을 모아서 침공할 수 있었나. 실론 왕국을 몇 년 전부터 노리고 있었다. 단기간에 모은 게 아니다.

즉, 북쪽 나라는 결백하다. 인신과 관계가 없었다. 아니면 실론을 노리려고 획책한 계기가 인신이었을지도 모르지만… 이 녀석이 사도가 아니라는 건 확실하다.

인질이 된 이 녀석은 어디에나 있는, 그냥 멍청한 지휘관이다.

사신의 습격도 없다. 북쪽 나라도 결백. 예상은 족족 빗나갔다.

그저 계속 헛고생만 하는 이런 감각은 오랜만이다.

역시 근본적인 면에서 착각했던 거겠지. 예를 들어서 이번 일, 처음부터 덫 같은 건 없었다든가, 덫은 고사하고 인신은 무관계했다든가.

그렇게 생각하면서도 경계를 계속했다. 반쯤은 무의미하다고 알면서도 만에 하나를 대비해서.

그렇게 열흘이 지났을 무렵….

사태가 움직였다.

제8화 화급한 소식, 자노바의 참뜻

전투로부터 열흘이 경과했다.

자노바는 인질을 이용하여 적국에게 정전협정을 제안했다. 그 내용에 대해서는 자세히 모르지만, 아무래도 그리 머지않은 미래에 전쟁은 끝날 것 같았다.

동시에 본국에도 파발을 띄웠다. 초전의 승리와 인질의 입수, 정전 제안에 대한 연락이겠지. 사후승인의 형태가 되지만, 지금 실론에 총력전을 벌일 만한 전력은 없다. 팩스가 진짜 바보가 아니라면 불평하지 않겠지. 뭐, 아직 대답이 오지 않은 면에서 조금 불안하지만.

요새 안에서는 아직도 그 싸움에 대해 열광적인 이야기가 오갔다.

나와 록시의 마술이 대단했네, 적진으로 돌격한 자노바가 참으로 용맹했네, 하는 이야기.

흥분이 아직 덜 가신 걸까.

전투에서의 활약 덕분일까, 아니면 습격자를 격퇴한 덕분일까. 병사들이 나를 대하는 태도가 누그러졌다. 물론 지금까지도 인사를 빠뜨리지 않으며 대응해 주었지만, 그 표정은 뻣뻣해 보였다. 하지만 최근에는 웃음을 띤 밝은 표정으로 먼저 내게 말을 붙여오게 되었다.

정체 모를 마술사에서 전우로 변한 걸지도 모르겠다.

적어도 성급 마술에 휩쓸려서 죽은 녀석을 언급하며 나무라는 녀석은 한 명도 없었다.

그들의 그런 태도와 록시가 매일 해 주는 카운슬링, 자노바의 마음 덕분에 내 정신 상태는 회복되었다. 잘못이나 악행을 한 것이 아니라고 생각할 수 있었다.

생각해 보면 너무 고민이 많았던 것이다.

여기는 이세계고, 나는 올스테드의 부하. 가족을 지키기 위해서 신을 적으로 돌렸다. 언젠가는 이런 날이 올 거라고 각오했을 것이다. 흔들리기 쉬운 각오지만, 틀림없이 그런 각오를 하였다.

하지만 아마 앞으로는 누가 부탁하더라도 전쟁에는 참가하지 않겠지.

전쟁은 뭐라고 할까… 또 다른 세계다.

그리고 아마 앞으로도 살인은 최소한으로 억누르겠지.

일일이 고민하면 지치기도 하고. 죽이지 않아도 되는 때는 죽이지 않는다. 그렇게 정했다. 죽일 때마다 며칠이나 고민할 만큼 정신 대미지를 받아서는 도무지 해먹을 수가 없으니까.

자, 마음을 다잡고 가자. 열흘 동안 경계를 하였시만 아무런 일도 일어나지 않았다.

이미 내 마력도 정신상태도 완전회복. 만전인 상태다. 옆에는 1식 마도갑옷도 있고, 경계도 충분.

사신이 지금 상황에서 습격할 거면 그냥 알현할 때 습격하는 편이 나았겠지.

역시 이번 일에 인신은 관계없었던 걸지도 모른다.

올스테드의 말처럼 이 사건은 그 일기에서도 일어났던 일. 내가 없어도 자노바는 이 역경을 어떻게든 돌파했든가, 아니면 어떤 이유로 소환되지 않은 것이다.

헛고생했다고는 할 수 없다. 자노바가 죽었을 가능성은 분명히 있었으니까.

아무튼 전쟁은 끝이다. 실론 왕국을 노리는 적국은 없다.

자노바도 만족했겠지. 잘 설득해서 샤리아로 돌아가자.

녀석을 팩스의 곁에 놔두는 건 싫으니까.

"으음…!"

나는 아침 햇살 속에서 기지개를 켰다.

인신은 무관계하다고 확실해진 게 아니지만, 지금까지 아무 일도 없었으면 덫일 가능성은 지극히 낮다고 봐도 좋다. 그렇게 생각하니 오랜만에 푹 잘 수 있었다.

꽤나 후련한 기분으로 근처 강까지 세수하러 가기로 했다.

물 마술을 써도 좋지만… 뭐, 기분이지.

강에서는 성의 병사들이 삼삼오오 모여서 세수나 양치질을 하고 있었다.

"아, 루데우스 님이다!"

"매일 밤마다 경비 서시느라 고생 많습니다!"

"으음, 그 거대한 강철 인형, 분명 자노바 님의 취미인가 했습니다만, 마도구였던 거군요!"

순식간에 둘러싸였다. 인기인이다. 이렇게 매일 아침 칭찬을 듣는 것은 처음일지도 모르겠다. 그러고 보면 실론의 병사들은 전투 때 외에는 연갈색의 셔츠와 반바지를 착용하고 있다. 남자도, 여자도.

참고로 잘 때는 브래지어를 하지 않는 건지, 나를 껴안았던 궁병의 가슴이 드러났다. 눈보신 잘 한다.

"왠지 사람들이 모여 있다 했더니, 스승님이었습니까?"

거기에 자노바도 나타났다.

이 녀석도 병사들과 같은 옷차림이다. 깡마르고 근육이 없는 탓에 무슨 니트족 같다.

"자노바 님!"

하지만 그런 그의 앞에서 병사들은 일제히 무릎을 꿇었다.

"됐어, 계속 씻어라."

"하, 하지만…."

"나도 제군들과 마찬가지로 방금 눈을 뜬 잠꾸러기에 불과하다. 애초에 이런 모습으로 잘난 체 할 것이 뭐 있겠나."

자노바는 그렇게 말하면서 크게 하품을 했나.

자노바는 며칠 동안 지난번 전투의 뒤처리에 시달렸다.

자세하게는 모르지만, 대규모의 전투가 일어나면 여러모로 귀찮은 뒤처리도 많은 거겠지.

참고로 전장에 남은 시체는 방치했지만, 며칠 동안에 산적 같은 모습의 놈들이 어딘가에서 나타나서 장비를 벗겨가고 시체를 불태웠다.

그런 일을 전문으로 하는 이들이 분쟁지대에는 있다는 모양이다.

직업 '낙오무사 사냥꾼' 같군.

그런 생각을 하면서 자노바와 나란히 강 앞에서 웅크려 앉았다.

"…그래서 정전협정 쪽은 어때? 잘 체결될 것 같아?"

설득 전에 가볍게 잽. 정전이 결정되면 자노바도 이런 곳에 있지 않아도 되겠지.

전쟁은 끝이니까.

"예, 어제 대답을 들었습니다. 아직 확실히 결정한 건 아닌 모양입니다만, 일단은 체결될 것 같습니다. 이걸로 최소한 3년은 공격해 오지 않을 겁니다."

자노바의 말에 병사들이 오옷 하는 소리를 내었다.

이, 이런 곳에서 할 질문이 아니었을까.

기쁜 뉴스니까 문제없나.

그렇기는 해도 3년인가.

최소란 말은 북쪽 나라 비스타가 대패했음에도 불구하고 침략을 포기하지 않았을 경우다.

이번 대패로 지금 지휘관은 파면된다고 치고 후임은 누구일까. 줄어든 병력은 어디서 보충할까. 체결된 정전협정을 어떤 대의명분으로 깰까.

여러 요소가 얽혀서 3년.

그러니까 실제로는 더 걸리겠지.

"하지만 됐습니다. 3년이나 있으면 이쪽도 체제를 정비할 수 있으니까요."

그리고 3년의 시간 동안 실론 왕국도 힘을 비축할 수 있다.

"팩스 왕이 할 수 있을까?"

"할 수 있습니다."

자노바는 가슴을 펴고 그렇게 대답했다. 나로서는 모르겠지만, 뭔가 생각이라도 있는 걸까.

아무튼 이걸로 전쟁은 끝이다. 의외로 싱겁군.

"그래, 얼른 평화로워지면 좋겠네."

"예….."

자노바는 기쁨보다도 슬픔 어린 얼굴을 하고 있었다. 뭐, 전쟁 중이 아니라면 이 녀석의 역할은 없지.

자, 어떻게 설득할까.

"자노바, 이 싸움이 끝나면 넌 어쩔 거야?"

두 번째 잽.

무심코 사망 플래그 같은 말이 되었다.

연인에게 프러포즈할 생각이다, 라는 말이 나오면 어쩐다.

이미 꽃다발도 사뒀다고 말한다면, 아무리 나라도 지켜낼 자신이 없다.

"그렇군요. 일단 왕도로 돌아가서 폐하의 지시를 받는 형태가
될까요. 아니면 그대로 이 요새에 배속될지도 모릅니다만….."

"그건 이 나라에 남겠다는 소리야?"

"…흠? 당연히 그렇게 됩니다만?"

뭐, 그렇지. 예상했던 대답이다.

그렇기는 해도 자노바는 바로 마법도시 샤리아로 돌아갈 생
각은 하지 않았을까.

마도갑옷은 완성되지 않았다. 자동인형 연구도 도중에 멎었
다. 줄리와 함께 인형을 팔 계획도 간신히 발판이 마련된 정도
다. 그런 쪽으로 미련은 없는 걸까.

아니, 없을 리가 없다.

"자노바."

"말씀하시죠."

"정전이 체결되면 나랑 같이 마법도시 샤리아로 돌아가서 지
금까지처럼 인형을 만들지 않겠어?"

프러포즈 같은 말이 되었다. 꽃다발은 사지 않았다.

하지만 프러포즈라고 해도 지장없을지 모른다. 결혼하는 건
아니지만, 나라를 버리고 나를 택해달라고 말하는 꼴이다.

자노바는 젖은 얼굴인 채로 나를 보았다. 무표정했다.

지금까지의 즐거운 분위기가 거짓말인 것처럼.

이런. 이거 거절당하겠군. 실수했다.

무드를 더 끌어올리지 않고 처음부터 고백했다.

이거 틀렸다. 차이는 분위기다. 나는 분위기를 읽을 줄 아는 남자니까 안다. 아우우.

"아니, 뭐랄까. 딱히 나라를 버리라는 말은 아니지만… 응?"

그때 갑자기 요새 쪽이 시끄러워졌다.

다그닥, 다그닥 하고 말이 달리는 소리도 들렸다.

이 요새에 기마대는 없다. 누가 말을 달리는 걸까.

그렇게 생각하며 시선을 보내자, 요새를 빙글 돌아서 한 기마가 달려오고 있었다.

"흠, 수도에서 온 파발일까요."

자노바의 말에 나도 일어섰다.

"아마도 팩스가 정전협정에 관한 답장을 보내준 것일지도요."

"어쩌지? 혹시 적국을 멸망시킬 때까지 돌아오지 말라고 적혀 있으면."

"그렇군요, 스승님이 계시면 가능할 것도 같습니다만…."

그런 농담을 하면서 말의 접근을 기다렸다. 다가온 파발마를 보니, 그 말에 탄 사람은 기억에 있었다. 나도 아는 사람이었다.

"진저?"

진저는 결사적인 표정으로 말을 달려왔다. 무슨 일이 있었나.

그녀는 우리의 모습을 보더니 말머리를 돌려서 똑바로 다가왔다. 병사들이 우리를 지키기 위해 벽을 만들었다.

순간 자노바가 외쳤다.

"저자는 나의 친위대다! 길을 열어라!"

자노바의 말에 병사들이 다급히 길을 열었다.

자노바가 앞으로 나서자, 진저는 안도한 얼굴로… 주르륵 떨어지듯이 낙마했다.

"진저, 무슨 일이 있었나!"

"허억… 허억…."

자노바가 그녀를 안아 일으키자, 진저는 창백한 얼굴로 숨을 내뱉었다.

외상은 없는데… 피로의 빛이 아주 강했다. 아마도 밤낮으로 말을 계속 몰았겠지.

"와, 왕도 라타키아에서 반란이. 장군 출신의 제이드가 제11왕자를 내세워 결기. 군대를 이끌고 왕성을 포위하였습니다…!"

진저는 쥐어짜듯이 그렇게 말하고 정신을 잃었다.

"제11왕자? 그럴 수가, 실론 왕가에는 남자애가 열 명 밖에 없었을 텐데…. 진저! 자세히 설명해라… 어이!"

"진정해, 자노바. 일단은 쉬게 하자."

나는 진저를 마구 흔드는 자노바를 제지했다.

일단 진저를 방으로 옮기기로 했다.

제11왕자 하르하 실론.

올해로 세 살. 전 국왕 파르텐 실론이 말년에 만든 자식.

어머니는 농민의 딸이고, 본래 왕족과의 결혼이 허락되지 않는 신분이었다. 고로 하르하는 그 존재를 인정받지 못했다. 표면적으로 지방영주가 데리고 있는다는 명목으로, 어머니와 함께 실론 왕국의 구석에 저택을 받아서 조용히 살고 있었다.

그 존재를 아는 것은 극히 일부였다고 한다.

전 국왕 파르텐 실론, 저택을 준비한 대신, 하르하의 어머니의 친오빠인 제이드 장군.

그중 두 사람은 팩스의 대숙청으로 고인이 되었다.

남은 것은 제이드 장군. 그는 전 국왕에게 충성을 맹세하였다. 제이드가 농민 출신임에도 불구하고 그의 뛰어난 용병술을 높게 평가하여 장군의 자리까지 출세시켜 주었기 때문이다.

제이드가 장군이 된 덕분에 가족들은 굶주리지 않고 유복한 생활을 보낼 수 있게 되었다.

크나큰 은혜가 있었다.

국왕이 여동생을 원할 때에 바친 것도 그 은혜에 보답하기 위해서였다.

쿠데타가 일어났을 때, 제이드는 카론 요새에 주재해 있었다.

당시 카론 요새에는 천 명 가까운 병력이 있었다고 한다. 제이드는 그중 5백을 이끌고 수도 라타키아로 향했다. 하지만 도착했을 때에는 이미 늦어서, 국왕은 붕어. 왕족은 몰살당했다는 보고가 기다리고 있었다.

당시의 수도 방어 병력은 2천.

제이드의 병력은 행동 도중에 지방영주의 원군도 포함되어서 1,500까지 커졌다.

숫자로는 뒤지지만, 제이드의 용병술이면 승산이 있는 싸움도 가능하다.

하지만 제이드는 싸우지 않았다.

왜냐면 제이드의 군대 내부가 둘로 갈라졌기 때문이다.

팩스를 왕으로 인정하지 않고 싸우자는 자, 팩스를 왕으로 인정하고 순종하려는 자.

제이드는 뿔뿔이 흩어진 귀족들을 보고 이길 수 없다고 깨달았다.

팩스에게 투항하여 순종하기로 했다.

물론 제이드가 그런 행동을 취한 것에는 속셈이 있었다. 자기 여동생의 자식인 제11왕자 하르하 실론이 살아 있다는 정보를 얻었기 때문이다.

지금은 견디자. 하르하를 내세워서, 세상을 뜬 전 국왕의 복수를 한다. 그렇게 맹세하였다.

그 뒤로 제이드는 물 밑에서 움직이기 시작했다.

비밀리에 팩스의 통치에 불만을 품은 자들을 모으고, 전력을 증강. 11왕자의 수색. 지방귀족의 회유⋯ 반란군은 순식간에 조직되었고 결기의 때만을 기다렸다.

승산은 있었다.

그리고 때는 왔다.

북국에서 침공의 조짐을 보이고. 팩스는 그것을 요격하기 위해 병력을 북쪽의 요충지로 보내기 시작했다.

쿠데타와 제이드의 계략으로 실론 왕국의 병력은 저하되었다. 왕룡 왕국에서 원군은 없다. 실론과 북국의 전쟁은 열세가되겠지. 철저히 수비에 임하는 카론 요새를 돌파당하면 팩스도 비장의 '사신'을 북쪽으로 보낼 수밖에 없다. 그렇게 되면 소수로도 팩스를 죽일 수 있다…고 제이드는 생각하였다.

오산이었던 것은 제3왕자 자노바 실론이 귀국한 것이었다.

그것도 과거에 궁정마술사였던 록시 미굴디아와 아슬라 왕국에서 북제 오베르와 수신 레이다를 쓰러뜨렸다는 루데우스 그레이랫을 데리고 귀환.

혹시나 자노바가 팩스를 처치하기 위해 돌아왔다면 제이드도 자노바에게 접촉을 꾀했겠지. 하지만 자노바는 팩스의 명을 따라서 카론 요새로 향했다.

제이드의 계산은 뒤틀렸다.

카론 요새는 역사적인 대승으로 적을 격퇴하였고, '사신'은 출진하지 않았다.

지금은 줄어든 병력도 언젠가는 회복된다. 북쪽으로 모았던 진력을 어쩔 생각인지 모르지만, 수도 근처로 되돌릴 가능성도 크다.

자노바와 루데우스, 록시. 이 세 사람이 돌아오면 팩스를 쓰러뜨리기란 불가능하다.

더 이상 기회는 오지 않는다.

그렇게 생각한 제이드는 쿠데타에 나섰다.

준비했던 병력을 집결시키고 수도를 점령. 왕성을 포위했다.

그것이 도착 몇 시간 뒤에 깨어난 진저가 말해 준, 이번 사건의 전모였다.

진저는 시내에 있었지만, 반란 때문에 일어난 혼란을 틈타서 수도를 탈출.

그대로 자노바에게까지 일직선으로 달려온 것이다.

"제가 수도를 떠날 때 왕은 소수의 병력으로 성 안에서 버티고 있는 듯했습니다만…. 현재 어떻게 되었는지는 자세히 모릅니다."

진저는 냉정한 목소리로 그렇게 마무리 지었다.

아무래도 팩스는 농성하는 모양이다. 반란이 일어난 지 며칠 지났다. 팩스가 죽고 왕성이 점령되었어도 이상하지 않다.

하지만 왜 농성이지? 수중에 '사신'을 데리고 있다. 도망치려고 하면 포위망을 돌파하는 것도 간단할 텐데.

모르는 것이 많다.

여기서는 일단 상황을 신중하게….

"그런가. 그럼 서둘러 수도로 가자."

자노바는 편의점이라도 가려는 듯이 말하고 일어섰다.

진저는 그것을 보고 안도한 얼굴을 했지만, 다음 말을 듣고 표정이 얼어붙었다.

"혹시 폐하가 탈출하셨으면 여기 카론 요새로 모셔 와서 보호를. 어떤 사정이 있어서 탈출하지 못했다면 왕족만이 아는 비밀통로로 침입하며 폐하를 구하자."

"기, 기다려 주십시오!"

진저는 몸을 일으켰다.

필사적인 표정으로 자노바의 손을 잡고 제지했다.

그런 그녀에게 자노바는 맡겨달라는 듯한 표정으로 말했다.

"걱정할 것 없다. 진저는 거기서 쉬고 있어."

"팩스 왕을 편드시는 겁니까?!"

믿을 수 없다는 어조의 진저.

자노바가 돌아보았다. 무슨 소리지? 라는 얼굴이다.

"당연하지. 애초에 나는 제11왕자의 얼굴은 고사하고 태어났다는 것도 몰랐다. 정말로 아바마마의 피를 이었는지도 의심쩍지."

일리는 있다. 팩스를 싫어하는 제이드 장군이 괴뢰로 날조했을 가능성 말이군.

여동생이 왕의 총애를 받았다는 사실만 있으면 얼마든지 기짓말을 할 수 있다.

하지만 진저가 눈썹을 찡그렸다. 이해할 수 없다는 얼굴이었다.

"팩스 왕을 편들고 도와서, 그 다음에는 어쩌시려는 겁니까?"

"그 다음의 일은 물론 폐하께 맡긴다. 반란군을 진압하라고 하면 그렇게 해야지."

"아니… 그런 자를 도와서 어쩌겠다는 겁니까!"

자노바의 눈썹이 꿈틀거렸다. 분노의 표정.

"그런 자? 진저, 너는 누구에게 그런 식으로 말하는 것이냐."

"불경하다는 것은 잘 압니다! 하지만 자노바 님은 팩스 왕자가 무슨 짓을 했는지 기억하지 못하십니까?"

"뭘 했단 말이냐!"

"저는 가족을, 인질로 잡혔습니다!"

자노바의 눈썹이 꿈틀 움직였다.

그러고 보면 그런 일도 있었지.

아주 옛날 일이라서 잊을 뻔했지만, 당사자로서는 잊을 수도 없는 일이겠지. 괴롭힘 당한 쪽은 그 사실을 잊을 수 없다. 분명 리랴와 아이샤가 이 자리에 있으면 그녀와 같은 말을 했겠지.

"자기 친위대인 저의 가족을 인질로 잡고 억지로 말을 듣게 하는 왕에게, 지켜야 할 가치가 있다고는 생각되지 않습니다!"

지난 생의 에도 시대의 쇼군에게 해주고 싶은 말이다.

하지만 분명히 이 나라에서는 친위대가 왕족의 힘을 보여주는 지표였지.

친위대의 숫자가 많을수록 왕위계승권의 서열이 높아진다든가, 그런 식의 제도가 있었다.

친위대는 단순한 부하가 아니다.

"흠, 그럼 진저. 반대로 묻겠는데… 왜 너는 이 자노바 실론을 지키지?"

"그건….."

"나는 과거에 너를 팔았다. 가치 있는 왕족이라고 생각되지 않는 행위다. 왜 진저는 그런 자를 따르는 거냐?"

진저가 가족을 인질로 잡히게 된 이유는 자노바가 그녀를 팔았기 때문이다.

팩스의 록시 인형과 교환하는 조건으로.

왜 이 사람은 자노바를 따르는 걸까….

아, 자노바의 어머니에게 은혜를 입었기 때문이었던가.

"그건, 자노바 님이, 사실은 현명한 분이기 때문입니다….."

하지만 진저는 그렇게 말하지 않았다. 뭐, 이 자리는 왕족으로서의 가치 운운이니까. 어머니에게 부탁받아서 지키고 있다고는 대답할 수 없지.

"팩스도, 그렇게 보여도 지혜 있는 남자 아닌가."

"팩스 전하는 '지혜가 있다'지, '현명하다'가 아닙니다. 뒷일을 생각하지 않고 자기가 하고 싶은 일을 할 뿐이면, 단순히 어리석은 자입니다….."

"나도 그렇다. 인형에 눈이 먼, 어리석은 자. 그야말로 팩스와 똑같지 않나."

"그건 아닙니다."

진저는 무릎을 꿇은 자세로 자노바를 올려다보았다.

"자노바 님은 신의 아이입니다. 현명하고 힘도 강하시기에 모살당할 가능성도 있다고 생각하고 일부러 어리석은 행세를 하신다… 그렇지요?"

자노바는 때로는 생각 깊은 말을 한다. 난해한 자동인형의 고문서를 해독했고, 마도갑옷도 만들었다.

이번에도 상황을 금세 꿰뚫어보고, 전황의 파악도 빨랐다. 앞날도 내다보았다.

어리석은 척을 할 뿐이라는 말을 들으니 그럴지도 모른다 싶은 구석은 있었다.

물론 인형을 좋아하는 건 진짜고, 연기로 그러는 건 아니겠지.

다만 현명한 모습을 남들 앞에서 적극적으로 보이려고 하지 않을 뿐이다.

"나는 애초부터 어리석다. 그저 좋아하는 일을 하고 싶은 것 뿐에 불과해."

"그럼 돌아가시죠. 마법도시 샤리아라면 자노바 님은 죽을 때까지 좋아하는 일을 하시며 지낼 수 있습니다."

"그럴 수는 없지. 인형은 조종해 주는 이가 있어야 비로소 움직인다."

"그…런…."

진저는 내 쪽을 돌아보았다.

당신도 한 말씀 해 주십시오, 라는 눈이다.

분명히 팩스는 용서받기 어려운 짓을 했다. 리랴와 아이샤를 감금하고 나를 유인해서 록시를 에로 노예로 삼으려고 획책했다. 리랴를 때리기도 했다.

당시에는 그 사실에 분노하는 일은 없었지만, 떠올리니 속이 뒤틀리는 기분이었다.

"저기, 자노바, 나도 반대야."

"스승님…."

"분명히 팩스는 왕룡 왕국에 가서 다소 변했을지 몰라. 하지만 팩스는 네가 목숨을 걸고 모실 만한 상대가 아냐."

자노바는 울컥한 얼굴로 내 쪽을 돌아보았다.

"스승님까지 무슨 말씀이십니까. 전에도 말했습니다만, 저는 나라의 것. 나라는 왕. 왕이 궁지에 처했다면 구하는 것이…."

"'타국과의 전쟁은 제 의무입니다. 그걸 위해 목숨이 붙어 있고, 그걸 위해 계속 용서받아 왔습니다' 너는 그렇게 말했지?"

자노바는 입을 다물었다. 그 말은 똑똑히 기억한다.

"왕이라면 팩스든 그 제11왕자든, 네게는 상관없는 거잖아? 네 일은 왕족 사이의 다툼을 정리하는 게 아냐. 그리고 징진협정을 맺었으면 북쪽 나라와의 전쟁은 끝. 너는 의무를 훌륭히 다했어. 아냐?"

"스승님…."

"이만 끝내도 되지 않아? 너무 큰 목소리로 할 수 없는 말이지만, 이동에 그리 시간이 많이 드는 것도 아니잖아. 평소에는 샤리아에서 생활하다가 전쟁이 일어날 것 같을 때에만 이쪽으로 돌아오는 방법도 있잖아?"

"흠."

자노바는 턱에 손을 대고 하늘을 올려다보았다.

뭔가 생각하는 시늉으로 잠시 정지한 뒤에 이쪽을 보았다.

"매력적인 제안이지만… 그럴 수는 없습니다."

"왜지?"

차분해야 한다. 설득은 차분하게 해야만 한다. 목소리가 거칠어진다고 상대가 의견을 바꾸지 않는다.

내 이론에 구멍이 있는 것은 안다.

자기 일이 끝났으니까 예, 안녕히 계세요, 라고 할 수도 없다. 이번처럼 전쟁일 때에만 와서 지휘관 행세를 하는 것에는 디메리트가 있는 것도 안다.

안다. 안다고.

하지만 그런 변명을 하면서 마음 편한 곳으로 돌아가도 되잖아.

"이유를, 들려줘."

"으음…. 저로서도, 잘 모르겠습니다."

모르는 거냐!

아니, 진정해. 끈기 있게, 끈기가 중요해. 자노바는 분명 뭔가에 대해 고집을 부리고 있을 뿐이야. 그걸 끈기 있게 들어주면서 푸는 거야.

"자노바. 팩스는 너를 두려워하고 있을 거야."

"그렇습니까?"

"그렇잖아? 그 녀석은 다른 왕족을 다 죽였어."

아무리 자노바가 원한을 품고 있지 않다고 해도, 저쪽에는 켕기는 바가 있다.

켕기는 바가 있으면 의심도 품게 된다.

"혹시 구하러 갔더니, 뭐 하러 왔냐면서 사신과 싸우게 될 가능성도 있어."

"……."

"구한 뒤에도 그래. 네가 아무리 팩스를 구해도, 팩스가 진심으로 너를 신뢰하는 일은 없을 거야. 언젠가 뭔가가 계기가 되어서, 적당한 이유로 너를 죽일 수 있어. 그런 곳에 있으면 안 돼."

자노바는 아무 말도 하지 않았다. 그저 나를 보며 퉁명스러운 얼굴을 할 뿐이었다.

"너는 전에 나라가 죽으라고 하면 죽을 수밖에 없다고 했어. 너는 전쟁을 위해 목숨이 붙어 있는 거니까, 전쟁으로 죽는다면 이해해. 하지만 팩스의 의심 때문에 살해되는 긴 이상하잖아. 나라를 위해서 아무런 공헌도 안 되는 거잖아."

"……."

자노바는 눈을 감고 묵묵히 생각했다.

내 말을 음미하듯이 천천히 숨을 들이마셨다.

천천히 숨을 내뱉었을 때, 눈을 반쯤 떴다.

"그런 녀석이라도 제 동생… 마지막 혈육입니다."

동생. 혈육. 그 단어에 나는 순식간에 말을 잃었다.

비겁하잖아. 그런 소리를 하면 나는 아무런 반박도 할 수 없어.

그럼에도 불구하고 자노바는 말을 이었다.

"지금까지 그런 식으로 말한 적 없는 제가 이제 와서 무슨 소릴까 싶기도 합니다만… 하지만 팩스는 동생입니다."

자노바는 가만히 하늘을 바라보았다.

그 표정에는 아무런 빛도 없었다.

과장스러운 행동, 고함, 웃음, 아무것도 없었다.

오늘의 자노바는 그저 똑바로 나를 바라보았다.

"하아…."

무심코 한숨이 나왔다. 이게 자노바식의 교섭술이라면 대단하다고 할 수밖에 없다. 동생을 위해, 가족을 위해서라고 한다면, 나는 세게 나갈 수 없다. 자노바가 고집부리는 이유도 이해할 수 있다.

나라면….

예를 들어 아이샤가 노른을 죽였다면, 혹시 반대라면, 우선 그 행동을 나무라겠지.

분명 용서할 수 없겠지. 하지만 혹시나, 어쩌면 양쪽과의 관계가 극도로 약했다면.

살아남은 쪽이, 뭔가 커다란 힘에 운명을 희롱당했다면.

잘못된 행동을 하면서도 전진하려고 했다면.

나는 나무라면서도 협력하겠지.

"알았어."

자노바는 더 이상 우리에게 돌아올 생각이 없다.

그걸 알았다.

동생이기 때문이라는 게 진짜인지 거짓인지 모른다. 하지만 나에게 육친을 방패로 삼는 말을 하였다. 이미 생각을 굽힐 마음이 없는 거겠지.

미안, 크리프, 줄리.

나로서는 도저히 자노바를 데리고 돌아갈 수 없겠어.

내가 할 수 있는 건 자노바가 팩스와 신뢰관계를 맺을 때까지 자노바를 지키고, 그걸 돕는 것 정도야.

"솔직히 엎드려 빌어서라도 너를 데리고 돌아갈 생각이었는데, 그런 거라면 조금 더 같이 있어 줄게."

"감사합니다. 역시 스승님이 울면서 부탁한다면 저도 흔들릴 테니까요."

"그럼 처음부터 그러면 좋았을 것을."

"무슨 말씀을."

나와 자노바는 소리 없이 웃었다.

크리프는 얘기하면 이해해 주겠지. 줄리는… 그녀가 어쩌고 싶은지 들어 보고, 혹시 자노바에게 가고 싶다고 한다면 보내 주자. 루이젤드 인형의 판매 계획은 백지로군. 모처럼 페르기우스에게 허가를 받고 아리엘의 협력도 얻어서 아이샤를 시켜 인재를 찾고 있는데….

오랜 세월을 들여서 준비했던 만큼 상실감은 있다.

하지만 됐어. 자노바가 가족을 위한 일이라고 말한다면 어쩔 수 없지.

팩스와 자노바는… 뭐, 지금으로서는 사이좋다고 하기 어려운 관계다.

하지만 관계란 건 이제부터 만들면 돼.

예전 일은 사과하고, 상대를 용서하고, 상대에게 용서받고. 긴 시간을 들여서 천천히 관계를 쌓으면 된다. 잘못은 바로잡을 수 있으니까.

팩스는 마음에 안 드는 녀석이다. 하지만 녀석도 변할 수 있다. 지금도 이전과 비교해서 다소 변했다.

변하지 않는 녀석은 없다.

"아니."

진저의 얼굴은 창백해졌다.

그러고 보면 그녀는 왕이 된 후의 팩스를 보지 않았군. 그녀의 안에서 팩스는 예전 모습 그대로일지도 모른다. 마음에 안드는, 예전의 팩스 그대로.

"진저 씨, 미안해요. 그런 거라면 나는 자노바의 마음을 존중하겠습니다."

뭐, 이런 상황에서 팩스가 계속 왕으로 남아 있을 수는 없겠지만.

아무튼 팩스에게 가 보는 것부터 시작하자.

도우러 왔다고 하면, 의외로 팩스도 자노바를 다시 볼지도 모르고.

"그렇게 되었다, 진저. 걱정하지 마라."

"기, 기, 기다려 주십시오."

진저가 구르듯이 침대에서 내려왔다.

일어서지도 않고 그대로 자노바의 발에 매달렸다.

진저는 필사적으로 애원했다.

"자노바 님이 멈추지 않을 것은 알았습니다. 하지만 하나만, 하나만 제 소원을 들어 주세요!"

"말해 봐라."

"혹시나 왕이, 팩스 왕이 자노바 님에게 죽으라고 말해도, 죽지 말아 주세요."

심한 말이었다. 순간적으로 나온 말이었겠지.

하지만 진저의 마음은 이해했다. 자노바가 살아 있기를 바란다. 그것뿐이다.

그저 그것뿐이다.

"흠, 하지만 그건…."

"알았습니다. 진저 씨. 내가 반드시 자노바를 데려오지요."

자노바 대신 내가 대답했다. 자노바가 아무리 팩스에게 미안한 마음이 있어도, 죽으면 죽도 밥도 안 된다. 정말로 사이가 틀어져서 어떻게 할 수 없거든, 내가 책임을 지고 자노바를 데리고 돌아오자.

애초부터 자노바를 따라온 것도 그게 목적이었다.

초지일관. 그것만큼은 잊지 않는다.

"감사합니다. 루데우스 님. 아무쪼록 부탁드립니다…."

진저는 나에게 깊이 고개를 숙였다.

제9화 팩스에게로

이동에는 마도갑옷을 이용했다.

조립한 마도갑옷을 다시 운반하기도 귀찮고, 왕도에서 싸움이 있다면 가져가는 편이 좋을 거라는 판단이었다. 이동으로 마력을 소비하는 건 마음에 걸리지만, 그건 넘어가기로 했다.

나 이외의 이동방법 말인데, 어깨에 태우고 달린다는 생각도 있었지만 아무래도 진동이 심한 데다가 승차감은 최악이다. 하루 만에 답파할 수 있는 거리가 아니라는 것을 생각하면, 따로 태울 장소를 만드는 편이 좋겠지.

그런고로 마차를 쓰기로 했다. 쓰러지지 않도록 흙 마술로 스태빌라이저 같은 것을 단 마차의 짐칸을 마도갑옷과 연결시켜서 끌었다.

물론 그런 고생은 헛수고로 끝났다.

왕도에 도착했을 때 자노바는 꾸엑꾸엑 토했고, 록시도 창백한 얼굴로 입가를 누르고 있었다.

최악의 승차감은 별로 변하지 않았다. 이 이동은 되도록 안 하는 편이 좋겠다.

하지만 왕도에 닷새 만에 도착할 수 있었다.

나의 마력 잔량은 모르겠다. 몸에 피곤이 남아 있는 것을 보면, 완전 회복되지 않은 것은 확실하다. 전투 가동은 아니니까 아직 여유가 있다고 믿고 싶다.

이번에 우리는 팩스를 구하러 왔다. 사신은 아군이라고 생각하지만, 무슨 일이 일어날지 모른다.

각오 단단히 하고 가자.

왕도 라타키아는 봉쇄되어 있었다.

성문은 굳게 닫히고, 성벽 위에는 반란군인 듯한 병사들이 서 있었다.

성벽 밖에는 오도 가도 못 하는 사람들이 많이 있었다.

상인이나 모험가, 용병 그리고 나라의 병사들도 캠프를 치고 있었다.

다른 도시에서 왔든가, 혹은 결기 때에 경비를 서던 자들이 겠지.

"아무래도 일이 끝날 때까지 방해받고 싶지 않다는 거로군요."

"그렇다면 팩스는 아직 살아 있나."

쿠데타가 일어난 지 약 열흘. 아직 왕성은 함락되지 않은 모양이다.

전력차가 어느 정도인지는 모르겠지만, 의외로 버티는군. 뭐, 칠대열강이 있으니까 그런가. 아니면 팩스는 이미 죽었고 다른 이유로 봉쇄했을 가능성도 있지만.

우리는 그들에게 들키지 않도록 이동했다. 자노바가 왕자라고 알려지면 소동이 날 테고, 그렇게 되면 제이드 장군 휘하의 병사들에게도 들킨다. 자노바는 팩스 쪽 인간이라고 인식될 거라고 생각하면, 들키지 않는 게 무난했다.

정면돌파라는 생각도 떠올랐지만, 접어두었다.

"…스승님, 비밀통로가 강가에 있습니다."

그런 자노바의 말에 따라서 인적 없는 강가로 갔다.

강가는 꽤나 조용했다.

조용히 흐르는 물속에서 물고기가 빛나고, 오리 같은 새가 수면을 헤엄치고 있었다. 이 근처에서 싸움이 일어났다고는 생각할 수 없는 광경이었다. 전쟁과 평화의 경계는 어디에 있는 걸까.

"저것이로군요."

강가를 이동하자, 물레방앗간이 하나 나왔다.

나는 거기서 마도갑옷을 정지시켰다.

"이 건물 어딘가에 지하로 가는 통로가 있을 겁니다."

자노바의 목소리는 씩씩했지만, 얼굴은 새파랬다.

치유 마술을 걸면 멀미는 일시적으로 낫지만, 떨어진 체력까지는 회복되지 않는다.

"조금 쉬는 편이 좋지 않아?"

"아뇨, 한시의 유예도 허락되지 않는 상황일지 모릅니다. 당장 돌입하지요."

왕성 안이 어떻게 되었을지 모른다.

이 물레방앗간이 마지막 휴식 포인트가 될지도 모른다.

지하통로를 통과할 거면 '1식'도 쓸 수 없겠고, 최대한 준비를 마쳐두고 싶다.

마력이 완전 회복되는 일은 없겠지만, 자노바나 록시의 체력도 회복시키는 편이 좋겠지.

"자노바, 진정해. 여기서는 일단 휴식하고 숨을 고르는 편이 좋아. 너도 록시도 안색이 안 좋고, 나도 마력을 회복시키고 싶어."

"으음…."

"먼 길일수록 돌아가라는 말도 있어."

"들은 바는 없습니다만… 알겠습니다."

자노바도 떨떠름한 기색으로 고개를 끄덕였다.

다행이다. 피로라는 놈은 여차할 때에 움직임을 둔하게 만든다.

"그 전에 여기에 정말로 통로가 있는지 확인하는 편이 좋겠지요."

"그래, 맞아."

록시의 말에 물레방앗간 안을 확인했다.

물레방앗간 안은 나무상자나 통이 곳곳에 놓여 있었다. 창고 같은 모습이다. 나와 자노바가 그것들을 치우고, 바닥이나 벽을 쿵쿵 두드리며 다녔다.

그러자 물레방앗간 구석, 나무상자 밑에 숨겨놓은 듯한 그것을 발견했다.

금속 판자였다. 문이라고 해도 좋겠지만, 손잡이 같은 것은 보이지 않았다.

"이것, 일까요?"

"아니, 서두르지 마. 창고일지도 몰라."

그런 생각은 하지 않지만, 그렇게 말하면서 문을 조사했다.

열쇠구멍이나 손잡이 같은 것은 없다. 어떻게 여는 걸까.

탈출용 통로라면 바깥쪽에서는 들어오지 못하게 해도 이상하지 않다. 안쪽에서 밀어올리는 것을 전제로 설계된 걸까.

"자노바, 억지로 열어 봐."

"흠!"

자노바가 힘으로 금속 판자를 떼어내자, 그 밑에는 굴이 뚫려 있고 사다리가 보였다.

불 마술을 써서 안을 비추자, 몇 미터 정도 밑에 바닥이 보였다. 더불어서 수도 방향으로 굴이 이어진 것도 알 수 있었다. 하지만 아직 지하저장고일 가능성도 무시할 수 없다.

나는 일단 내려간 뒤에 굴 안쪽을 비추어 보았다.

안쪽에 뭔가가 놓여 있지는 않았다. 그냥 가느다란 통로가 계속 이어지고 있었다.

이 정도면 창고는 아니겠지.

"어떻습니까?"

"틀림없는 것 같아."

"그럼 좀 쉴까요."

"그래."

세 시간 정도 휴식한 뒤에 나는 일단 마차로 돌아가서 2식 개량형 마도갑옷을 입었다.

그 구멍의 크기라면 1식으로는 지나갈 수 없다.

2식 개량형이라도 칠대열강과 싸우는 게 아니라면 충분한 성능을 발휘할 수 있겠지만, 이 통로 너머에 '사신'이 있다고 생각하면 다소 불안했다.

하지만 억지로 가져가다간 성벽을 정면돌파해야만 할 가능성도 있다. 그것도 상관이야 없지만, 적어도 자노바는 그걸 바라지 않겠지.

통로는 사람이 엇갈릴 수 있을까 말까 싶을 정도로 좁았고, 광원이 될 만한 것은 하나도 없었다.

나는 등불의 정령 스크롤을 써서 주위를 비추었다.

통로는 어둡고 아무것도 없었다. 그저 이동만을 위해서 만들어진 듯한 길이다.

그런 통로를 자노바, 나, 록시 순서로 이동했다.

"좁은 통로를 이동하면 안 좋은 기억이 떠오릅니다."

록시가 뒤에서 중얼거렸다.

그 말에 나는 뭐라고 대답하려고 했지만, 할 말을 찾을 수 없어서 그저 "그렇습니까."라고 작게 대답하는 것으로 끝냈다. 그 뒤에는 다들 아무 말도 없이 어두운 통로를 이동했다.

한 시간 정도 걸었을까.

통로 끝에 문이 있었다.

금속 판자 같은 문이었다. 손잡이가 없다. 물레방앗간에 있던 것과 비슷했다. 역시 반대편에서밖에 열 수 없겠지.

"흠!"

자노바가 손가락을 문과 벽 틈새에 밀어 넣고 당겨 뽑듯이 문을 열었다.

그를 선두로 세우길 잘했다.

"오… 이건…."

하지만 문을 열고 자노바가 이상한 소리를 내었다.

무슨 일인가 싶어서 엿보니, 통로가 토사 같은 것으로 막혀 있었다. 막다른 길이다.

하지만 갈림길 같은 것은 없었다. 그렇다면….

"지진으로 무너졌든가…. 아니면 제이드 장군이 이 통로의 존재를 알고 있어서 미리 막아둔 것이겠지요."

록시의 해설.

뭐, 그런 거겠지.

팩스가 쿠데타 때 막았을 가능성도 있지만, 아무튼 이걸로 팩스가 탈출하지 못한 이유 중 하나가 밝혀졌다.

"스승님. 이 토사, 어떻게 할 수 있겠습니까?"

"…한번 해 볼게."

자노바와 위치를 바꾸었다.

내가 괜히 사무소 지하에 굴을 판 것이 아니다. 토사 처리라면 익숙하다.

주위의 벽이나 천장을 마술로 다지면서 흙을 응축하여 양을 줄였다. 암석으로 파이프를 만드는 느낌이다. 이번에는 즉석에서 만든 것이지만, 무너지지 않을 정도의 강도는 유지할 수 있다. 그런 힘조절도 익숙했다.

약 한 시간 뒤에 쿠왕 소리와 함께 맞은편으로 길이 뚫렸다.

거리상으로는 5미터 정도였을까. 짧은 듯하면서 길군.

적어도 마술 없이 팔 생각을 하면 엄청난 시간과 노력이 들었겠지.

그로부터 또 한 시간.

총 네 시간을 이동했다는 이야기일까. 걷는 데에 익숙하지 않은 자노바가 피로해 보이기 시작했을 무렵, 간신히 출구에 도달했다.

처음에 나온 것은 지하실인 듯한 장소였다.

조그만 단칸방 정도의 넓이. 석재로 튼튼하게 지은 벽과 천장. 벽에는 촛대인 듯한 것도 설치되어 있었다. 그리고 방구석에는 위로 올라가기 위한 계단이.

그런 방구석에 비밀문이 있었다.

여기가 실론 왕국의 왕성이라는 것은 금방 알았다.

아무래도 기억에 있는 방이었기 때문이다. 아니, 여기서 살았던 적도 있다.

"…자노바, 여기는 혹시."

"음, 저와 스승님이 처음 만난 장소로군요."

추억의 장소…라는 식으로 말하면 멋지지만, 내가 팩스에게 속아서 결계에 갇혔던 장소다.

아무것도 없는 방이라고 생각했는데, 탈출용 장소였나.

어쩐지 묘한 기믹이나 마법진용 장치가 있다 했어.

지금은 이미 결계가 없는 모양이지만….

"그립군요. 그 인형의 제작자와 만났다고 생각했을 때, 저는 오늘이라는 날이 인생의 절정이라고 믿어 의심치 않았습니다. 그 뒤에 더 행복한 날이 올 거라고는 꿈에도 생각하지 않았습니다."

"감상에 젖는 건 나중으로 하자."

다큐멘터리 방송의 인터뷰 같은 소리를 하는 자노바를 재촉해서 계속 전진했다.

계단을 올라가서 복도로 나갔다.

고요해진 성 안. 지하통로를 지나는 동안 이미 해가 저물었는지 창밖은 어두웠다.

메이드들도 없는 건지, 복도에는 불빛 하나 없었다.

심야의 병원처럼 조용하다. 팍스의 부하란 놈들은 밖에 모여 있는 걸까.

"팍스는 어디 있을까?"

"아마도 아바마마의 방이겠지요."

아버지의 방… 그렇다면 왕의 침실일까.

자노바는 그대로 선두에 서서 걷기 시작했다. 어디에 뭐가 있는지 다 아는 자기 집이지만, 딱히 그리워하는 기색도 없는지 곁눈질도 없이 걸어갔다.

우리는 말 없이 그 뒤를 따랐다.

"…아."

문득 록시가 멈춰 섰다.

어느 방 앞에서 우뚝.

"왜 그러나요?"

"아뇨, 이전에 썼던 방이 여기였던 게 생각나서."

그 방의 문은 열려 있었다.

안에는 아무도 없었다. 이상할 것 하나 없는 침대와 책상이 있을 뿐이었다.

방의 주인은 다급히 도망쳤겠지. 침대는 흐트러지고, 책상도 바닥도 어질러져 있었다.

록시가 없어진 뒤에, 또 누군가가 쓰기 시작했기 때문이겠지. 묘한 생활감이 있었다.

지금은 남의 방이지만, 록시가 살았던 적도 있다고 생각하니 묘하게 인상 깊은 구석이 있군.

내가 에리스네 집에서 가정교사로 지냈을 적에 살았던 장소 같은 걸까.

"스승님, 록시 님, 왜 그러십니까?"

"아니, 록시가 이전의 자기 방을 보고 감상적으로….."

"감상은 나중으로 하자고 말씀하시지 않았습니까….."

자노바가 기막히다는 얼굴로 돌아왔다. 그리고 흠 소리를 내며 방을 보고 록시를 보았다.

"록시 님이 쓰셨던 방은 그 옆입니다만."

"예?"

록시는 당황한 기색으로 옆방의 문을 열었다.

그리고 지금까지 보았던 방과 비교하고 복도를 둘러보더니, 뭔가 깨달은 듯이 얼굴을 붉혔다.

"어, 어두워서 잘못 봤습니다."

이놈, 자노바.

록시에게 수치심을 주다니, 무슨 생각이냐. 록시가 검다고 하면 하얀 것도 다크마타라고.

"스승님, 왜 제 발을 밟습니까?"

"발이 조금 미끄러져서."

"스승님이 록시 님을 경애하는 것은 알고 있습니다만, 다른 장소를 보고 감상에 젖어도 의미는 없을 텐데요…."

맞는 말이다.

발을 밟는 것은 참아 주지.

하지만 이 근처에서 록시가 지냈다고 들으니 왠지 감개무량하군.

혹시 전이사건이 일어나지 않았으면 그대로 실론 왕국에 머무를 수도 있었을까.

"서두르지요."

록시의 말에 우리는 그 자리를 뒤로 했다.

성안에서는 결국 아무도 마주치지 않았다.

아무도 없었다. 왜인지 아무도 없었다. 그 탓에 자노바가 꽤나 말이 많아졌다.

"이 성의 정면현관은 2층에 있어서 말이지요. 밖에서 오는 손님은 모두 2층으로 들어옵니다. 3층에는 내정을 위한…."

담담히 성에 대해 말해 주었다.

1층은 병사나 고용인을 위한 생활구역.

2층은 홀이나 알현실, 객실 같은 외교용의 각종 시설.

3층은 회의실이나 집무실 같은 내정용 각종 시설, 방어용 성벽, 주탑으로 이어지는 구름다리 등도 있다.

4층은 왕자, 왕녀의 거주구역. 친위대의 대기소.

그리고 5층은 왕의 침실이 있다.

그리고 1층에도, 2층에도, 3층에도…… 아무도 없었다.

4층에 올라갔을 때 창밖을 보았다. 성 주위에 화톳불이 피워져 있어서, 반란군이 포위하고 있는 게 보였다.

하지만 팩스의 부하들의 모습이 보이지 않았다. 전투가 일어난 기척도 없다.

사람의 모습이 보이지 않는다. 어두워서 잘 보이지 않는 것과는 달랐다.

이 성에는 아무도 없다.

"……."

자노바도 그 기이함을 깨달은 모양이다. 4층으로 올라갈 때 대화가 뚝 멈추었다.

표정도 굳었다.

이 성에서 뭔가 일어나고 있다. 그런 예감을 절절히 느끼면서 마지막 계단을 올랐다.

그리고 5층. 천수각이라고 해야 할 건물의 최상층.

국왕의 침소가 있는, 가치로도 격식으로도 이 나라에서 제일 높은 방.

"……."

그 입구. 문 앞에 그 녀석이 있었다.

사신 란돌프 마리언.

어째서인지 거기 있는 의자에서 휴식이라도 취하듯이 등을 굽히고 앉아 있었다. 무릎에 팔꿈치를 대고, 손을 앞으로 모으고, 고개를 살짝 기울이면서 안대로 한쪽 눈을 가린 해골 같은 얼굴을 이쪽으로 향하고 있었다.

"왜 이 나라의 왕은, 이렇게 높은 곳에 침소를 만들었을까요."

그는 우리의 모습을 보자, 갑자기 그런 말을 꺼냈다.

"이런 곳에 침소를 만들면 불편할 뿐인데. 집무도 일일이 아래로 내려가야 하는 게 귀찮을 텐데. 식사를 가져오게 해도 1층의 취사장에서 여기까지 오는 동안 식을 텐데. 나이를 먹어서 다리가 약해지면 오르내리는 것도 힘들 텐데. 불이라도 나면 도망치기 힘들지도 모르는데."

메마른 얼굴을 기울이면서 중얼거리며 이쪽을 보았다.

평범하게 지친 아저씨 같은 자세지만, 왜인지 등골에 찌릿찌 릿한 것이 지나갔다.

"나 같으면 1층에 만들 텐데. 집무를 보기에도 좋고, 밥도 따 뜻한 것을 먹을 수 있고, 어디로 나갈 때도 간단하고…라고 생 각하는 건 내가 서민이기 때문일까요."

란돌프는 줄줄줄 떠들면서 웃었다.

백골 같은 웃음에 록시가 꿀꺽 침을 삼켰다.

"뭐, 분명히 이점은 있어요. 이렇게 성 안에서 농성하면 여 기가 제일 안전하니까. 애초에 이 성은 내마 벽돌을 많이 써서 원거리에서의 마법에 매우 강하지요. 각층에도 방어지점이 있 어서, 제일 위까지 공격해 오기는 어렵고요. 여기는 전쟁용 성 입니다."

란돌프는 무슨 말을 하고 싶은 걸까.

그저 앉아 있을 뿐이다. 옆을 지나가도 되는 걸까. 솔직히 이 녀석에게는 한 발짝도 다가가고 싶지 않은데.

"란돌프."

망설이는데, 자노바가 앞으로 나섰다.

란돌프는 불경하게도 자세를 바꾸지 않고 자노바를 보며 웃 었다.

밤중에 웃는 해골. 기분 나쁘다.

"평안하신지요, 자노바 전하. 이런 곳까지 어쩐 일이신지요?"

"이 성의 상황에 대해 뭔가 알고 있나?"

"예, 물론. 물론 알고 있고말고요."

란돌프는 그렇게 말하면서 안대를 벗었다. 거기에는 기분 나쁘게 붉게 빛나는 눈동자가 있었다.

눈동자 부분에는 별 무늬가 떠올라 있었다.

마안이다.

"폐하의 명에 따라 이 '공절안'의 힘으로 왕성 주변에 벽을 만들었습니다. 그 힘으로 현재도 적군을 막고 있습니다."

내가 모르는 마안이다. 올스테드는 그런 마안의 존재에 대해 말해 주지 않았다.

그 사람은 항상 내게 중요한 사실을 가르쳐 주지 않는다. 하지만 안대를 하고 있다면 제어할 수 없다는 소릴까. 그렇게 경계하지 않아도 되나?

"그렇군. 다른 이는?"

"다들 죽었든가, 도망쳤습니다."

"…그리고 폐하는 어디에?"

"이 안에."

"그래, 음, 폐하의 수호, 수고 많았다."

자노바는 그렇게 말하면서 란돌프의 옆을 지나가려고 했다.

하지만 란돌프는 모으고 있던 팔을 펼쳐서 그걸 제지했다.

"왜 막지?"

"폐하께 아무도 통과시키지 말라는 명을 받았습니다."

"하지만 화급한 용건이다."

"설령 화급한 일이더라도 지금 폐하는 대단히 바쁘십니다."

바쁘다니, 뭘 하는 거야. 이런 곳에서 부하도 없이 뭘 할 수 있다고.

"비켜라. 나는 폐하를 구하러 왔다."

"폐하는 이 성을 떠날 생각이 없으신 듯합니다."

"……."

느릿느릿.

마치 뭔가를 숨기는 듯한 문답을 계속하는 란돌프에게 자노바도 짜증이 난 모양이다.

"폐하와 직접 말하겠다!"

자노바가 억지로 앞으로 나서려던 때에, 란돌프가 일어섰다.

천천히.

얼굴만 공중에 떠오르는 것처럼, 존재감이 없는 모습으로 일어섰다.

"아니, 기다려 주십시오. 폐하는 지금 마음을 진정시키고 계십니다."

"마음?"

"여기서는 성의 모습이 잘 보이죠. 성벽 안에서 적의를 드러내고 노려보는 병사도, 성벽 밖에 모이는 병사가 왕을 도우려고 하지도 않고 가만히 지켜보는 모습도…."

란돌프는 그렇게 말하면서 우리의 뒤로 시선을 옮겼다.

무심코 돌아보니, 분명히 계단참에 있는 커다란 창문 너머로 지금 수도의 모습이 훤히 보였다.

왕성을 둘러싼 반란군. 성벽 밖에 병사들이 주둔해 있는 것도. 분명히 여기서 보면 집결해 있는데도 불구하고 반란군에게 공격하려는 모습으로는 보이지 않을지도 모른다.

하지만 그 집단의 태반은 상인이나 모험가, 혹은 그냥 여행자다.

도울 수 있을 리가 없다.

"그 마음이 진정되실 때까지 나는 여기서 움직이지 않겠습니다."

"언제 진정되나?"

"글쎄요…. 언제가 될지. 그리 오래 걸리지 않을 거라 생각합니다만."

"에잇, 너와 이야기해도 끝이 없다!"

자노바는 느릿느릿 문답을 주고받는 란돌프의 어깨에 손을 얹고 억지로 밀어내….

"오오오?!"

그대로 튕겨져 날아갔다.

계단을 데굴데굴 구르다가 벽에 뒷머리를 쿵 하고 부딪치자, 벽이 우르르 무너졌다.

"흔해 빠진 말이라서 죄송합니다만… 여기는 지날 수 없습니다. 지나고 싶다면 나를 쓰러뜨리고 가십시오."

란돌프는 그렇게 말하면서 허리춤의 검을 슬쩍 뽑으려 들었다. 어둠 속에서 녹색으로 빛나는 칼날이 보였다.

분명 저것도 마검이겠지.

아, 이런. 큰일이다. 1식도 가져오지 않았는데 싸우는 건 좋지 않아.

"자노바, 진정해. 여기서 싸우면 안 돼."

"하지만 스승님…."

지금 이야기를 들어보면 란돌프는 팩스를 지킬 뿐이다.

자노바도 팩스를 보호하러 왔다. 적이 아니다.

란돌프가 인신의 사도라면 이야기는 다르지만, 그럴 가능성은 낮겠지.

나를 죽이기 위한 덫이라고 하기에는 너무 수고가 많이 들고, 예를 들어서 팩스를 죽여서 공화국을 만들지 않으려는 거라면 사신이 더 이른 단계에서 했을 것이다. 왕룡 왕국에 있을 때라든가.

하지만 일단 물어볼까.

"란돌프 씨, 당신이 기다리라고 하면 기다리겠는데…. 그 전에 질문을 하나 하고 싶은데 괜찮겠습니까?"

"뭡니까?"

"인신이라는 존재를 알고 있습니까?"

란돌프는 히죽 웃었다. 이 성의 분위기와 비슷한, 기분 나쁜 웃음을.

"예, 알고 있습니다만. 그게 왜?"

란돌프는 킬킬 웃으면서 그렇게 말했다. 말해 버렸다.

싸울 이유가 생겼다.

이 녀석은 인신의 사도고, 인신의 생각에 따라 여기에 있다.

무슨 생각인지는 모르지만, 이 상황을 만든 것은 이 녀석이고, 그 상황 앞에는 인신이 유리해지는 뭔가가 기다리고 있다.

그럼 이 녀석은 적이다. 적은 쓰러뜨려야만 한다. 그렇게 생각했다.

살기가 나왔다.

"아하, 결국 해 보자는 겁니까."

란돌프는 검을 뽑았다.

칼날이 녹색 빛을 띠며 어둑어둑한 복도를 비추었다.

호응하듯이 자노바가 곤봉을 들고, 록시도 지팡이를 들었다.

그리고 시작되었다. 기세에 떠밀려서 시작되었다.

칠대열강과의 싸움이.

제10화 모두 헛된 일

싸움은 기세에 떠밀리듯이 시작되었다.

'1식'이 없는 상태로 싸울 생각은 없었지만, 시작되었으면 망설일 수는 없었다.

"우오오오오!"

일단 자노바가 뛰쳐나갔다.

상대는 칠대열강이지만, 자노바는 그런 사실을 개의치 않았다. 아무런 기술도 없이, 그저 똑바로 달려서 우직하게 공격을 하였다.

곤봉이 소리를 내면서 사신을 덮쳤다.

"어차."

사신은 그것을 여유롭게 회피했다. 하지만 자노바가 공격을 명중시킬 수 없는 것을 나는 예견하고 있었다.

자노바의 공격은 일격필살.

맞으면 크리티컬이지만, 맞을 가능성이 지극히 낮다. 그걸 명중으로 이끄는 것이 내 일이다.

나는 사신이 회피하려는 장소에 미리 진흙탕을 설치해 두었다.

"오호?"

진흙탕에 다리가 걸려서 자세가 무너지는 사신.

"'아이스 스매시'."

거기에 록시가 마술로 공격했다. 사신은 순간적으로 검으로 받아 흘렸지만, 자세는 이미 무너졌다. 자노바가 계속해서 공격하였다.

불사마왕조차도 제대로 움직일 수 없었을 정도의 괴력. 거기서 나오는 타격은 사정없이 복도 바닥에 구멍을 내었다.

하지만 역시나 사신이라고 해야 할까, 자세가 무너졌으면서도 그것을 회피하였다.

하지만 누구의 눈에도 그가 공세로 이행할 수 없는 것은 명백했다. 엉덩방아를 찧어서 다리가 제대로 지면을 딛고 있지 않았다. 검은 엉뚱한 방향을 향하고, 왼손 팔꿈치가 바닥에 닿아 있었다.

사신의 얼굴은 경악으로 물들었다.

"설마, 이럴 줄은…."

그 중얼거림을 듣고 나는 할 수 있다고 생각했다. 록시에게 눈짓을 하고 한 걸음 앞으로 나섰다.

자노바 또한 결정타를 먹이려고 사신에게 다가갔다.

두 손을 사신에게 향하며 마력을 담았다. 자노바의 공격이 맞으면 좋고, 안 맞으면 예견안으로 회피방향을 특정하여 그쪽에 일렉트릭을 날린다. 마비되었을 때 왼손의 마도구에서 스톤 캐논을 날려서 끝낸다.

그런 것보다도 회피할 수 있다면 다시 한번 록시의 견제로 자세를 무너뜨리고 명중할 때까지 계속한다.

딱히 미리 의논한 것은 아니지만, 필살의 연대가 되었다.

녀석은 구석에 몰린 생쥐다.

"으음!"

자노바의 일격이 사신의 눈앞에 날아들었다.

하지만 나는 믿기지 않는 광경을 보았다.

사신은 그걸 받아낸 것이다. 자노바의 괴력을. 곤봉을, 맨손으로. 엄청난 힘이다. 괜히 칠대열강이라고 불리는 게 아니었다. 하지만 그것도 거기까지. 받아낸 팔이 부러진 것은 내 눈에도 확실히 보였다. 체크 메이트다.

"자노바, 비켜!"

내 외침에 자노바가 반사적으로 옆으로 뛰었다.

내 오른손에서 벼락이 일었다. 빠지직 하고 하늘에 소리를 남기는 벼락은 사신을 훑었다.

직격.

사신은 온몸이 굳으며 풀썩 쓰러졌다. 해골 같은 얼굴이 이쪽을 향하고 있었다. 무엇에 당한 건지 이해하지 못하는 얼굴. 일렉트릭은 투기로 방어해도 마비시킬 수 있다.

마무리다.

나는 스톤 캐논을 쏘기 위해 왼팔의 파츠에 마력을 담았다.

"'샷건 트리거'."

왕급이라고도, 제급이라고도 평해지는 스톤 캐논이 한꺼번에 사신에게 날아갔다. 스톤 캐논은 올스테드에게도 인정받은, 내가 낼 수 있는 최고의 필살기. 맞으면 올스테드조차도 대미지를 입을 정도의 위력이다.

이 자세, 이 타이밍. 사신이라고 해도 회피할 수 없고, 맞으면 큰 대미지를 피할 수 없다.

이겼다.

"…………어?"

그렇게 생각한 다음 순간.

스톤 캐논이 지워졌다. 하늘에서 모래가 되어 사신에게 쏟아졌다.

이해할 수 없었다.

"오오, 도우러 와 주셨군요! 사신님!"

란돌프가 그렇게 말하며 내 뒤를 보았다.

"!"

새로운 상대?! 사신? 그럼 지금 싸운 건?!

처음 자기 소개할 때 거짓말을 했을까?!

나는 다급히 뒤를 보았다.

거기에는.

아무도 없었다.

달빛을 받는 계단이 있을 뿐이었다.

"루디!"

록시의 외침이 들렸을 때, 나는 이미 날아가고 있었다.

허리 근처에 파랑머리가 보였다. 록시가 날 떠민 것이다.

어째서일까, 라고 의문스럽게 생각하기 전에, 나는 공중에서 록시를 안 듯이 자세를 바꾸었다.

등부터 계단으로 떨어지고, 마도갑옷이 철컥 소리를 내었다.

대미지는 없었다.

"어…."

드러누운 채로 계단 위를 보았다. 아직 무슨 일이 일어난 건지 모르는 자노바와 검을 휘두른 자세의 '사신'이 있었다.

사신은 아무 일도 없었던 것처럼 서 있었다.

일렉트릭으로 마비된 게 아니었나? 자세가 무너졌던 게 아니었나?

이상하네, 왜지?

"루데우스 님, 사신은 항상 뒤에 서 있지요."

여유로운 표정, 여유로운 말. 그걸로 이해했다. 연기다.

일렉트릭으로 마비된 것도, 자세가 무너진 것도, 다 일부러다.

내가 뒤를 돌아보게 하려는….

으으, 제길, 올스테드에게 란돌프는 그런 식으로 싸운다고 들었는데!

그렇긴 해도 아까 그건 뭐지? 스톤 캐논이 지워졌다. 그것이 녀석의 마안의 힘인가…?

아니, 기억에 있다.

저건 마나타이트 히드라와 싸울 때와 같은 현상이다.

그렇다면….

"흡마석인가."

"어라, 단번에 들키다니… 역시나 얕볼 수 없군요."

사신은 그렇게 말하면서 손바닥을 펼쳤다.

가죽 토시의 손바닥 부분에 흑마석이 꽂혀 있었다. 방금 전에는 몰랐지만, 저걸로 흡수했겠지. 그런 수가 있다고는 못 들었지만… 아니, 저 흡마석, 우리가 베가리트에서 가져온 것 아닐까… 왕룡 왕국의 기사라면 그런 장비를 모아도 이상하지 않다. 그리고 그걸 올스테드가 몰랐다고 해도.

뭐, 됐어.

조금 방심했지만, 칠대열강에게 그리 쉽게 이기리라고는 생각 안 했다. 마술이 통하지 않는다면 싸우기 어렵지만, 흡마석의 특성은 알고 있다. 흡마석은 그 방향으로 손을 내밀고 마력을 넣어야 비로소 발동한다. 즉, 손바닥만 돌리게 하지 않으면 된다.

뒤로 돌아갈까.

계단참이 좁은 게 문제인데….

하지만 세 사람이 있으면 못 할 것은 없다.

보아하니 흡마석은 하나. 나와 록시가 앞뒤에서 동시에 마술을 쓰고, 거기에 또 자노바의 추격타가 들어가면….

아니, 그렇게 간단하지는 않겠지. 하지만 안 되면 다른 방법을 시험하면 된다.

트라이 앤드 에러. 쓰러뜨릴 때까지 계속한다.

"록시, 자노바의 뒤로 돌아가 주세요."

"……."

대답이 없다. 그러고 보면 아까부터 록시가 움직이지 않았다.

손에 미끈거리는 느낌이 있었다. 어깨죽지 부근에서 뭔가 이상한 감촉이 있다.

"…어?"

이게 뭐지? 붉다.

"록시… 잠깐만… 거짓말이죠?"

록시의 로브가 베였고, 그 밑에서 붉은 피가 흐르고 있었다.

심장이 빠르게 고동쳤다.

주마등처럼 옛날 기억이 떠올랐다. 나를 밀치고 죽은 남자의 모습. 쓰러져서 움직이지 않게 된 남자. 파울로. 마지막에 내게 손을 뻗은 파울로… 파울로처럼.

록시…! 아니, 어? 거짓말이지?

"거짓말이야! 록시!"

"…거짓말은 아닙니다만 상처를 건드리지 말아 주세요. 아픕니다."

어느 틈에 록시는 나를 지그시 바라보고 있었다.

"아, 예."

괜찮은 모양이다. 록시를 내려놓자, 그녀는 작은 목소리로 치유 마술을 외워서 상처를 치료했다.

안도했다. 심장에 안 좋다.

"어라? 분명히 치명상이었을 텐데…."

사신은 턱에 손을 대고 신기하다는 듯이 고개를 갸웃거렸다.

무시무시한 소리를 하는데, 록시는 보다시피 쌩쌩하다.

　원숭이도 나무에서 프리폴이다.

　록시를 해치울 생각이었나 본데, 아쉽겠군. 내 수명이 줄어들 뿐인 결과로 끝났다. 자, 시합 재개다.

　"응?"

　그때 록시의 목에서 빠직 하는 소리가 났다.

　그쪽을 보니 출발 전에 그녀에게 주었던 목걸이에 금이 가서 순식간에 부서졌다.

　이어서 그녀의 손가락. 거기에 끼었던 반지도 깨졌다.

　"……."

　저건 그거다.

　'치명상을 입으면 대신해서 깨지는 마력부여품'과 '물리공격에 대한 배리어를 치는 마력부여품'이다.

　"아하, 그거였습니까… 과연."

　오싹했다.

　등에 고드름이 꽂히나 싶은 한기가 들었다. 사신에게서 강풍이 불어오는 듯한 압력을 느꼈다.

　이 바람은 알고 있다. 겁쟁이의 바람이다.

　그렇게 알아도 멈추지 않았다. 어느 틈에 록시를 꼭 안았다.

　"루, 루디…?"

　안 돼. 여기까지다. 내가 생각했던 것은 여기까지다. 그 목걸이는 미리 준비했던 것이다.

그러니까 운이 아니다. 여기까지는 상정한 범위다.

하지만 여기서부터는 어떻지?

일격으로 즉사급의 공격을 날리는 상대.

트라이 앤드 에러? 이런 상대에게 몇 번이나 도전할 수는 없다. 컨티뉴는 없다. 지금 걸로 다 썼다. 이 이상 이 녀석과 싸우면 누군가가 죽는다.

대체 어떻게 칠대열강과 정면에서 싸운단 말인가.

올스테드도 마도갑옷 없이 접근전은 하지 말라고 말했잖아.

그래. 처음부터 그랬다. 이러면 안 되었다.

"자노바! 안 돼! 철수하자!"

"스승님?!"

"이 녀석에게는 못 이겨! 1식을 가지러 가서 다시 오자!"

자노바는 곤봉을 쥔 채로 두 걸음 물러났다. 그리고 어깨 너머로 나를 보았다.

"아뇨, 꽤 좋은 승부가 되고 있습니다. 특히 아까 그건 아슬아슬했지요. 한 번 더 당하면 막아낼 자신은 없습니다. 비장의 수도 써 버렸고…."

사신이 속삭였다.

분명히 아까 그건 괜찮을 것 같았다.

하지만 분명 이건 거짓말이다. 올스테드도 말했다. 녀석은 유인한다고. 공격을 유인하고, 방어를 유인한다.

지금 이 말도 분명 그렇다.

아니, 그래도 진짜일까? 그 환혹검인가 하는 걸 쓰지 않고 진짜로 하는 말인가?

지금 그건 너무 노골적인 말이다. 유인하는 척하면서 사실 속으로는….

에잇!

더 이상 이 녀석의 말은 하나도 믿을 수 없었다. 한 가지 깨달은 게 있었다.

지금의 나는 사신을 못 이긴다. 일격에, 내 마음에, 그렇게 새겼다.

하지만 자노바는 그렇게 생각하지 않은 모양이었다

"그럼 스승님은 거기서 보고 있으십시오. 제가 혼자서라도 싸우고 돌파해서 동생을 만나겠습니다!"

자노바가 돌진했다.

내 눈에는 그게 슬로우모션처럼 보였다.

시간이 느려지고, 소리가 사라지고, 세계가 빛을 잃었다.

한 걸음, 또 한 걸음 달리는 자노바.

예견안의 안에서 이미 사신은 움직이고 있었다. 방금 전의 어색한 움직임은 대체 뭐였나 싶을 정도의 속도. 눈에도 들어오지 않을 정도인, 내 동체시력으로는 도저히 포착할 수 없는 속도.

시간이 돌아왔다.

검이 번뜩였다.

"자노바!"

참격은 자노바의 옆구리로 들어가서 어깨로 나왔다.

대각선으로 올려베었다. 갑옷이 산산이 부서지고, 자노바는 천장으로 날아갔다. 자노바는 기세 좋게 천장에 부딪쳤다가, 그대로 내 눈앞으로 떨어졌다. 소리는 아직 들리지 않는다. 모든 게 꿈 속 같았다.

"허억… 허억…."

호흡이 가빴다.

괜찮을까? 갑옷은 깨졌다. 두꺼운 가슴바대 부분과 어깨바대가 산산히 깨졌다.

대체 무슨 참격을 날리면 금속이 이렇게 되는 건지 전혀 짐작도 가지 않았다.

"오의 '쇄개단'으로도 느낌이 없나…."

사신의 말에 세계에 빛이 돌아왔다.

분명히. 분명히 잘 보면 자노바의 몸에는 상처 하나 없었다. 갑옷 밑에 입은 튜닉은 썩둑 베였지만, 피부에는 푸른 멍이 생긴 정도였다.

"으으… 끄으…."

자노바는 신음소리를 내면서 상체를 일으키고, 계단 위에 있는 사신을 노려보았다.

"역시나 신의 아이, 역시나 베이지 않습니까."

사신은 해골 같은 웃음을 띤 채로 내려다보았다.

그리고 천천히 검을 칼집으로 되돌렸다.

"하지만 나는 검신이 아니라서 베는 것에 집착하지 않습니다…. 분명히 불 마술은 먹힌다고 했지요? 팩스 폐하께 그런 이야기는 들었습니다."

아, 이 녀석은 마술도 쓸 수 있나.

하지만 자노바가 입은 갑옷은 불을 무효화… 아니, 틀렸다. 이렇게 깨진 상태로 효과를 발휘할 것 같지 않아.

"……."

자노바가 일어섰다.

더 해 보겠다는 걸까. 곤봉을 들고 계단에 발을 걸쳤다.

록시도 일어섰다.

나를 지키듯이 한 걸음 앞으로 나서서, 자노바를 엄호하기 위해 지팡이를 들었다.

나도 일어섰다.

자노바는 완고하다. 죽을 때까지 계속 싸울지도 모른다. 물론 죽게 놔둘 수는 없다.

록시도.

그녀가 죽으면 나는 죽는다. 내 정신이 죽는다.

"더 해 보겠다는 겁니까?"

란돌프는 무표정하게 이쪽을 내려다보았다. 딱히 무슨 자세를 취하는 것도 아니고, 마술을 외우는 것도 아니다. 여유로운 자세다. 저쪽에서 먼저 공격을 해 올 생각은 없는 모양이다.

제길, 뭐가 좋은 승부야.

오히려 우리를 봐주면서 싸우는 감각마저 있다. 녀석은 내 스톤 캐논을 무효화했다. 처음부터 마술을 무효화하는 기술을 가지고 있었다. 그런데도 불구하고 다른 마술로 내 행동을 유인했다.

아직 뭔가 비장의 수를 숨기고 있을지도 모른다.

올스테드는 뭐라고 말했지? 공격해야 할 때에 지키고, 지켜야 할 때에 공격한다?

그럼 내가 지금 이렇게 생각하는 것은 녀석의 의도라는 건가?

모르겠다. 어떻게 공격하면 좋을지 모르겠다. 완전히 상대의 손바닥 위다.

목걸이는 없다. 갑옷도 없다. 상대의 수는 모르고, '2식 개량형'으로 녀석의 공격을 막을 수 있다는 보증도 없다.

틀렸다. 아무리 생각해도 틀렸다. 한 번 철수해야만 한다.

자노바를 어떻게 하지?

설득하자. 안 되면 뒤에서 공격해서 기절시키자. 그리고 1식이 있는 곳으로 돌아가서 그걸로 싸우자.

"자노바, 지금 그걸로 알았겠지. 우직하게 공격해도 죽을 뿐이야."

"하지만 스승님. 팩스가."

"사신은 기다리고 있었어. 아직 시간은 있어. 확실성을 취하자."

　자노바의 움직임에 망설임이 보였다. 그도 못 이긴다고 깨달은 모양이다.

　"돌아가시는 겁니까? 하지만 아마도… 폐하 쪽도 곧 끝날 모양인데요?"

　이것은 덫이다. 들을 필요는 없다.

　"예, 일단 돌아갔다가 다시 오겠습니다."

　문제는 그냥 놓아줄까 하는 것이다.

　"갑자기 공격한 것은 사죄하겠습니다. 그러니까 지금은 그냥 놔주지 않겠습니까?"

　약하게 나가면서 호흡을 가다듬고 낌새를 엿본다. 싸우면서 지금까지 지나온 길로 도망쳐서 마도갑옷이 있는 곳으로. 그리고 다시 돌아온다. 쫓아오지 않는다면 그것도 좋다.

　"흐음, 그건 상관없습니다만….."

　어, 그래도 돼? 왠지 김이 빠지는데.

　아무래도 사신의 의도를 모르겠다. 이 녀석의 목적은 뭐지?

　"사신 씨, 당신은 인신에게 무슨 지시를 받았습니까?"

　"딱히 아무런 지시도. 만난 적도 없어서."

　뭐?

　"하지만 아까는 안다고."

　"내 친척이 옛날에 만난 적이 있다는 모양이라서. 이름을 들은 적이 있습니다만… 그것뿐입니다. 나 자신은 인신을 만난 적도 없고, 이야기한 적도 없습니다."

그렇다면 이게 어떻게 된 거야.

"즉, 당신은 인신의 사도가 아니다?"

"사도가 뭔지는 모릅니다만… 그렇습니다."

내가 성급했다! 으으, 제길! 최근 성급한 실수가 너무 많아!

"그렇다면 당신은 팩스 왕의 적이 아니다?"

"예. 나는 계속 팩스 왕과 베네딕트 왕비 편입니다. 나의 요리를 칭찬해 준 것은 그분들뿐이니까요…."

"즉, 방 안에서 무슨 수상쩍은 의식을 하기에 그 시간을 끄는 것도 아니다?"

"으음…. 조그만 여자애가 있는 자리에서 말하기에는 꺼려지는 의식입니다만."

사신은 그렇게 말하면서 록시를 보았다. 록시는 조그만 여자애라는 말에 뚱한 표정을 하였다. 분명히 겉으로 보면 애를 낳은 여자로는 보이지 않는다.

그렇기는 해도 그런가. 싸우지 않아도 되는 거였나.

"그건… 죄송합니다. 우리도 팩스 왕의 적이 아닙니다. 갑작스러운 습격, 거듭 사죄드립니다."

"아뇨, 나도 설명이 부족해서 미안합니다."

오히려 고개를 숙여 왔다. 이거, 참으로 정중한 모습….

아니, 잠깐. 이런 것도 실은 사신의 속임수일지도 모른다. 사실 녀석은 즉사기의 준비를 하고 있고, 지금 이렇게 이야기하는 것도 시간 끌기…는 아니라고 생각되는데….

으으, 헷갈려서 모르겠다.

이것이 사신의 속임수라면 나는 지금 완전히 걸렸다. 손바닥 위에서 정열적인 탱고를 추고 있다.

그런 그때.

"어라?"

란돌프가 힘을 뺐다.

하지만 나는 힘을 빼지 않았다. 이 녀석에게 틈을 보여주면 안 된다.

"끝난 모양입니다."

뭐가 끝났다는 걸까. 우리의 운명이?

"그리 경계하지 마시지요. 나도 당신들을 죽일 생각은 없으니까요."

"…거짓말, 아까 치명상이네 뭐네 했잖아."

"하하, 분명히…. 루데우스 씨, 당신은 재미있는 말을 하는군요."

해골이 비웃었다. 지금 대답의 어디가 재미있는 걸까.

"나는 팩스 왕에게 일이 끝날 때까지 아무도 통과시키지 말라는 명을 받았습니다. 일이 끝났으면 그 명령도 끝입니다."

란돌프는 그렇게 말하면서 검을 칼집으로 되돌렸다. 그리고 한숨을 내쉬면서 다시 의자에 앉았다.

"자, 지나가시지요."

덫일까. 등을 보인 순간 썩둑 베일 가능성도 있다.

"내게 등을 보이는 게 싫다면 어디로 가 있을까요?"

"아니, 필요 없다. 믿어 보기로 하지."

자노바는 남자답게 그렇게 말하더니 곤봉을 허리에 찼다.

그러니 나도 무기를 거두기로 했다.

이렇게 기세에 휩쓸려 시작한 싸움은 기세에 휩쓸려 끝이 났다.

왕성 최상층. 왕의 침실.

실론 왕국이 사치에 사치를 더한 최고의 스위트룸. 벽에는 그림들이 있고, 아름다운 조각을 새긴 책상도 있다. 안쪽 방에는 폭 5미터는 될 만한 커다란 침대.

침대 시트는 흐트러졌고, 중심에는 파랑머리 소녀가 시트를 두른 채 조용히 숨소리를 내고 있었다.

왕비 베네딕트다. 주위에 옷이 흩어져 있고, 알몸으로 침대에 있었다.

또 방 안에는 익숙한 냄새가 가득했다.

남자와 여자가 그걸 할 때의 냄새다. 조그만 여자애 앞에서 할 소리는 아니었군.

지금까지 팩스와 왕비는 한창 그걸 했다는 소리다. 나라의 중대사인데 참 느긋하군.

자, 그 팩스 말인데, 그는 발코니에 있었다.

발코니 난간에 앉아서 밖을 보고 있었다. 어린애처럼 짧은 팔다리, 커다란 머리. 왕치고 어울리지 않게 추악하다고 할 얼굴. 복장은 속옷뿐이지만, 그 뒷모습은 결코 궁상맞다고 할 수 없을 만큼 단련되어 있었다.

상처도 많았다. 멍 자국이나 베인 상처. 그 모든 것이 지금까지의 그의 인생을 말해 주는 듯하였다.

"꽤나 시끄럽다 싶더니만 형이 왔던 건가."

팩스가 돌아보았을 때 나는 '느긋하다'는 감상을 지웠다.

그 얼굴은 완전히 지쳐 있었다. 그 얼굴은 체념하고 있었다. 그리고 차분한 모습이었다.

란돌프는 '마음을 진정시키고 있다'라고 말했다. 그 말 그대로의 의미겠지.

내게도 경험이 있다. 현자가 되어 마음을 진정시키는 것이다.

"폐하, 도우러 왔습니다. 자, 이 성을 버리고 함께 카론 요새로 가시지요."

자노바가 발코니 앞까지 가서 팩스에게 손을 내밀었다.

반대로 팩스는 그 손을 보고 코웃음을 쳤다.

"도와? 카론 요새? 너는 무슨 소리를 하는 거지?"

"여기선 일단 성을 내주고 다른 장소에서 이빨을 갈며 기다리는 것이 좋겠지요. 병력만 있으면 성을 되찾는 것은 간단합니다."

"…그리고 또 다시 하는 건가?"

팩스는 자노바를 보고 소름끼칠 정도로 차가운 눈으로 말했다.

이 녀석이 사신이라고 해도 납득할 만한 눈이었다.

"다시 한다는 말씀은?"

자노바의 의문.

거기에 대해 팩스는 코웃음을 쳤다. "어차피 모르겠지."라고 작은 목소리로 중얼거리고 발코니 밖을 곁눈질했다.

"나는 이래 보여도 꽤 노력했다. 아바마마가 두었던 썩어빠진 대신을 파면하고 다른 자를 앉혔다. 전쟁에 대비하여 용병도 모았다. 분명히 치안은 나빠졌지만… 그것도 이 나라의 미래를 내다보고 한 일이다."

팩스는 발코니 난간에 등을 기대고 자노바를 가리켰다.

"형의 귀국을 허락한 것도 그렇다. 형에게 무리한 부탁을 한 것도 그렇다. 나 나름대로 생각한 끝의 결론이다. 솔직히 나는 형을 싫어하지만, 신의 아이로서의 힘은 인정하니까."

"알고 있습니다. 폐하의 고뇌는 이 자노바에게도 충분히 전해졌기에."

자노바가 애써서 냉정하게 하는 말.

그것이 팩스의 성미에 거슬렸던 모양이다. 그는 주먹을 움켜쥐고 증오어린 눈으로 자노바를 보았다.

"뭐가 전해졌단 말이냐! 내 마음이 누구에게 전해질까! 봐라, 이 광경을!"

팩스는 발코너 너머를 과장스럽게 가리켰다.

성 아래에는 반란군이 화톳불을 피우고 있지만, 시내는 조용했다.

성벽 밖에는 많은 인기척이 있었다. 화톳불이 있고 텐트 같은 것이 설치되었다.

여기서 보면 수많은 군대가 수도를 포위한 것 같았다.

"저만큼의 병력이 있는데도 반란군을 진압하려는 기척도 없다!"

"아닙니다, 폐하. 저건 대부분 병사가 아니라 그냥 백성. 그것도 어디의 말뼈다귀인지도 모르는 모험가나 상인들입니다."

"그게 어쨌단 말이냐! 내가 이 나라 모두에게 버림받았다는 사실은 변함없다!"

발코니의 난간에 주먹질을 하면서 팩스는 한탄했다.

나는 그 광경을 말없이 지켜볼 뿐이었다.

뭐라고 끼어들 수가 없다. 자노바가 말해야만 한다. 그런 마음으로.

"폐하, 그건 아닙니다. 결코 모두는⋯."

"뭐가 아니냐! 지금 너도 셋뿐 아닌가. 더 많은 군대를 데려와도 좋을 텐데! 고작 셋! 거기 둘도 나를 도우러 온 게 아니라 너의 호위겠지!"

"그건….."

틀림없다. 나는 팩스를 구하는 것에 반대했다. 실론 왕국이나 팩스 따위 아무래도 좋다는 게 본심이다. 자노바가 죽지 않기를 바라니까 따라왔다. 그것뿐이다.

"그래! 나는 옛날부터 그랬다! 아무리 노력해도 아무도 인정해 주지 않아! 조금 좋은 결과를 냈다 싶으면 바로 더 큰 실패로 이어지지! 다 날아가 버려! 항상 그래!"

팩스가 큰 소리로 한탄하면서 록시를 가리켰다.

"록시!"

그 말에 록시는 얼떨떨한 듯이 얼굴을 굳혔다.

"기억하나, 예전의 일을!"

"예?"

"내가 중급 마술을 처음으로 쓸 수 있었던 때!"

록시는 눈만 껌뻑거렸다.

"내가 나름대로 공부해서! 훈련해서! 간신히 중급 마술에 성공했을 때! 너는 어떤 반응을 보였지?!"

"아뇨… 저기."

곁눈으로 록시를 보니 당황하고 있었다.

기억하는 걸까. 잊어버린 걸까. 나로서는 모르겠다.

"한숨이다!"

"예…?"

"기뻐하는 내게 너는 한숨을 돌려주었다!"

"그건….."

"'겨우 이 정도냐'라고 말하는 듯한 한숨에 내가 얼마나 상처 입었는지 아나!"

록시는 눈을 크게 뜨고 입술을 깨물었다. 설마 정말로 한숨을 쉬었던 걸까.

록시가? 내가 뭔가 성공할 때마다 칭찬해 준 록시가?

"그래도 나는! 너를 좋아했다! 너는 아직 실론에서 나를 인정해 주는 편이었다! 그러니까 그 뒤에도 네 관심을 끌려고 노력했다! 하지만 틀렸어! 너는 항상 딴 생각만 하면서 나 따위는 안중에도 없었다! 모르는 남자와 편지를 주고받았다! 스스로가 바보 같아졌다! 노력해서 인정받을 수 없는데, 왜 노력을 하느냐는 생각이 들었지! 그리고 내가 노력하지 않게 되자 너는 바로 나를 버렸다! 쓰레기라도 보는 눈으로 나를 보고, 어차피 해 봤자 헛수고라는 듯이 가르치고! 마지막에는 이제 됐다는 듯이 나라를 떠났다!"

팩스는 머리를 마구 쥐어뜯었다.

당시의 일을 떠올리는 걸까, 눈은 충혈되고 눈물이 고였다.

"그, 그건… 죄송, 합니다…. 저기, 저도 당시에는….."

"닥쳐! 변명 따윈 듣고 싶지 않아!"

록시는 침묵했다. 그 표정에는 깊은 후회가 보였다.

노력이란 것은 자기 자신을 위해 하는 것이다.

그런 설교 같은 소리를 할 수 있는 입장도 아니다.

적어도 이 세계에 온 뒤로 나는 인정받아 왔다. 노력하면 성과가 나왔다. 성과가 나오지 않을 때도 있었지만, 일단 성과가 나왔을 때에는 인정을 받았다.

그러니까 나는 팩스에게 설교할 자격이 없다.

"됐어…. 나는 실제로 이 정도다."

팩스는 그리고 주욱 힘을 뺐다.

"왕룡의 폐하는 내게 실론 왕국을 주셨지만, 이 꼴이다. 아무도 나를 왕으로 인정하지 않고, 아무도 따라오지 않았어. 뿐만 아니라 아바마마의 피를 이었는지도 확실치 않은 녀석을 내세워서 반란까지 일으키는 꼬락서니지. 그 혼란에 왕룡의 폐하께 받은 기사들도 잃었다. 왕룡의 폐하도 이제 내게 정나미가 떨어졌겠지."

팩스는 자조의 웃음을 띠더니, 눈에서 굵은 눈물을 흘렸다.

"결국 나를 인정해 준 것은 베네딕트뿐이었다. 그녀만은 있는 그대로의 나를 사랑해 주었다. 말수는 적지만, 열심히 웃어 주었다."

힘껏 소리치는 팩스의 목소리는 아무래도 아래에까지 울렸던 모양이다.

화톳불 속에서 웅성대는 소리가 들리기 시작했다. 밑에서 팩스의 모습이 보이는 걸까.

팩스는 그걸 보고 한심하다는 듯이 말했다.

"어이, 형…. 나는 어떻게 하는 게 좋았을까."

"모르겠습니다. 다만 친형제를 몰살한 것은 심했다고만."

"그렇겠지. 하지만 분명 다른 형들이 살아 있었으면 이렇게 반란을 일으켰겠지."

"그렇겠지요…."

하지만 자노바는 고개를 내저었다.

"하지만 누구든 실패는 하는 법. 반성하고 다음에 살리면 되지 않습니까!"

자노바의 쾌활한 목소리가 최상층에 울렸다.

이럴 때에도 이런 말을 할 수 있는 자노바가 대단했다.

"나는 그럴 수 없어. 그런 녀석이다. 그저 몇 번이고 반복할 뿐이지."

팩스는 천천히 고개를 내저었다. 그 모습은 자노바와 비슷했다.

외모는 전혀 다른 두 사람이지만, 그 거동은 비슷했다.

팩스는 고개를 들고 내 뒤를 보았다.

"란돌프."

"예."

놀랐다. 어느 틈에 내 바로 뒤에 란돌프가 서 있었다.

사신이 뒤에 있다. 심장에 안 좋다.

"전에 말했던 대로 부탁한다."

"분부대로."

"그래."

전에 말했던 건 뭔데? 혹시 또 사신과의 싸움에 들어가나. 그렇다면 이 위치는 안 좋다. 너무 가까워. 1식이 없는 것도 힘들지만, 하다못해 좀 떨어진 거리에서 시작하지 않으면 승산이 없다.

그렇게 생각한 다음 순간.

팩스가 발코니 난간에서 휙 뛰어내렸다.

"아."

여기는 5층. 떨어졌다. 어?

뛰어내렸어?!

"우오오오오오!"

자노바가 달렸다.

늦을 것을 알 텐데. 손을 뻗으며 달렸다.

난간을 붙잡고 손을 내밀었다. 그대로 난간을 부수고 떨어졌다.

"자, 자노바!"

나는 다급히 발길을 돌려서 방을 뛰쳐나갔다.

팩스는 정원에서 죽어 있었다.

자노바는 무릎을 꿇은 채로 그 시체를 껴안고 멍하니 있었다.

"아, 스승님. 어서 치유 마술을⋯."

자노바는 멍한 얼굴로 그렇게 말했다. 나는 품에서 치유 마술 스크롤을 꺼내어 자노바에게 붙였다. 5층에서 떨어진 탓인지, 이 녀석에게도 타박상이 있었다.

"제가 아니라, 팩스에게….."

"……."

나는 말없이 고개를 내저었다.

팩스는 이미 죽었다.

머리부터 떨어진 거겠지. 처참한 모습이다. 고통은 거의 없었다고 생각하고 싶다.

"그렇습니까….."

"그래, 아쉽지만."

갑자기 뛰어내릴 줄은 몰랐다.

하지만 처음부터 그러려고 결심한 걸지도 모르겠다. 주위에는 온통 적이고, 성을 탈출하지 않았던 것도 아군이 하나도 없다고 생각했기 때문일지도 모른다.

그렇게 며칠을 고민했겠지.

그 결과 자기가 왕이 된 것이 잘못이라고 생각하고. 처음부터 죽을 생각으로.

"스승님….."

자노바는 팩스의 시체를 껴안은 채로 하늘을 올려다보았다.

아름다운 보름달을 배경으로 성의 최상층이 보였다.

왕이 없는 성. 텅 빈 껍질.

"저는 뭘 했던 걸까요⋯."

"⋯⋯."

"혹시 저는 계속 헛된 일만 했던 걸까요."

"그렇지 않아. 너는 너대로 애썼어."

그저 그 노력은 팩스에게 전해지지 않았다.

팩스는 남에게 인정받고 싶다고 말했지만, 자노바를 인정하지 못했다.

뭐, 그 이전에 자노바를 안중에도 두지 않는 느낌이었지만.

그래도 시간이 더 있었으면 이해할 수 있지 않았을까.

팩스가 자노바를 인정하는 날이 있지 않았을까.

나는 팩스를 한심하기 짝이 없는 놈이라고 생각했지만, 그래도 언젠가 그를 인정하는 날이 있지 않았을까.

"왜 이렇게 된 걸까요."

"⋯⋯모르겠어."

자노바는 잠시 침묵했다.

그 뒤에 문득 떠오른 것처럼 내 얼굴을 보았다.

"혹시, 이것도 인신이라는 놈의 짓입니까?"

이번에는 인신이 어디에 있었는지 모르겠다.

결국 사도라고 나서는 놈도 없었다.

다만 원래대로라면 팩스는 여러 일을 겪으면서 이 나라를 공화국으로 만들 터였다. 그게 없어졌다. 관여했다면 공화국 탄생을 저지한 형태가 된다. 어쩌면 인신의 목적은 처음부터 끝까지 팩스의 목숨이었을지도 모른다. 녀석은 미래를 볼 수 있다. 직접적으로 죽이지 않더라도, 정신적으로 몰아붙이면 팩스가 자살할 것을 알고 있었을지도 모른다.

뭐, 아무래도 그건 너무 우회적인 짓이지만….

이번에 인신이 전혀 관여하지 않았다고 해도. 돌이켜보면 나는 처음에 인신의 지시로 이 나라에 왔다. 올스테드의 말로는 인신에게 장래의 실론 공화국은 거북한 존재인 듯하여서, 그 결과로 팩스는 왕룡 왕국에 갔다.

그럼 그때부터 인신이 팩스를 어떻게 하려고 했던 것은 틀림없겠지.

실패했군. 더 깊이 생각해야 했다.

팩스를 싫어한 나머지 우선순위를 그르친 걸지도 모르겠다.

"그럴지도."

"그렇습니까."

자노바는 천천히 시체를 지면에 눕혔다.

그리고 천천히 숨을 내뱉었다. 울 것 같은 얼굴로 보였지만, 눈물은 흘리지 않았다.

나라면 울었겠지.

자노바는 마지막에 조용히 말했다.

"돌아가죠."

나는 그 이상 아무것도 묻지 않고 고개만 끄덕였다.

제11화 전쟁 이후

팩스를 화장하려고 했다.

태우고 묻는다. 이 세계에서의 공통적인 공양 방법이다.

하지만 자노바는 고개를 내저으며 나를 막았다.

팩스의 시체가 없으면 반란이 진정되지 않는다. 국내의 혼란을 진정시키기 위해서라도 시체를 남겨놔야 한다, 평탄한 목소리로 그렇게 말했다.

아무리 그래도 일국의 왕의 시체를 반란군에게 넘기면 안 된다고 생각했지만, 자노바에게서 말로 할 수 없는 압력을 느꼈다.

5층으로 올라가자, 란돌프가 왕비 베네딕트를 등에 업고 큰 꾸러미를 들고 있었다.

록시는 그걸 거들었다고 한다.

란돌프의 부탁으로 알몸인 베네딕트에게 옷을 입히고, 시트를 사용하여 등에 업을 수 있게 지게처럼 만들고, 옷장에서 옷을 꺼내어 가방에 담는 작업을 묵묵히 했다.

"폐하는?"

란돌프는 입을 열자마자 그 말부터 꺼냈다.

"서거하셨다. 시체는 반란군에게 넘겨서 혼란을 가라앉힌다."

자노바는 담담히 대답했다. 란돌프의 표정은 변함없었다.

그 결과를 알고 있었던 듯한 모습이었다.

"나는 폐하께 왕비님을 데리고 탈출하여 왕룡 왕국에 보내달라는 부탁을 받았습니다."

아마도 란돌프는 팩스가 자살을 생각하는 것을 알고 있었겠지.

왜 막지 않았을까, 나에게 그런 걸 물을 도리는 없다.

"그럼 우리를 따라오도록 해라. 탈출구를 알고 있다."

"예, 자노바 전하…. 배려, 감사드립니다."

아주 짧은 대화 후에 란돌프는 고개를 숙였다. 방금 전까지 서로 죽이려고 했던 란돌프가 우리와 동행한다. 평소라면 나는 그를 경계했겠지. 이것이야말로 인신의 덫, 마지막 싸움이 기다리고 있다고. 하지만 그게 아니라는 것을 알았다. 란돌프가 싸움을 바라지 않는 것을 알았다. 신기한 감각이었다.

칠대열강 제5위 '사신' 란돌프 마리언.

나 같은 것은 비교도 안 되게 센 남자조차도 어딘가 지친 얼굴을 하고 있었다.

물론 나도 록시도 마찬가지로 지쳤다. 혹시 여기서 누군가가 '란돌프와 싸워 줘'라고 부탁하더라도 나는 힘없이 고개를 내저었겠지.

모두가 축 처진 모습이었다. 자노바소사도 침묵하고 있었다.

우리 네 명… 베네딕트를 포함하면 다섯 명인가. 다섯 명은 무거운 발걸음으로 지하통로를 사용하여 왕성에서 탈출했다.

물레방앗간까지 돌아왔을 때에는 아직 어두컴컴해서, 동 틀 때까지 시간이 있었다.

어둠 속에 등불의 정령이 날아가자, 물레방앗간 근처에 놔둔 마도갑옷이 빛을 반사했다.

결국 이것도 이동 이외에는 쓰지 않았군.

"이건… 혹시 투신갑옷입니까?"

란돌프가 그렇게 물었다.

그는 놀란 얼굴로 마도갑옷을 올려다보고 있었다.

"아뇨, 나와 자노바가 만든, 결전용 마도구 '마도갑옷'입니다."

"그렇습니까…. 이걸 썼다면 나도 위험했을지 모르겠군요."

"글쎄요. 결국 나는 당신의 '환혹검'에 대응할 수 없었으니까요."

그렇게 말하자 란돌프는 웃었다.

"뭐, 쓰기도 전에 궁지에 몰렸지만요."

"예?"

"일련의 연대만으로 내 몸은 엉망진창, 그 스톤 캐논을 지우느라 마력도 거의 다 바닥나서…."

위로와 같은 말이었다.

그렇다면 그때 란돌프의 여유 넘치는 모습이야말로 환혹검이었다는 건가.

나는 겁을 먹었지만, 거기서 공격했으면 이길 수도 있었다…는 소린가? 하지만 이것도 본심이라는 확증은 없고….

아니… 어찌 되었든 한숨밖에 안 나오는군. 최고의 정답은 싸우지 않는 것이었다. 이기든 지든, 결국은 다 헛된 일이었다. 정말 피곤해질 뿐이군….

"그러고 보면 란돌프 씨. 인신에 대해 안다고 했지요."

하다못해 잊어버리기 전에 물어보자.

인신을 아는 인물은 그것만으로도 중요하고. 여기까지 와서, 팩스도 죽었는데, 아무런 성과도 없다면 너무나도 한심하다.

"예, 많이 아는 건 아닙니다만."

"일단 아는 걸 들려주실 수 있습니까?"

"해도 되겠습니까…. 내 친척이 아주 오래전에 인신의 힘을 빌려서 강대한 적과 싸웠다는 이야기를 들은 정도입니다."

"강대한 적, 입니까…?"

"자기 약혼녀를 지키기 위해, 인신의 제안으로 투신갑옷을 훔쳐서 착용하고, 그걸로 싸웠다고 합니다. 당시 최강이라는 말을 들었던 용신 라플라스와 말이죠. 결국 약혼녀를 지켜내지 못했고, 라플라스와 서로 치명타를 주고받았다는 모양입니다…."

란돌프는 마지막에 "못 믿을 이야기지만요."라고 덧붙이고 웃었다.

하지만 그 이야기는 어디서 들었었다. 그래, 분명히 키리시

카와 올스테드가 말했다.

용신과 투신이 싸웠다든가….

"어렸을 적에 술자리에서 자주 들었습니다. 아마도 지어낸 이야기겠지만… 그 이야기를 듣고 자란 덕분에 인신이라는 이름에 대해 안다는 것뿐입니다."

아니, 귀중한 정보다.

말하자면 과거의 용신의 사도에 대한 이야기니까.

뭐, 올스테드는 이미 알 것 같지만.

정보는 다소 중복되어도 괜찮다.

"저기, 그 친척의 이름은?"

"비에고야 지방의 마왕, 바디가디."

아, 아니, 으음. 그러면 그 이야기는 지어낸 걸지도 모르겠다.

그 마왕님은 호쾌하고 대충인 분이었다. 그런 식의 지어낸 이야기가 있어도 이상하지 않다.

올스테드가 거짓말을 했을 것 같지는 않지만… 뭐, 누군가의 무용담을 자기가 한 것으로 바꾸는 거야 흔한 이야기지.

"고맙습니다…."

다 끝나고 보니 완전히 지쳤다. 더 이상 무슨 말을 할 기력도 없었다.

나는 그런 것에 휘둘렸나… 하아.

아무 생각도 없이 돌아가서 자고 싶은 기분이었다. 생각해 보면 꼬박 하룻동안 잠을 안 잤다.

"란돌프, 그대는 이제부터 어떻게 할 거지?"

나와의 대화가 끝난 뒤, 자노바가 란돌프에게 물었다.

"이대로 왕룡 왕국으로 가겠습니다."

"그 다음에는?"

"왕비님을 출산 때까지 지키고, 태어난 아이에게 검과 학문과 요리를 가르치겠습니다."

출산이라고 말하는 걸 보면 베네딕트는 임신한 걸까?

겉보기로는 잘 모르겠는데….

"칭찬하면서 키워달라고 하셨으니, 조금 멋대로 구는 아이로 자랄지도 모르겠습니다."

"그런가."

베네딕트가 낳고 란돌프가 키운다. 혹시 베네딕트도 팩스가 죽을 것을 알고 있었을까. 그렇지만 란돌프도 왜 막지 않았나…라고 할 수는 없다. 막지 않았을 리가 없다. 제일 막고 싶었던 것은 이 두 사람일지도 모른다.

"란돌프, 마지막으로 하나 물어도 될까?"

자노바가 문득 떠오른 것처럼 의문을 던졌다.

어둠 속에서 해골 같은 얼굴이 갸우뚱거렸다.

"그대, 왜 팩스를 그렇게 따랐지? 왕룡 왕국 국왕의 명령인가?"

란돌프는 희미하게 웃었다.

"아닙니다. 그분이 마음에 들었습니다."

"그런가, 그렇다면 고맙다고 해야겠군."

"아뇨…. 자노바 전하, 당신은 재미있는 사람이로군요."

란돌프는 희미하게 웃는 채로 내 쪽을 보았다.

"아, 그렇지, 루데우스 님."

"예? 말씀하시죠."

"인신과는 엮이지 않는 편이 좋을 겁니다. 친척도 말했습니다만, 적이 되든 아군이 되든 좋은 결과로 끝나지 않는다는군요."

"예…. 그렇지요."

이제 와서 늦었다. 가능하면 10년 전에 듣고 싶었다.

"내 친척도 인신과 엮인 탓에 심한 꼴을 겪은 모양이니까요."

바디가디. 그러고 보면 그 녀석도 인신에 대해 아는 듯한 말을 했었다.

지금은 어디에 있는지 전혀 모르겠지만….

"그럼 여러분, 건강히."

"란돌프도."

란돌프는 마지막에 자노바와 악수를 나누고 발길을 돌렸다.

해골이 어둠 속으로 사라졌다.

"……."

그 뒤에 우리는 아무 말도 없이 물레방앗간으로 돌아가서 진흙처럼 잠들었다.

★　★　★

　다음날, 정오 무렵에 눈을 뜬 우리는 왕도로 돌아갔다.

　이미 왕성은 반란군에게 점령되었고, 왕성 밖에 있던 집단
도 사라졌다. 성문의 봉쇄는 어느 틈에 풀린 모양이었다.

　'공절안'. 란돌프의 마안이 어떤 것이고 어떤 원리로 적을 왕
성에 들이지 않았는지는 모른다. 하지만 그가 왕성을 벗어나
든가 혹은 시간 경과로 효과가 사라졌겠지.

　점령된 왕성에서는 밥 짓는 연기가 보이고 활기가 느껴졌다.

　저번에 본 카론 요새의 병사들처럼 승리에 취한 걸까.

　활기가 느껴지는 것은 왕성만이 아니었다.

　우둔한 왕은 끝났다. 이제부터 밝은 미래가 온다.

　그런 느낌의 활기가 왕성만이 아니라 시내 곳곳에서 느껴졌
다.

　반대로 활기가 없는 장소도 있었다.

　시내의 광장이었다. 거기에는 팩스의 시체가 내걸려 있었다.
시체에 경의를 표할 생각은 없는지 알몸인 채로, 왜인지 어깻
죽지 근처에는 베인 상처가 있거나 진흙으로 더러워져 있었다.

　상처나 더러움은 나중에 묻힌 것이겠지.

　자기들이 쓰러뜨린 것으로 하고 싶었던 걸지도 모른다.

　제이드 장군은 '팩스는 어리석은 폭군이고, 내가 내세운 이
가 진짜 왕이다'라고 선전하는 모양이었다. 프로파간다의 일

종이겠지.

실제로 팩스가 어리석은 폭군이었는지는 정치 교육을 받지 않은 나로서는 모른다.

이전의 팩스라면 그랬겠지만, 최근의 팩스는 딱히 어리석지도 폭군도 아니지 않았을까. 아니, 왕족을 몰살한 점에 주목하면 폭군이라고 할 수밖에 없지만.

그런 소문이 퍼지는데도 불구하고, 팩스의 시체에 돌을 던지는 자는 적었다.

사랑받았던 건 아니지만, 미움을 살 정도도 아니었다.

애초에 타국에 너무 오래 있었던 탓에, 또 재위 기간이 너무 짧았던 탓에, 결국 이 녀석은 대체 뭐였을까 라고 느끼는 사람이 많은 걸지도 모르겠다.

무관심이 대다수.

그런 인상이다.

"……."

자노바는 그 모습을 보고 떨고 있었다. 눈을 크게 뜨고, 주먹을 움켜쥐고 떨고 있었다.

나도 이 광경에는 뭔가 치밀어 오르는 게 있었다.

역시 화장하는 편이 좋지 않았을까. 시체를 반란군에게 넘기지 않는 게 좋지 않았을까. 성을 점령한 시점에서 그들은 이겼다고 생각했겠지.

아니, 그 이전에 나는 팩스를 도울 수 있지 않았을까.

설마 뛰어내릴 줄은 몰랐지만, 자노바와 함께 뛰어내려서 공중에서 마술이라도 썼으면 혹시나… 그만두자.

나는 팩스가 그렇게 간단히 뛰어내릴 줄은 생각도 못 했다.

한 발 늦었다. 더 이른 시점에서 그가 자살을 생각한다고 알아차려야 했다.

이런 것도 다 부질없는 이야기지만….

"저는, 또 잘못을 저지른 걸까요."

생각에 잠겨 있자, 자노바가 중얼거렸다.

그의 마음속은 헤아릴 수 없다. 자노바가 얼마나 진심으로 팩스를 동생으로 생각했는지, 나로서는 모른다. 다만 자노바가 팩스에게 분명히 어떤 특별한 감정을 품고 있었다는 사실은 얼굴을 보면 알 수 있었다.

내가 모르는 과거에 뭔가 있었을지도 모른다.

"글쎄…. 하지만 이걸 보면 다음 왕에게 거스르려는 녀석은 줄겠지. 나라는… 안정되지 않을까?"

제11왕자. 이름이 뭐라고 하는지는 모르지만, 분명히 세 살이었다.

그 녀석이 지시한 건 아니겠지. 제이드 장군이 시킨 일이다.

이치에는 맞는다. 석연치 않을 뿐이다.

"……."

결국 제이드 장군이 인신의 사도였던 걸까.

죽이는 게 좋을까. 하지만 혹시 팩스를 죽이는 게 목적이라면 이미 늦었다.

일이 다 끝난 뒤에는 인신의 사도에서 벗어날 가능성도 있다.

그만두자. 이렇게까지 계속 실패가 이어졌다. 지금의 나는 뭘 해도 허튼 짓밖에 할 수 없겠지.

아니, 이미 내 판단에 자신감을 가질 수 없었다.

일단 돌아가서 올스테드에게 지시를 받는 게 좋겠다. 팩스가 죽었다는 사실도 보고해야만 한다. 아니, 자노바를 두고 돌아갈 수도 없다.

"자노바, 나는 내일이라도 샤리아로 돌아갈까 하는데, 너는 어쩔 거야? 조금 더 여기 남겠어?"

"저도 스승님과 함께 돌아갈 생각입니다만…. 하지만 그 전에 진저를 기다릴 수는 없겠습니까? 아마도 지금쯤 이쪽으로 향하고 있을 테니까요."

"아, 그렇지. 알았어."

아차, 진저를 까맣게 잊고 있었다.

그렇지. 그녀와도 합류해야만 한다. 일단 움직이는 것은 진저와 합류한 뒤에.

그렇게 생각하며 우리는 그 자리를 뒤로 했다.

그 뒤에 셋이서 왕도에 숙소를 잡고 사흘이 경과했다.

진저와 합류하기 위해 우리가 카론 요새 쪽으로 이동한다는 생각도 있었지만, 행동으로 옮기지는 않았다. 빨리 돌아가고 싶다는 생각도 있었지만, 동시에 조금 더 이 나라를 지켜보는 편이 좋을 것도 같았기 때문이다. 며칠 정도로 나라의 뭔가를 알 리도 없을 텐데.

일단 정보 수집은 빼놓지 않고 하였다.

시내는 이번 일에 대한 소문으로 가득했다.

왕도를 포위한 반란군과 팩스 밑의 왕국군의 싸움. 제이드 장군과 사신 란돌프의 며칠에 걸친 사투, 다음 왕이 얼마나 총명하고 대단할까 하는 이야기.

숙소의 식당에서, 우물가에서, 시장에서.

거짓말인지 진짜인지 모를 소문이 떠돌아 다녔다.

소문 중에는 날조가 많았다.

이기면 관군이라고 하지만, 좀 심했다.

물론 모두 제이드 장군이 날조한 건 아니겠지.

전혀 관계없는 녀석이 농담처럼 한 이야기가 진실인 것처럼 떠돌 가능성도 있다.

소문의 흐름이 매우 빠른 것을 보면, 성 밖에서 대기했을 때부터 이미 소문이 나돌았던 걸지도 모른다.

사람이란 보다 극적인 것을 좋아하니까.

사실은 소설보다 기구하다.

기묘하지만 어떻게 할 수 없고, 어이가 없고, 답답한 게 현실이다.

정보 중에는 다음 왕이 실론 왕국의 절반을 북쪽 나라에 팔아넘긴다는 것도 있었다.

그리고 보면 정전 교섭은 어떻게 되었을까.

요새의 대장이 이어받아서 해 준 걸까, 그대로 흐지부지 사라지는 걸까.

잘 모르지만, 자노바는 이제 아무래도 좋다는 눈치였다.

숙소를 잡은 후로 자노바는 생각에 잠기는 일이 많았다.

날이면 날마다 의자에 앉아서 멍하니 있었다.

생각해 보면 자노바는 가족을 잃었다.

형을, 아버지를, 집을. 이 나라는 고향이라고 해도 좋았지만, 자기가 있을 곳이 없어진 고향에 지킬 가치를 느끼지 않는 걸지도 모른다.

물론 침울해지거나 폐쇄적이 된 느낌은 없었다. 그저 생각해야 할 것이 많은 걸까. 앞으로의 일이라든가.

침울해진 것은 다른 사람.

록시였다.

그녀는 요 며칠 동안 말수도 적고, 식욕도 없는 건지 소식했다. 밤이 되면 우울한 표정으로 가만히 난로를 바라볼 뿐이었다. 역시 팩스의 죽음이 쇼크였던 걸까.

쇼크였겠지.

마지막 순간에 팩스는 록시에게 원망하는 말을 했다. 자기가 죽는 것은 네 탓이라고 말하듯이. 나라도 쇼크를 받는다.

"다녀왔습니다."

"…어서 오세요."

록시는 오늘도 무릎을 껴안고 멍하니 불을 바라보고 있었다.

나는 평소처럼 옆에 앉았다.

"저기, 록시…."

그리고 평소처럼 거기서 말이 멈추었다. 위로의 말은 많이 있었지만, 어느 것이고 진부하고 무책임한 말이었다. 그런 말을 하고 싶지 않았다.

어쩌면 말을 하는 편이 록시의 마음이 풀릴지도 모르지만….

"분명히…."

하지만 오늘 록시는 입을 열었다.

"그날 저는 한숨을 쉬었습니다."

록시는 이쪽을 보지 않았다. 하지만 나를 향해 말했다.

그녀는 참회라도 하듯이 말을 이었다.

"팩스 왕자가 중급 마술을 습득한 날. 기뻐하며 자랑스럽게 보여주러 온 그에게 저는 한숨을 돌려주었습니다. 겨우 이 정도냐고, 작은 목소리로 말했을지도 모릅니다."

"그럼 아무래도 상처 입겠지요."

그렇게 대답하자, 록시는 로브 자락을 꾹 움켜쥐었다.

"솔직히 팩스 왕자를 가르칠 때는 루디와 비교만 했던 것 같습니다. 이 분세는 루디라면 금방 이해했다, 이 마술은 루디라면 바로 습득했다, 라는 식으로. 그러면서 이 아이는 루디보다 아래. 그렇게 얕잡아보았을지도 모릅니다."

나는 중급 마술까지 금방 습득했다. 분명 록시도 비슷하게 금방 습득했겠지.

하지만 모두가 간단히 습득할 수 있는 것은 아니다. 그것은 에리스나 길레느를 가르친 적이 있으니까 안다.

팩스는 분명 노력했겠지. 그 나름대로 노력하고 공부하고 연습하여서 습득하였다.

그것을 록시에게 보여주고 칭찬을 들을 줄 알았더니, 돌아온 것은 한숨. 혹시 내가 부에나 마을에 있을 적에 그런 일을 당했으면….

록시를 존경하지 않았겠고, 결혼도 하지 않았을지 모른다.

"당시에 저는 위만 보고 있었습니다. 왕급 마술을 습득하고, 더 높은 경지를 목표로 할 생각이었습니다. 오만했을지도 모릅니다. 자기보다 아래에 있는 자를 무시할 정도로."

록시는 입술을 깨물고 무릎을 껴안았다.

나는 그녀의 등을 쓸어 주었다. 록시는 살며시 몸을 떨었다.

"스스로는 반성했다고 생각했습니다. 실패했으니까 다음에는 잘 해 보자고."

록시의 눈에 곧 눈물이 맺혔다.

"하지만 저는 반성을 한 게 아니었죠. 막연히 가르치는 방식이 잘못되었다고 생각하면서도, 왕궁이라는 환경 때문에 그런 거라고 스스로를 정당화했습니다."

록시의 눈에서 주르륵 눈물이 흘러내렸다.

"제 태도가 팩스 왕자를 바꾸어놓을 줄은 몰랐습니다. 그가 말할 때까지 계속, 계속 몰랐습니다."

멈추지 않고 흘러내리는 눈물을 막듯이 그녀는 무릎에 얼굴을 묻었다.

작게 몸을 마는 그녀의 등을 나는 쓰다듬었다.

"팩스 왕자에게 다음 기회 같은 건 없었는데⋯."

록시는 그대로 울었다. 나는 그녀의 등을 계속 쓸어 주었다. 한동안 그렇게 있었다.

그저 오열하는 록시의 등을 계속해서 쓸어 주었다.

이윽고 록시의 오열은 멎었다.

고개를 들고 새빨갛게 충혈된 눈으로 나를 보았다.

"루디, 저는 앞으로 계속 교사로 있어도 될까요."

"⋯⋯."

뭐라고 대답해야 할까. 나로서는 모르겠다. 나는 교사가 아니니까.

다만 예전에 그녀에게 했던 말이 있다.

"선생님."

어디 게임이나 만화에서 베껴왔을 뿐인, 번지르르한 말.

그냥 자기 속만 차리는 말일지도 모른다. 위로가 지나친 걸지도 모른다. 대충 넘기는 것뿐일지도 모른다.

"선생님은 실패한 게 아니라 경험을 쌓았습니다."

하지만 틀린 말이라고는 생각하지 않는다.

"선생님이 같은 실패를 거듭하지 않는다면. 선생님의 학생은 다들 나처럼 훌륭히 자라고 행복해지겠지요."

"……."

록시는 가만히 나를 바라보았다.

파랑머리에 파랑 속눈썹. 떨리는 작은 입술. 당시에는 손이 닿지 않았지만, 지금은 다르다.

"루디는 행복합니까?"

"예, 괴로운 일은 있지만, 록시 선생님의 가르침 덕분에 행복해졌습니다."

"루디는… 항상 그렇게 말하지요."

그야 그렇지. 사실이니까, 하는 말이 바뀔 리가 없다.

"설명하기 어렵지만… 내가 인생의 첫걸음을 내딛었던 것은 선생님이 말에 태워 주었기 때문입니다."

"과장이네요…. 분명 옛날 일이니까 그런 식으로 생각하는 거겠지요."

"분명히 과장일지도 모릅니다만, 실패하면서도 항상 앞으로 나아가는 선생님을 떠올리고 용기를 얻었던 것은 틀림없습니다."

진지하게 그렇게 말했다.

분명히 록시라는 교사때문에 한 학생이 길을 그르친 걸지도 모른다.

록시 혼자만의 잘못이 아니라는 위안의 말을 해도 좋겠지만, 그녀가 책임감을 느끼는 이상 그녀의 안에서 팩스를 죽인 것은 자신이다.

　하지만 반대로 록시라는 교사 덕분에 살아난 학생도 있다.

　내가 그렇다.

　내가 지금까지 살아 있을 수 있는 것은 록시 때문만은 아니다.

　하지만 분명히 록시 덕분이기도 했다.

　"이번 일을 잊으라고는 하지 않겠습니다. 오히려 잊지 않는 게 좋겠지요. 하지만 동시에 록시 덕분에 살아 있는 나 같은 인간도 있다는 사실을 잊지 말아 주세요."

　잘난 듯이 떠든다는 자각은 있었다.

　하지만 본심이었다. 록시가 교사라는 삶을 부정하지 않았으면 좋겠다.

　"……."

　록시는 놀란 얼굴로 나를 보았다. 입을 반쯤 벌리고, 빨간 눈을 크게 뜨고, 뭔가 깨달은 것처럼 부르르 몸을 떨고, 코에서 콧물을 흘리다가 다급히 무릎에 얼굴을 묻었다.

　"루디."

　"예."

　"라라는 분명 제가 다시 한번 팩스 왕자를 만나게 하려고 했던 거네요…."

그 답은 모른다. 라라밖에 모른다.

록시에게는 그렇더라도, 나한테는 다를지도 모른다.

"…분명 그렇겠지요."

그 뒤에 록시는 한동안 울었다.

나는 계속 곁에 있었다.

다음날부터 록시는 어느 정도 기운을 되찾았다.

닷새 정도 경과했다. 제이드 장군은 대관식을 기획한다는 모양이다. 화려하게 할 생각인가 본데, 이 나라에 그럴 여유는 없을 것이다. 하지만 윗사람이 바뀌었다고 세간에 알려주는 것은 중요하겠지.

그런 소문을 들었을 때 진저와 합류할 수 있었다.

그 뒤에 그녀는 체력이 회복되기를 기다려서 우리를 쫓아 카론 요새를 출발했다고 한다.

다소 늦은 것은 도중에 말을 잃었기에, 대신할 말을 찾느라고 시간이 걸렸기 때문이다.

그녀는 왕도의 분위기와 우리에게 들은 이야기에 한순간이지만 당연하다는 얼굴을 했지만, 곧 평소의 표정으로 돌아와서 "그랬습니까."라고 중얼거리는 것으로 그쳤다.

그녀는 팩스에게 못된 짓을 당했으니까 어쩔 수 없다.

어쩔 수 없다는 걸 알아도 답답할 뿐이다.

"그래서 자노바 님은 어쩌실 생각입니까?"

"흠."

"역시… 나라를 지키시겠습니까?"

그렇게 물을 때 진저의 얼굴은 태연했지만, 목소리는 다소 떨렸다.

팩스는 죽었다. 자노바의 목숨을 위협하는 자는 없다. 다음 왕은 자노바를 위험시할지도 모르지만, 제이드는 머리 좋은 남자다. 팩스와 달리 자노바에게 개인적인 원한은 없고, 신의 아이의 유용성도 알고 있을 것이다.

위험하다는 건 변함없지만, 그래도 이치에 따라 대처할 수 있는 상대.

팩스보다는 상대하기 쉽고, 모시기 편한 인물이라고 할 수 있겠지.

"아니."

하지만 자노바는 힘없이 고개를 내저었다.

"마법도시 샤리아로 돌아간다."

"…예."

진저는 크게 고개를 끄덕였다. 살짝 기뻐 보이는 얼굴이었다. 진저는 자노바가 훌륭한 왕족이기를 바란다고 생각했는데, 그 이상으로 살아 있기를 바라는 거겠지.

나도 솔직히 안도했다.

어찌 되었든 최초의 목적만큼은 달성했다.

그렇게 생각하면서 자노바의 얼굴을 보니 안 좋은 예감이 들었다.

"진저."

자노바는 뭔가 결의가 담긴 얼굴을 하고 있었다.

실론 왕국으로 떠나기 직전과 마찬가지로, 뭔가 결의한 얼굴이었다.

"나는… 나라를 버리려고 한다."

"나라를, 버린다…. 아, 망명하시는 겁니까? 좋은 생각이라고 봅니다. 라노아 왕국은 자노바 님을 흔쾌히 받아들일 테고, 루데우스 님의 말씀만 있으면 아슬라 왕국에서도…."

"아니, 망명이 아니다."

자노바는 다시 고개를 내저었다.

그리고 무릎을 꿇은 진저를 내려다보면서 찬찬히 설명하듯이 말했다.

"나는 왕족이라는 신분을 버리려고 한다. 이번 반란으로 죽은 것으로 하고, 앞으로의 인생을 실론 왕국 제3왕자 자노바 실론이 아니라 그냥 자노바로 살려고 한다."

진저의 얼굴이 어두워졌다. 싫은 걸까. 신분을 버린다는 건 나로서는 잘 모를 감각이다.

버릴 만한 신분을 가진 적도 없고.

"…그것도 좋은 생각이라고 봅니다."

하지만 진저는 부정하지 않았다.

샤리아에 살던 무렵의 자노바는 매일이 즐거워 보였고, 이제

와서 실론 왕국으로 돌아와도 마음 불편할 뿐이겠고, 다른 나라로 망명해도 신의 아이라고 이용당할 뿐이겠지.

그럴 거면 신분을 버리는 편이 마음대로 살 수 있다.

왕족이 아니면 돈이 문제인데… 뭣하면 내가 일이라도 알선해 주자.

마도갑옷의 전속 메카닉으로 삼아서 급료를 주는 형태든가, 그게 싫다면 용병단에서 무슨 일이라도 맡기면 되겠지.

"음. 진저, 지금까지 수고 많았다."

"고마우신 말씀….."

자노바도 만족스럽게 끄덕였다. 진저도 안도한 얼굴로 가슴을 쓸어내렸다.

"그럼 진저, 너는 앞으로 어떻게 할 거지?"

"…물론 앞으로도 자노바 님을 따를까 합니다."

진저는 당연하다는 듯이 말했지만, 자노바는 눈썹을 찌푸렸다.

"하지만 그대는 내 친위대였다고 해도 실론의 기사. 내가 왕족이 아니게 되면 섬길 이유가 없겠지."

"아뇨, 저에게 자노바 님이 왕족인지 아닌지는 사소한 문제에 불과합니다."

"흠, 하지만 급료는 못 줄 텐데? 분명히 너는 가족에게 송금도 하고 있었지?"

"이미 다들 성인이 되어서 자립했습니다. 이미 부양해야 할 자는 없습니다."

두 사람은 그 뒤에도 문답을 계속했다.

떨떠름한 기색의 자노바와 매달리는 진저. 하지만 차츰 자노바의 질문에서 예리한 맛이 사라졌다.

"이 이상 내 밑에 있으면 혼기를 놓칠지도 모르는데?"

자노바가 마지막에 한 말은 그런 질문이었다.

혼기라… 그러고 보면 진저는 지금 몇 살 정도더라. 이 세계의 결혼적령기를 생각하면 이미 놓쳤을 것도 같은데.

"결혼 따윈!"

진저도 슬슬 인내심의 한계에 도달했다.

고개를 확 쳐들고 두 팔을 펼쳤다. 한쪽 무릎을 세우며 일어서려고 했다. 뭘 하는 걸까…라고 생각했더니, 몸을 지면에 던졌다. 오체투지다.

실론 왕국에서는 최대의 경의를 표하는 것이 오체투지인 걸가.

자노바도 곧잘 했고.

"저는 미네르바 님에게 직접 자노바 님을 부탁받은 몸! 설령 자노바 님이 왕족이 아니게 되더라도 관계 없습니다! 기사가 아니라 시녀라도 상관없습니다! 부디! 저를 생각하신나믄 부디 곁에!"

갑작스러운 모습에 나는 당혹스러움을 숨기지 못했다.

분명히 미네르바라는 건 자노바의 어머니의 이름이었지….

"흠."

자노바는 생각하듯이 턱에 손을 대고 천천히 몸을 굽히며 앉았다.

"진저, 그대의 마음은 알았다. 고개를 들어라."

"……."

진저가 울 것 같은 얼굴로 상반신을 들었다.

"그렇게까지 말한다면 억지로 내치지 않으마. 하지만 기사나 종자로 대하지 않겠다. 앞으로는 나의 이해자로 곁에 있어 다오. 알겠지?"

진저의 눈에서 눈물이 뚝뚝 흘러내렸다.

"예!"

그리고 다시 한번 오체투지로 돌아갔다.

아름다운 광경…일까. 그 모습 자체만 보면 뭔가 많이 이상하다.

아무튼 자노바가 돌아가기로 결심했다면 이번 일은 끝났다.

한 건 끝냈다는 소리는 할 수 없다. 일이 해결된 것도 아니다.

뒷맛도 쓰다. 패배감과 피로감, 스트레스만 남았다.

하지만 끝은 끝이다. 돌아가자.

제12화 자노바가 택한 길

★ 자노바 시점 ★

과거에 나는 인간과 인형을 구별하지 못했다.

말하는가, 말하지 않는가, 그 정도의 차이밖에 없다고 생각했다.

조금 자랐을 때에는 구별하게 되었지만, 그리 다르지 않았다. 인간은 조금만 휘두르면 팔이 날아가고 목이 빠진다. 어디에나 있는 나무인형과 마찬가지라고 생각했다.

나는 인형을 좋아한다. 인형이란 것만으로도 좋다. 잘 만들어진 인형, 잘못 만든 인형 등등 여러 가지가 있지만, 잘못 만들어졌어도 마음에 드는 인형은 많다.

인간은… 마음에 안 드는 인형이다.

인형 주제에 불평만 하며 나를 부자유스럽게 만들려는, 기분 나쁜 인형이다.

그 생각에 변화가 생긴 것은 스승님과 만나면서일까.

바로 변한 건 아니었다. 스승님과 만나고 마법도시 샤리아에 가서 스승님과 재회하고 몇 년… 어느 틈에 모든 인간이 다 싫은 건 아니게 되었다.

계기는 줄리였을까.

나와 스승님과 실피 님이 찾은, 인형 제작을 시키기 위한 노예다. 처음에는 말도 못 하고, 자기 앞가림도 제대로 못하는,

귀찮은 존재였다.

나는 스승님에게 그 존재를 지키라는 부탁을 받았다. 귀찮기는 했지만, 어떤 인형이든 처음에는 나무토막이다. 그것을 깎아야 인형이 된다. 고로 소중히 여겨야 한다고 명심하고 이 것저것 하나씩 가르쳤다.

그러는 사이에 줄리는 어느 틈에 귀찮은 존재가 아니게 되었다.

모를 것도 아니다.

내 말을 순순히 듣고, 스승님의 기술을 재빠르게 흡수하는 그녀.

이제까지 만난 어느 인간보다도 내 마음에 드는 인간이 되는 모습을 보고, 싫어할 리가 없다.

그녀와 생활하기 시작했을 무렵부터였을까, 다른 인간들도 조금씩 다르게 보이게 되었다.

그걸 깨달은 것은 진저가 왔을 때일까.

진저는 나에게 잔소리만 하는 존재였다. 하찮은, 사소한 일이 중요하다고 착각하고, 만사를 나뭇가지나 나뭇잎 같은 사소한 점에 주목했다. 가지보다 뿌리가 중요하다, 뿌리가 튼실하면 가지는 적어도 좋은 잎이 달린다, 그렇게 말해도 결코 이해하려고 하지 않았다.

솔직히 귀찮은 존재였다.

그런데 재회했을 때에는 귀찮지 않았다. 여전히 잔소리는 많았지만, 어째서인지 귀찮게 여겨지지 않았다.

왜일까. 왜 나는 이렇게 변했을까.

틀림없이 스승님의 영향이겠지.

스승님은 결코 나를 버리지 않았다. 서툴고, 힘만 세고, 인형을 만들려고 해도 금방 파괴만 하는 남자. 마력도 부족하여 스승님의 기대에 부응할 수 없는 남자. 스승님이 아무리 내게 인형 제작의 비기를 가르치려고 해도 전부 실패만 하는 남자.

나는 거의 포기하고 있었다. 나로서는 인형을 만들 수 없다고. 인형 제작은 이미 신의 영역이라고.

하지만 스승님은 포기하지 않았다. 이런 수 저런 수를 쓰며 내게 인형 제작법을 가르치려고 하였다. 인형 제작에 관심을 갖게 해 주셨다.

기뻤다.

이만큼 나를 봐 주는 존재는 지금까지 없었다.

그러니까 스승님이 없었다면 진저가 나를 봐 주었다는 사실을 몰랐겠지.

어리석은 나는 그제야 간신히 깨달았다.

인형과 인간은 다르다고.

그것이 중요하다는 사실은 나도 알았다. 어리석은 나는 왜 소중한지 몰랐지만, 아무튼 소중하다는 것은 알았다.

스승님은 결코 그러한 사실을 말로 가르쳐 주지 않았다.

그저 행동으로 보여주었다. 내가 '깨닫도록' 해 주셨다. 그것만으로도 스승님에게는 큰 은혜를 빚졌고, 존경한다. 그런 인물을 스승으로 모시는 것을 자랑스럽게도 여긴다.

하지만 어리석은 나는 스승님의 행동을 이해할 수 없을 때도 있었다.

예를 들면 나나호시 님의 문제. 사일런트 세븐스타. 나나호시 시즈카 님.

그녀는 고향에 돌아가기 위해 소환마법진을 연구한다고 했다.

그 고향이 어디인지는 가르쳐 주지 않았고, 흥미도 없었다.

유일하게 말할 수 있는 것은, 내게 고향이란 안 좋은 추억밖에 없는 장소였다.

고향에 돌아가고 싶다고 염원하는 나나호시 님에게 공감하는 부분은 없었다. 스승님도 고향인 아슬라 왕국에는 안 좋은 추억이 많다고 들었다.

그런데도 스승님은 헌신적으로 나나호시 님을 도왔다. 나나호시 님의 마음이 꺾이면 자기 집으로 데려가서 간호하고, 나나호시 님이 무거운 병에 걸리면 마대륙까지 여행해서 치료법을 찾아왔다.

나도 도왔다. 왜인지 그게 싫지 않았다. 스승님이 하는 일이니까 스승님을 돕는 거라고 어렵게 생각하지도 않았다. 그저 스승님이 나나호시 님을 돕는 이유를 알 수 없었다.

그런 가운데 내 안에 변화가 있었다.

언제부턴가 나도 고향을 생각하게 되었다. 가끔이긴 하지만,

그 싫던 실론 왕궁이 왠지 그리워질 때가 있었다.

나나호시 님이 고향, 고향 떠드니까 분명 거기에 전염된 거겠지.

그래서라고 생각했다.

실론 왕국의 팩스에게서 구원 요청의 편지가 왔을 때, 곧바로 '가야 한다'는 결론이 나온 것은. 나는 사실 나라를 좋아하고, 실은 여차할 때에 나라를 지키려고 생각하고 있었고, 지금이 그때니까 움직여야만 한다. 그런 식으로 생각하였다.

아니었다.

카론 요새에서 스승님이 돌아가자고 설득했을 때, 내 마음은 흔들렸다.

돌아가려고 생각했다. 나라 따윈 아무래도 좋다고 생각할 정도로, 스승님과 인형을 만드는 나날은 즐겁고 충실했으니까. 하지만 돌아갈 수 없었다.

돌아가선 안 된다, 그런 마음만이 있었다.

'팩스가 동생이니까 돕고 싶다.'

그건 순간적으로 나온 변명에 불과했다.

이렇게 말하면 스승님은 납득하리라는 타산도 있었다.

하지만 그게 왜인지 내 마음에 와 닿았다.

이유는 알 수 없었다.

거짓말을 하면 처음부터 그랬던가 싶은 기분이 든다는 이야기를 들은 적 있으니까, 그런 거라고 생각하였다.

하지만 그게 아니었다.

그걸 안 것은 팩스가 뛰어내리고 그 주검을 보았을 때.

옛날 일이 머리를 스쳤다. 형인 제2왕자가 주최하는 파티에 불려갔을 때였다.

무슨 파티인지는 기억하지 못한다.

꼭 출석해야만 하는 것도 아니었다.

왜 출석했는지는 기억하지 못한다.

기억하는 것은 그때 우연히 내 옆자리에 팩스가 앉았다는 것.

록시 님이 오기 전의 이야기다. 당연히 팩스는 아직 열 살도 안 되었을 것이다.

대화는 없었다. 그저 옆에 앉았을 뿐이다.

팩스가 내게 말을 걸려는 분위기는 있었지만, 나는 귀찮았기에 팩스 쪽으로 고개를 돌리지도 않았다. 팩스도 끝까지 내게 말을 붙이려고 하지 않았다.

내게 말을 건 것은 아니지만, 어떤 의미로 나는 무시했다.

팩스의 주검을 안아들었을 때 문득 생각했다.

왜 그때 말 한마디도 걸어 주지 않았을까, 라고.

그것으로 모든 것이 풀렸다.

모든 것이 이해되었다.

내 이상한 행동을, 스승님이 나나호시 님에게 보인 행동의 의미를 알았다.

스승님은 아마도 나나호시 님을 동생처럼 생각한 것이다.

왜 몰랐던 걸까. 스승님에게는 친동생도 있는데.

특히나 스승님의 큰 동생과 나나호시 님을 대하는 태도는 많이 비슷했던 것 같다. 조금 다르긴 하지만, 비슷했다. 행동을 지켜보면서, 무슨 일이 있으면 도와준다. 여동생을 사랑하듯이, 스승님은 나나호시 님을 돌봐주었다.

그리고 왜 나는 그것을 도왔는가. 도운 뒤에 왜 고향을 떠올리게 되었는가. 왜 팩스에게서 편지가 왔을 때, 주위의 반대를 뿌리치면서까지 나라로 돌아오기로 결의했는가. 카론 요새에서의 전투 후에 왜 팩스를 구출해야만 한다고 생각했는가.

왜 순간적으로 그런 거짓말이 나왔는가.

왜 그 거짓말이 마음에 와 닿았는가.

알았다. 모두 다 알았다. 모든 것이 이어졌다.

하지만 늦었다. 그렇게 늦게 깨달으면 안 되었다.

팩스는 죽었다. 스승님처럼은 할 수 없었다.

하지만 아직 할 수 있는 일은 있다.

★ 루데우스 시점 ★

마법도시 샤리아로 돌아왔다.

가는 길은 몰라도, 돌아오는 길은 조심해라, 라는 말이 있는데, 돌아올 때는 아무런 문제도 없었다.

마도갑옷을 써서 마차를 끌었다. 숲에 도착하여 전이마법진을 사용했더니 두 사람씩 공중성채로 이동하였다.

여자들은 먼저 통과시키고, 나와 자노바는 페르기우스에게 귀환 인사를 하였다.

페르기우스는 "그런가."라며 쌀쌀맞은 태도로 맞아들인 뒤에, 저번의 그 방으로 데려가더니 "나라에 얽매이는 것은 어리석은 짓이다."라는 훈시를 하였다. 자노바가 순순히 수긍하고 왕족을 그만두었다고 설명하자, 페르기우스는 만족한 기색이었다.

나도 페르기우스에게 수고했다는 말을 들었다.

이러니저러니 해도 같이 차를 마실 친구가 없어지지 않아서 안도한 거겠지.

참고로 나나호시에게도 귀환 보고를 했는데, 한숨만 돌아왔다.

울면서 헤어졌는데 이렇게 돌아왔으니 감동도 다 도망가겠지. 마음은 이해한다.

자, 슬슬 에리스도 산달이겠지.

출산 때 정도는 곁에 있어야만 한다. 귀가다.

하지만 그 전에 해야 할 일이 있었다.

올스테드에게 보고다.

이번에는 실패했다.

자노바를 데리고 돌아온다는 목적은 달성했고, 내게 피해는 없었다.

하지만 결국 인신의 목적도 모르는 채이고, 팩스는 죽었다. 장래적으로 실론 **공화국**은 올스테드에게 중요한 인물을 낳는다고 하니까, 다시 말해 강력한 카드를 한 장 잃은 형태다. 완패라고 할 수 있다.

그렇게 생각하면, 돌아온 것은 너무 성급했던 걸지도 모른다.

잠시 동안 그 나라에 머물면서 공화국이 되도록 손을….

아니, 그런 식으로 공화국이 된다면 올스테드도 '팩스를 도와라'라는 말을 할 리도 없나.

아무튼 일어난 일을 솔직히 말해야겠지.

그리고 메울 수 있다면 그걸 하는 것이다.

"그럼 록시, 나는 일단 사무소에 들르겠습니다. 마도갑옷도 넣어두고 싶고."

"알겠습니다. 그럼 저는 먼저 돌아가서 가족들에게 무사하다고 전하지요."

도시 입구에서 록시와 헤어지고 사무소로 향했다.

그런데 어째서인지 자노바가 따라왔다.

"왜 그래, 자노바?"

"아뇨, 갑옷 덕분에 살아 있다고 할 수 있으니, 올스테드 님께 인사를, 그리고 갑옷을 망가뜨린 사죄를."

"그런가."

자노바가 올스테드에게 인사하러 가다니 별난 일이군.

저주 때문에 그런 감정은 씻어웃되었다고 생각했다. 크리프의 연구의 성과일까… 올스테드를 목격하면 싸우려 들지도 모르지만, 그건 내가 제지하면 되겠지.

그렇게 납득하면서 나는 자노바와 함께 사무소로 돌아갔다.

마도갑옷을 무기고에 수납. 문을 잠근 뒤에 본관 쪽으로 이동했다. 아무도 없는 로비를 지나서 사장실로.

"후우우…."

들어가기 전에 심호흡.

실패 보고다. 지금까지도 몇 번 실패한 적은 있지만… 이번에는 큰 실패다.

꾸지람을 들을지도 모른다.

…오늘은 없지 않으려나.

아니, 보고는 일찍 하는 편이 좋다.

좋아. 일단 노크다. 노크는 사람의 마음에 여유를 준다. 냉정과 예의의 노크다.

손가락으로 가볍게 콩콩.

"루데우스인가."

역시 계셨나.

하지만 설명해야 할 것은 모두 정리했다. 성실하고 정확하게 가자.

"실례하겠습니다! 루데우스 그레이랫, 지금 실론 왕국에서 귀환하였습니다!"

나는 문을 열고 안에 들어가서 허리를 굽혀 인사하고 고개를 들고.

"후와아?!"

이상한 소리를 내었다.

올스테드가 시커먼 풀페이스 헬멧을 쓰고 있었다.

이거 혹시 그건가. 크리프가 만든 새로운 얼굴…이 아니라 마도구인가.

"무사히 돌아온 모양이군."

"…어어, 예."

기세가 꺾였지만, 신경 쓰지 말자. 성심성의, 실패한 것을 보고하자.

아무런 성과도 올리지 못했습니다, 라고. 아니, 이게 아닌가.

"보고하겠습니다…."

나는 담담히 이번 일을 보고했다.

뭘 깨닫고, 뭘 깨닫지 못했는가.

나중에 추궁을 들어도 괜찮도록 하나씩, 냉정하고, 정중하게.

어떤 일 앞에서 내가 뭘 생각하고 어떻게 판단했는가, 누구에게 의논하고 어떻게 결론을 내려서 행동했는가.

그리고 그 결과 어떻게 되었는가. 인신의 생각을 예상하고, 어떻게 움직이는 게 정답이라고 생각했는가. 그런 점을 정리해서 보고했다.

"죄송합니다. 명령을 완수하지 못하였습니다. 팩스 왕자를 죽게 만들었습니다."

마지막에 고개를 숙였다.

뭐라고 변명해도 실패는 실패다. 벌이 있으면 달게 받자.

"……."

올스테드는 어두운 분위기를 띠고 있었다.

표정을 알 수 없는 만큼 평소보다 무서웠다.

솔직히 나로서는 헬멧을 쓰고 있을 때가 더 무섭다.

아니, 왜 저걸 쓰고 있지? 벗지 않으려나….

"왕룡 왕국 국왕 레오나르도 킹드래곤은 인신의 사도였다. 아마도 실론 왕국 장군 제이드도 사도겠지. 인신은 이 두 사람을 조종하여서 팩스를 몰아붙이고 자살하게 만들었다."

올스테드는 그렇게 결론을 지었다.

사도는 두 명. 일단 왕룡 왕국의 국왕을 조종하여 팩스를 원조하게 하고, 그때 팩스에게 '왕룡 왕국 국왕의 기대에 부응해야만 한다는 의식'을 심어 주었다고 한다. 왕녀를 주고, 사신을 붙여 주어 만전의 상태로 만들고… 제이드를 조종하여 실패하게 한다.

흐름으로는 이런 느낌이겠지. 인신에게 미래가 보인다면 누가 어떻게 움직이면 팩스가 자살할지 알고 있었을 테고.

실제로 그랬을지는 확실치 않지만, 제일 그럴 듯한 추측이다.

"마지막 한 명은?"

"마지막은 비스타 왕국의 왕일까… 어쩌면 없을 가능성도 크다."

"그러고 보면 사신이 말했습니다만, 과거에 마왕 바디가디가 사도였을 가능성도 있다고."

"…그 마왕이 사도라면 모습을 보이지 않을 리는 없지."

그래, 분명히. 눈에 띄기 좋아하는 녀석이었고….

아무튼 내 존재는 인신에게 예상밖이었을 것이다.

그러니까 내가 만날 만한 인간을 적극적으로 사도로 만들었다고 봐야 한다.

하지만 나는 인신의 의도를 깨닫지 못했다. 한심하다.

"지금부터라도 제이드를 처리할까요…?"

"이미 늦었다."

올스테드는 감정 없는 목소리로 말했다.

"저기, 죄송합니다."

"내가 사전에 잘못된 예상을 했다. 레오나르도를 죽인 뒤에 네게 모든 것을 맡기지 않고 실론 왕국으로 가야 했다고 반성하기도 한다… 하지만…."

그렇게만 말하고 올스테드는 입을 다물었다.

신경 쓰지 말라고는 해 주지 않을 모양이다. 이번 실패는 상당히 큰 거겠지.

"어어, 누가 팩스의 대용이 될 수 없는 겁니까?"

"대용은 없다."

"어떻게 안 됩니까?"

"……."

돌아온 것은 침묵이었다. 실론 공화국은 그렇게 중요한 키였을까. 거듭해서 두 번이나 말했을 정도다. 어쩐다. 어떻게 하면 만회할 수 있을까.

"올스테드 님, 한 말씀 드려도 되겠습니까."

그때 내 뒤에서 목소리가 들렸다.

돌아보니 거기에 자노바가 있었다. 언제부터 있었지… 아니, 처음부터 있었지. 말이 없어서 밖에서 기다리는 줄 알았다.

"자노바 실론인가…."

올스테드도 이제야 안 모양이었다.

아니, 실제로 지금 알았을지도 모른다. 저 헬멧, 앞이 안 보일 테고… 아니, 지금 깨달은 건데 목소리가 나오게 되어 있군. 그렇다면 숨도 쉴 수 있는 건가.

"일단 감사의 말씀을. 갑옷을 빌려주셔서 진심으로 감사합니다. 박살내 버리고 말았습니다만, 덕분에 목숨을 건졌습니다."

자노바는 한 걸음 앞으로 나가서 허리를 굽혔다.

올스테드의 표정은 알 수 없지만, 헬멧 덕분에 다소 인상도 완화되었겠지.

아, 하지만 헬멧을 쓰고 있었던 건 그래서인가.

실은 처음부터 자노바의 기척을 느꼈기에 미리 쓰고 있었나.

"감사라면 루데우스에게 해라. 그것뿐인가?"

"아뇨, 그것만이 아닙니다."

아까는 감사의 인사를 할 뿐이라고 했던 것 같은데, 자노바는 한 걸음 더 앞으로 나섰다.

마치 올스테드를 압박하듯이.

"지금 스승님의 이야기를 듣기로는 이번 일, 올스테드 님과 적대세력의 싸움에 팩스가 휘말려들었다…. 그렇게 이해하면 되겠습니까?"

"틀리진 않다."

혹시 자노바는 이번 일이 올스테드의 짓이라고 생각하는 걸까.

그렇다면 자노바를 막는 편이 좋을까.

"하지만 올스테드 님은 제 동생을 도우려는 생각이었던 걸로 들렸습니다만, 그렇습니까?"

"도우려고 한 건 아니다. 녀석이 만드는 나라, 거기서 태어나는 인물이 필요했다."

"만드는 나라? 태어나는 인물…?"

"그게 뭔지는 네게 설명해도 모르겠지."

오늘의 올스테드는 꽤나 의미심장한 말을 한다.

하지만 그건 나도 좀 알고 싶다. 그게 뭔지 모르면 만회할 수도 없다.

"올스테드 님, 가능하면 자세히 설명해 주셨으면 합니다."

"……."

그렇게 말하자 올스테드는 침묵했다.

방 안이 고요해진 가운데, 헬멧에서 숨 쉬는 소리가 들렸다. 쿠우, 후우, 하는 소리. 이런 상황만 아니면 긴장감이 풀릴 만한 소리다. 하지만 그 숨소리가 분노의 숨소리처럼 들려서 내 긴장은 한층 높아졌다.

"…팩스 실론은 왕이 된 뒤에 공화국을 만든다."

그것은 전에도 들었다. 내가 듣고 싶은 건 그 다음이다.

"공화국이 되고 얼마 뒤, 노예상인이었던 남자가 두각을 보인다. 이름은 볼트 마케도니아스. 팩스는 그 남자를 중용한다."

볼트 마케도니아스. 그게 이번의 중요인물인가.

"볼트 마케도니아스는 나라의 중진이 되고, 실론 공화국에 뿌리를 내린다."

"무엇을 하는 인물입니까?"

"볼트 마케도니아스는 아무것도 않는다. 다만 그 자손 중에서 마신 라플라스가 태어난다."

라플라스. 여기서 나오나.

"팩스가 죽은 이상 라플라스가 어디서 태어날지 알 수 없어졌다."

즉, 팩스가 공화국을 만드는 것이 라플라스 탄생의 플래그가 되는 건가.

"하지만. 예를 들어서 지금부터라도 공화국을 만들면… 아니면 그 볼트 마케도니아스가 결혼해서 자식을 만드는 상대와 짝을 지워주면…."

"헛수고다. 지금까지 시험해 보지 않았다고 생각하나?"

긴 루프 동안 올스테드도 여러모로 시험했겠지.

그중에 랜덤성 높은 라플라스의 탄생을 난수조정으로 확정시켰던 것이다.

아마도 실론 공화국만이 아니겠지. 백년에 걸쳐서 라플라스가 일정하게 탄생하도록 조정했던 것이다. 어쩌면 내가 했던 일 중 몇 가지가 그럴 가능성도 있다.

하나가 어긋나면 더 이상 마음대로 되지 않는다.

"라플라스는 인신에게 도달하기 위해 반드시 죽여야만 하는 상대다. 녀석은 부활한 뒤에 한동안 잠복 기간을 두고 동료를 모아 전쟁을 일으킨다. 녀석의 부하를 쓰러뜨리면서 라플라스를 처리하려면 많은 노력과 마력이 든다. 또 그 직후에 인신과 싸워야만 하니까."

"어어…. 라플라스를 쓰러뜨린 뒤에 마력을 회복시킨다는 흐름으로는 안 됩니까?"

"라플라스가 부활하는 시기는 대략 정해져 있다. 루프의 끝에 가까운 시기다. 더 이른 단계에 부활시키려고 획책한 적도 있었지만, 무리였다."

올스테드는 크게 숨을 내쉬고 말했다.

"전쟁을 경유하면 인신에게 도달할 수 없다. 이번 루프는 실패다."

실패.

그 말이 메아리처럼 내 머리에서 울렸다. 그럼 왜 실론에 와주지 않았나. 내 안의 한심한 부분이 그렇게 외쳤지만, 말로는 하지 않았다.

나는 일을 맡았고 실패했다. 이번 일은 내 유용성을 확인하기 위한 시금석이었다.

이제는 틀린 걸까. 실망시킨 걸까…. 올스테드는 이번 루프를 포기하는 걸까. 그렇다면 나는 앞으로 어떻게 되지…? 내 가족은…?

"실패라고 확신하기에는 너무 이르겠지요."

그때 자노바가 밝은 목소리로 말했다.

자노바는 이번 이야기를 어디까지 이해한 걸까.

갑자기 미래 이야기를 들어서 혼란스럽지 않을까.

"전쟁이 일어나고, 부하를 쓰러뜨리고 라플라스를 처치해야만 한다면, 이쪽도 지금부터 전력을 준비하면 됩니다."

"호오?"

"군대를 만든다…까지는 아니어도 되겠지요. 라플라스를 쓰러뜨릴 만한 인재를 지금부터 모아서 동료로 만드는 겁니다."

오, 자노바, 좋은 말을 했다.

그래. 마력 소비가 문제라면 꼭 올스테드가 싸우지 않아도 된다.

"올스테드 님은 저주 때문에 동료를 만들 수 없으시겠지만, 스승님도 계시고… 저도 돕지요."

그리고 자노바는 올스테드의 앞으로 나가서 무릎을 꿇고 고개 숙였다.

"지금 제안은 이야기 도중부터 생각한 것일 뿐. 방향성이 틀렸을지도 모릅니다."

그런지는 모르겠지만, 그래도 좋은 생각으로 보였다.

라플라스의 부활은… 지금으로부터 80년 뒤였던가. 부활하는 시기가 비슷한 정도라면 오차는 몇 년. 그때까지 강한 아군 ―사신이나 페르기우스 같은 이를 많이 모아두고, 부활한 라플라스와 싸우게 한다. 그러면 올스테드는 힘을 아낄 수 있다.

"자세한 사정은 모르겠습니다만, 두 분이 힘을 합쳐서 인신이란 자와 싸운다는 것은 들었습니다. 그리고 그 인신은…."

거기서 말을 끊은 자노바는 고개를 들고… 올스테드를 보았다.

그리고 지면에 손을 짚었다.

"제 동생을 죽인 상대이기도 합니다."

자노바는 벌렁 땅에 엎드렸다.

오체투지다.

평소처럼 몸을 지면에 던지는 것이 아니라 천천히, 우아한 오체투지였다.

"부디 저도 올스테드 님의 부하로 삼아 주실 수 없겠습니까."

"……."

"원수를 갚고 싶습니다!"

올스테드는 내 쪽을 힐끗 본 듯하였다.

시야가 한정되었을 텐데… 하지만 뭔가 의견이 필요한가.

"자노바가 동료로 들어오면 마도갑옷도 더 좋아집니다. 지금 그것도 좋은 생각이라고 보입니다. 이번 일로 과제도 더 늘어났고, 나도 한 명이라도….""

"알았다."

올스테드는 끝까지 듣지 않았다.

고개를 끄덕이고 일어서서 자노바를 내려보았다. 그리고 말했다.

"그럼 루데우스 밑에 들어가서 지시를 받아라. 동료를 만들겠다면 해 봐라."

"…예!"

올스테드는 헬멧을 쓴 채로.

자노바는 바닥에 엎어진 채로.

자노바는 올스테드의 부하, 내 동료가 되었다.

팩스는 죽었다.

실론 공화국은 탄생하지 않는다. 올스테드의 계획도 대폭 일

그러졌다.

손실은 크다. 내가 잘 움직이지 않은 탓이다.

대신 자노바가 동료로 들어왔다. 이게 어떤 결과로 이어질지는 아직 모른다.

적어도 마도갑옷은 그가 있으면 더욱 개량되겠지만….

그렇긴 해도 나라는 존재는 올스테드에게 이익이 되는 걸까.

지금까지의 일로 상당히 여유가 생겼다고 들었는데, 이번 일로 다 날아간 느낌이다.

어쩌면 손실이 클 가능성도 있다.

앞으로의 활약으로 내 존재는 손실 이상의 것이 될 수 있을까.

아니, 그래야만 한다. 안 그러면 뭘 위해 올스테드가 나를 인신으로부터 도왔는지 알 수 없어진다.

게다가 올스테드는 가볍게 다음 루프로 갈지도 모르지만, 내게는 이번밖에 없다.

인생은 한 번뿐이고, 다시 시작했던 것은 기적이다. 분명 기적은 두 번 일어나지 않는다.

이 인생을 더욱 열심히 살아야만 한다.

가령 이 루데우스 그레이랫의 인생을 다시 시작할 수 있다고 해도.

이번의 내가 올스테드에게 짐이 되고 방해가 된다면, 무익한 정도가 아니라 존재 자체가 해악이라고 판단되면 가볍게 버림받을 가능성도 남아 있다.

여기서 열심히 하지 않으면 다음 기회는 없다.

내가 올스테드에게 유해하다면 다음 루프부터의 나는 이번과 마찬가지로 인신에게 속고 과거로 날아가서 올스테드와 싸우게 되고… 그리고 죽는다. 어쩌면 더 이른 단계에서 살해될지도 모른다. 부에나 마을에서 어릴 적에, 에리스의 가정교사로 있는 동안에. 아니면 아슬라 왕국까지 여행하는 도중에. 그런 건 앞으로 무슨 일이 일어나는가에 달렸지만….

올스테드는 친절하게 대해 준다.

이유는 많이 있겠지만, 타산도 크겠지. 다음 루프를 대비하여 내가 뭘 하면 기뻐할지 찾고 있을 가능성을 잊어선 안 된다.

이번에는 조금 부족했다.

마음속 어딘가에는 올스테드에게 맡기면, 여차할 때 그에게 도움을 청하면 어떻게든 된다. 그렇게 생각하는 내가 있었다.

올스테드에게 매달리면 안 된다.

그걸 다시 한번 명심하자.

제13화 기뻐하면 돼

자, 귀환 보고다.

에리스도 출산이 가까워져서 우울해졌을지 모른다. 그녀도 정신적으로 가라앉을 때가 있을 테니까.

자노바는 일단 내 집으로 데려가기로 했다. 줄리는 돌려줘야만 한다. 한동안 우리 집에 있어도 좋겠지만, 줄리도 자노바와 함께 있는 편이 기쁘겠지. 참고로 진저는 이미 자노바가 머물 곳을 찾으러 뛰어다니고 있었다. 대학 기숙사 방을 뺐기 때문이다.

기숙사는 그렇다고 해도, 어떻게 복학할 수 없을까.

앞으로 몇 달이면 졸업인데 아깝다. 지너스에게 부탁하면 어떻게 좀 안 될까.

분명히 마법대학에서는 졸업 후에도 마술 길드원으로 연구하는 녀석이 있을 테고.

"자노바, 앞으로도 잘 부탁해."

"저야말로."

아무튼 자노바가 앞으로도 내 곁에 있어 준다. 이것은 기쁜 일이다.

마도갑옷의 연구도 진전을 보이겠고, 인형의 판매도 포기하지 않아도 된다.

자노바는 살 집이나 여러 가지를 잃었지만, 뭣하면 내가 돈을 빌려줘도 좋다. 돈을 빌려주는 것은 트러블의 씨앗이지만, 자노바에게는 그냥 줘도 아까울 것 없다.

그런 생각을 하고 있었더니 순식간에 집에 도착했다.

문기둥에 매달린 트렌트에 녹색 지붕. 전체적으로 에콜로지에 로하스한 분위기가 넘치는 집이다.

집에 다가가자 평소처럼 비트가 문을 열어 주었다.

"으음, 줄리가 스승님의 가족에게 폐를 끼치지 않았으면 좋겠는데."

"줄리라면 괜찮아. 아이샤랑 사이도 좋고…."

휴웃!

집의 부지 안에 들어가자 바람 가르는 소리가 났다. 무슨 소리인지는 금방 알았다. 수천 번, 수만 번 들은 소리니까.

이것은 목검 휘두르는 소리다. 노른이 집에 돌아온 걸까.

휴웃!

아니, 그렇기는 해도 노른도 꽤나 멋진 소리를 낼 수 있게 되었군. 최근에는 그녀의 검술도 봐주지 못했고, 내가 가르쳤을 무렵에는 부웅~ 이라든가 부웅~ 하는 느낌의 소리였다.

지금 것은 휴웃이었다. 검이 똑바로 질주하는 소리다. 나도 좀처럼 이런 소리를 낼 수 없겠지.

이 소리는 마치 에리스의….

그러면서 소리 나는 곳을 보았을 때 나는 눈을 의심했다.

한 여자가 예전에 만든 연습용 돌검을 휘두르고 있었다. 그 여자의 머리카락은 원색 페인트를 뒤집어쓴 것처럼 새빨갰다. 엄청 무거운 돌검을 한손으로, 가볍게.

몸이 무거운 여자가.

에리스가.

"어머, 루데우스. 어서 와. 늦었네."

"자자자자잠깐! 에리스! 뭐 하는 거야!"

나는 다급히 그녀에게 달려갔다.

안 되잖아. 이제 곧 산달일 텐데. 아니, 가볍게 휘두르긴 하지만, 무거운 건 말이지. 그렇게 배에 힘을 넣으면… 배.

"응?"

에리스의 배가 스마트하다. 홀쭉하다.

내 베이비는?

"어라?"

만져 보았다. 오오, 대단해. 식스팩이다. 게다가 잘록하다.

내가 아는 임산부의 배가 아니다.

"어?"

어떻게 된 거지? 혹시 에리스의 탄탄한 식스팩이 베이비를 압축 패키지했나…. 이럴 수가. 아니, 아직 당황할 만한 시간은 아냐.

아래쪽으로 밀린 것뿐일지도 모른다.

"이쪽인가?"

"뭐 하는 거야!"

엉덩이를 붙잡았다가 얻어맞았다.

주저앉아서 올려보았다. 다리를 어깨넓이로 벌리고 팔짱을 끼고 턱을 처억 치켜든 에리스가 나를 내려보고 있었다. 그녀는 그대로 말했다.

"낳았어!"

"뭘?"

반사적으로 대답했다. 대답은 하나밖에 없을 텐데.

"아이!"

"누가?"

"물론 나야!"

에리스가. 아이를. 낳았다.

"……."

정좌를 했다.

"어어… 저기, 언제쯤의 이야기인가요…."

"열흘 전이야! 밤늦게였지만, 어떻게든 됐어!"

열흘 전. 나는 뭘 하고 있었지. 분명히 실론 왕국에 있었다.

숙소에서, 아마, 그 날, 록시랑… 아, 그건 됐어. 즉, 그건가.

"출산에… 못 맞췄다…?"

"그래, 조금만 더 일찍 왔으면 좋았을 텐데, 아쉬웠어!"

에리스는 의기양양하게 말했다. 혼자서 할 수 있다고 말하는 듯한 목소리로.

어쩐다. 엎드려 빌어야 하나. 딱히 켕기는 짓을 한 건 아니지만. 애초에 그럴 가능성도 고려했지만.

미안한 마음으로 가득하다.

"뭐, 뭐야… 기쁘지 않아?"

내가 그러고 있자, 에리스가 눈썹을 찌푸렸다. 기쁘지 않을 리가 없다.

"기, 기쁘지만, 왠지 좀 복잡해서…."

"아! 그렇지, 물론 아들이야! 이름은 아르스, 인간 영웅의 이름이야!"

하지만 나는 기뻐해도 되는 걸까.

나는 올스테드의 지령을 수행하지 못했다. 자노바는 동생인 팍스가 죽었다. 아슬아슬하게 목이 붙어 있긴 하지만, 실패가 많았다. 그런 상황에서 갑자기 기쁜 보고를 받고 나만 기뻐해도 되는 걸까.

"마스터!"

고민하는데 현관이 열렸다. 오렌지색 머리의 작은 인형이 현관에서 튀어나왔다.

그 인형은 똑바로 내 뒤에 있는 자노바에게 달려갔다.

그대로 뛰어오다가 주저하더니, 자노바의 다리를 껴안는 모습이 되었다.

"오오, 줄리! 내 제자여, 돌아왔다!"

자노바는 그런 줄리의 양겨드랑이를 붙잡고 자기 눈높이까지 들어올렸다. 줄리는 눈에서 주르륵 눈물을 흘리면서 자노바의 소매를 꼭 붙잡았다.

"줄리는, 줄리는 마스터가 돌아오시는 것을 기다리고 있었습니다!"

"음."

감동의 재회다. 내 가족이 괴롭힌 게 아닐까 싶을 정도로 감동의 재회다.

다음 순간 줄리는 폭탄선언이라고 할 수 있는 말을 하였다.

"줄리는! 마스터를 사모하고 있습니다!"

"오오, 그랬나. 그걸 몰라서…."

"이제는, 이제는 두고 가지 마세요! 죽을 때는 곁에 있게 해주세요! 부탁입니다… 부탁입니다!"

비통하다고 할 수 있는 외침.

이 사건의 뒤에서 줄리가 얼마나 자노바를 걱정했는지 잘 알 수 있는 외침.

자노바는 얼떨떨한 얼굴을 하였지만, 이윽고 부드럽게 미소 지었다.

"…음, 안심해라. 앞으로는 계속 함께 있도록 하지."

"마스터어어어어."

줄리가 울음을 터뜨리자, 자노바는 그녀의 머리를 가만히 자기 어깨 근처에 댔다.

기분 탓인지 자노바도 기뻐 보였다.

그래, 분명히 팩스는 죽었고, 일도 실패했다. 인신에게 졌다.

하지만 살아서 돌아왔다. 나도 자노바도 록시도 진저도, 누구 하나 빠짐 없이 돌아왔다.

기뻐하자. 기뻐해도 된다.

"에리스!"

갑자기 솟구친 감정에 거스를 수 없었다.

에리스를 껴안고 키스했다. 에리스는 놀라면서도 응해 주었다. 나를 껴안고 키스로 답해 주었다. 등을 쓰다듬고 엉덩이를 만지자, 내 어깨를 붙잡고 더 깊게 키스해 왔다. 손을 앞으로 돌려서 가슴을 만지자, 얻어맞아서 지면과 키스하게 되었다.

"너무하잖아!"

"미안!"

"우왓!"

나는 곧바로 일어서서 에리스를 안아 들었다.

이러고 있을 순 없다. 얼른 아기 얼굴을 보러 가야지.

"그래서, 어디야, 아들, 어디야?"

"집 안에!"

에리스는 어쩐 일로 거스르지 않고 내 목에 손을 둘렀다. 그리고 집 쪽을 가리켰다.

"흠… 스승님!"

"왜, 자노바!"

"오늘은 이만! 다음에! 록시 님에게도 인사를!"

"그래!"

짧게 대화를 주고받은 뒤 자노바는 발길을 돌렸다. 가족들의 시간을 방해할 생각은 없는 모양이다.

나도 집 안으로 뛰어 들어갔다.

현관을 지나 거실로 들어갔다. 그러자 거기에는 두 소녀가 소파에 앉아 있었다.

아기를 안고서.

"이거 봐, 노른 언니, 웃었어, 지금 웃었어!"

"아이샤, 아이샤, 나도 안게 해 줘."

"가만히, 가만히, 목 근처를."

"알고 있어. 루시도 라라도 안은 적 있으니까⋯. 아, 얘 가슴 만진다, 배고픈가?"

"글쎄, 오빠 자식이니까."

"아기가 그럴 리 없잖아!"

열네 살짜리 둘이서 내 아들을 안고 꺄악꺄악 떠들고 있었다.

여동생이. 내 아들을. 아, 왠지 외설스러운 말이 되었다.

"⋯에리스, 잠깐 내려놓을게."

"응."

에리스를 바닥에 내려놓을 때 여동생들도 나를 알아차렸다. 두 사람은 나를 올려다보며 미소를 보내왔다.

"아, 어서 와요, 오빠."

"어서 와, 오빠."

웃고 있었다. 두 여동생 다 웃고 있었다.

그걸 보고 나는 문득 팩스의 얼굴이 떠올랐다. 자조하며 체념한 미소를 짓던 그의 얼굴이.

"록시 언니한테 들었어요. 힘들었다고요."

"노른 언니, 그보다도, 자."

"아, 그렇지…. 자, 오빠. 오빠 아들인 아르스입니다."

나는 노른에게서 아기를 받아들었다.

이 녀석이 아르스. 빨강머리와 눈가가 에리스를 빼다 박았다. 내 아들… 그 실감이 들지 않은 것은 태어난 순간을 보지 않았기 때문일까. 불안한 마음이 고개를 쳐들었다.

아기는 나를 보고 짧은 손을 뻗어서 내 가슴 근처를 만졌다. 여기저기 두드렸다. 마치 부드러운 것이라도 만지려는 듯이. 하지만 내 가슴은 단단하다.

"으앙! 으아앙!"

바로 울었다.

동시에 불안감이 사라지고 안도가 가슴 안에 퍼졌다.

아, 틀림없다. 이 아이는 내 자식이고, 파울로의 손자다.

"어라? 아르스, 아빠인데? 모르는 사람 아냐."

"오, 오빠, 괜찮나요?"

아이샤와 노른이 걱정스럽게 바라보았다. 내 아들을 두 사람은 귀엽다면서 안고 있었다. 웃으면서 안고 있었다. 사랑해 주었다. 분명 두 사람은 나도 가족으로 사랑해 준다.

팍스를 떠올렸다.

자노바에게는 자식이 없었지만, 자노바의 형제들에게는 가족이 있었겠지.

형의 자식, 동생의 자식… 다 죽였다.

사랑할 수 없었고. 사랑하지 않았고. 사랑받지 못했다.

…아.

혹시 자노바는 팩스와 이런 관계가 되고 싶었을까.

"……!"

그렇게 생각한 순간 눈물이 나왔다.

"아니! 왜 우는 거야!"

"응, 왠지 눈물이 나왔어."

"어쩔 수 없네. 이리 줘. 내가 안으면 울음을 그치니까….."

"싫어….."

나는 어린애처럼 고개를 내젓고, 아기를 안은 채로 아이샤와 노른 사이에 앉았다.

한동안 나는 아기와 함께 울었다.

왜 나는 끝까지 팩스를 인정해 줄 수 없었을까. 나라면 팩스의 마음을 알아차렸을 텐데. 비뚤어진 이유나, 남을 사랑할 수 없었던 이유도 이해했을 텐데. 팩스의 노력이 바보 같아지는 환경에 있었는지 알고, 그런 환경에서 왕까지 올라온 결과를 보면 그의 노력도 인정할 수 있었을 텐데. 인정을 받으면 태도도 변한다. 리랴와 아이샤에게 했던 짓은 용서할 수 없겠지만, 그래도 그런 결말이 되지 않을 뭔가를 얻었을 텐데….

울음소리를 들었는지 2층에서 발소리가 늘렸다.

잠시 뒤에 실피와 루시, 그리고 라라를 안은 록시가 거실에 나타났다.

부엌 쪽에 있었는지 리랴와 제니스도.

실피는 분명 무슨 일이 있었는지를 록시에게 들었겠지. 울음을 터뜨리는 나를 보고 그녀는 아무런 말도 없이 머리를 쓸어 주었다. 루시도 그걸 흉내내어서 내 무릎 위에 올라가서 쓰다듬어 주었다.

"루데우스는 울보라니까…."

마지막에 에리스가 머리를 쓰다듬어 주었다. 다들 마음씨 따듯하다.

"아이샤… 노른…."

울면서 두 여동생에게 말했다.

"나는, 어떤 때라도, 너희 편이니까… 힘들면, 사양 말고, 말해…. 미덥지 않다고 생각할지도 모르지만, 꼭, 힘닿는 데까지, 힘이 될 테니까…."

두 사람은 서로의 얼굴을 바라보았다. 오히려 지금 내가 울음을 그치지 않아서 큰일이라는 얼굴이었다.

이런. 이래선 여차할 때에 날 의지하지 않을지도 모른다.

"응, 알았어."

"예, 알겠습니다."

하지만 두 사람은 고개를 끄덕였다. 다행이다. 우리 집은 괜찮겠다.

"훌쩍."

코를 훌쩍이면서 록시와 라라를 보았다.

라라는 록시의 품 안에서 평소처럼 포동포동한 얼굴이었다.

분명히 이번에 내 목숨이 위험할 일은 없었다. 하지만 록시가 없었으면 위험했다.

아무리 결의를 다져도 나는 약하다. 그녀가 곁에 있어 주지 않으면 도중에 무너졌을지도 모른다. 역시 록시는 든든하다. 그리고 그런 록시를 데려가게 해 준 것은 라라다.

록시와 라라. 두 사람에게 아무리 감사해도 부족하다.

"록시… 수고했습니다."

"루디야말로 수고 많았습니다."

뭐가 어찌 되었든 끝났다. 이번에는 힘들었다. 의심하지 않아도 될 것을 의심하고, 정신적으로 마모되어서. 스트레스만 쌓이고, 올스테드의 마음에 미치지 못하는 결과를 낳았다.

팩스를 죽이고 말았다.

악몽 같은 일이었다.

하지만 그것도 끝. 내일부터는 또 다른 일이 기다리고 있겠지.

그 일을 기다리기 전에 말해야만 한다.

"다들 지금부터 하는 이야기를 잘 들어줘."

그 날 나는 가족에게 인신에 관해 전부 다 말했다.

인신에 대해서, 올스테드에 대해서. 두 사람의 싸움과 내가 여태까지 겪은 일. 라라가 구세주일지도 모른다는 것이나 왜 내가 올스테드에게 협력하는가 하는 것, 자세한 내용. 모든 것을 말하고서 협력을 요청했다. 여차할 때는 나의, 그리고 올스테드의 힘이 되어 달라고.

가족들은 모두 수긍해 주었다.

에리스나 실피, 록시, 리라는 말할 것도 없고, 노른이나 아이샤도 곤혹스러워하면서, 루시는 잘 모르는 채로 진지한 얼굴로 끄덕였다.

마음이 후련해졌다.

정보를 정리하자.

일단 인신을 쓰러뜨리기 위한 수순에 대해서.

인신에게 도달하려면 용족에게 전해지는 다섯 개의 비보가 필요하다.

고대 용족이 만든 다섯 개의 비보. 이것들은 오룡장이 각각 가지고 있고, 세계에 이르는 문은 용신의 비술로만 열린다.

미래의 나는 어떻게 발버둥 쳐도 마지막 하나를 손에 넣을 수 없다고 깨닫고 절망했다.

아마도 이 마지막 하나는 라플라스가 가지고 있는 비보겠지. 죽여야만 한다는 올스테드의 말을 생각하면 오룡장의 목숨과 맞바꾸어 입수할 수 있다고 추측된다.

광룡왕 카오스는 이미 죽었다. 올스테드가 처리했겠지. 회수가 끝났다는 소리다.

남은 오룡장은 네 명.

'성룡제' 시라드.

'명룡왕' 맥스웰.

'갑룡왕' 페르기우스.

'마룡왕' 라플라스.

어쩌면 시라드와 맥스웰도 이미 죽었을지 모른다.

올스테드는 그런 걸 내게 말해 주지 않는다.

하지만 그것은 '아군이라도 죽인다'고 볼 수 있는 행동 때문에 나를 배려한다던가 켕겨서 그런 거라고 생각하고 넘어가자.

페르기우스와도 사이가 나쁜 것 같지 않고….

아무튼 그 다섯 개의 비보를 손에 넣기 위해서는 라플라스의 부활이 반드시 필요하다.

라플라스는 언젠가 부활한다. 태어났을 때는 아기란 소리다.

올스테드는 그걸 특정하는 것으로 아기의 손을 비틀 듯이 라플라스를 살해하려고 했다.

하지만 이번에는 실패. 라플라스는 우리가 모르는 곳에서 부활하고, 인간에게 전쟁을 거는 형태가 된다.

이 전쟁을 헤쳐 나가면서 라플라스를 살해하고 비보를 손에 넣는 것은 올스테드라고 해도 힘든 보양이디. 그 뒤에 있을 인신과의 싸움에 지장이 생길 정도로.

고로 이번 루프는 실패다.

올스테드는 그렇게 말했다. 하지만 그에게서 체념 같은 것은 느껴지지 않았다. 실망의 느낌은 전해졌지만, 체념한 것은 아니다. 생각해 보면 올스테드는 이 상황을 예측한 것도 같았다.

예를 들어서 아리엘 때.

지금으로부터 백년 뒤에 아슬라 왕국은 위기에 빠진다고 올스테드는 말했다. 아리엘이 왕이 되면 그 위기를 피할 수 있다고 했다. 그 뒤에 아슬라 왕국에서 태어나는 인재 운운했지만, 이것은 라플라스가 부활하여 전쟁이 일어났을 때의 일도 겸하고 있을 가능성이 크다.

세계 최대의 국가인 아슬라 왕국. 그게 오랫동안 라플라스에게 저항하고, 그 전력을 깎아내면 그만큼 올스테드의 소모도 줄어들기 때문이다.

어쩌면 올스테드는 내 존재를 감지했을 때부터, 준비했던 장소에서 라플라스가 태어나지 않을 가능성을 고려했을지도 모른다. 내 존재로 이미 플래그가 이상해졌을 가능성도 충분히 있고.

왜 인신이 그걸 저지했느냐 하는 의문도 생겨나는데, 곧 사라졌다.

생각해 보면 인신은 올스테드의 존재가 보이지 않는다. 용신을 적시하고 있었다.

오랫동안 인신과 맞서온 존재라면 라플라스다. 올스테드가 라플라스를 부활시켜서 뭔가 하려고 한다. 올스테드의 루프가 시작되고 백여 년 동안 무슨 이유로 그걸 알아차렸으면 그걸 저지한다는 마음으로 방해하는 것도 이해된다.

용신이 하려고 하는 일은 인신에게 해밖에 되지 않으니까.

아무튼 앞으로는 올스테드가 아는 역사와 다소 다른 길로 가게 된다.

올스테드가 시키는 대로 세계 각지를 돌며 플래그를 세우는 것은 끝이다.

예정이 어긋난 이상, 이미 그런 일에는 아무런 의미도 없다.

라플라스는 부활한다. 전쟁은 일어난다.

라플라스를 쓰러뜨리지 않으면 인신에게 도달할 수 없고, 쓰러뜨려도 올스테드는 소모된다.

소모된 올스테드로는 인신을 쓰러뜨릴 수 없다.

그런 상황에 자노바의 아이디어가 있었다. 동료를 모으는 것이다. 올스테드와 거리를 두고 자유롭게 움직이면서 동료를 모아서 전력을 증강한다. 80년인지 100년인지 뒤에 있을 전쟁을 대비하여 인신과 맞서는 세력을 조직하고, 올스테드를 도우면서 라플라스를 쓰러뜨리기 위한 동료, 혹은 동료의 밑바탕을 만든다.

올스테드의 군대를 만드는 것이다.

아마도 싸움이 시작되기 전에 내 수명은 다한다. 나는 그 싸움에 참가할 수 없다.

하지만 동료와 조직과 유지를 남기면 반드시 올스테드는 인신을 타도해 주겠지.

그것을 앞으로의 내 인생의 목표로 삼는다.

막간

사신 기사와
먹보 왕자

왕룡 왕국 왕성의 이궁에는 많은 왕족들이 살고 있다.

왕족이라고 해도 왕룡 왕국 사람들만 있는 게 아니다.

속국의 왕자나 왕녀도 살고 있다.

표면적으로는 유학이나 양자라는 형태지만, 그 실태는 속국의 반란을 막기 위한 인질이다.

이른바 다이묘 증인 제도다.

물론 왕자왕녀에게는 인질이라는 자각이 별로 없다. 자국이 반란을 일으키지 않는 한 신분과 생활이 보장되니까 느긋하게 지낸다.

하지만 느긋하게 지내지 않는 자도 있다.

이빨을 갈면서 호시탐탐 출세를 엿보는 야심가들이다.

그런 자 중 한 명이 팩스 실론이었다.

그는 어느 날을 경계로 마음을 고쳐먹고 검술에, 마술에, 학문에 힘쓰게 되었다.

오전 중에는 최대한 몸을 움직이고, 오후에는 공부나 마술에 힘쓴다.

그런 일과를 보내기로 결심한 그지만, 갑작스러운 결심이 매일 계속될 리도 없다.

최근의 그는 오전 중에 종종 다른 일에 시간을 보내게 되었다.

"그래서 나는 말했다. 그 손을 놓아라, 그 노예는 내가 사겠다…라고!"

그는 목검을 휘두르면서 한 소녀에게 이야기하고 있었다.

"그 뒤로는 큰 싸움이 벌어졌지! 나는 밀려드는 악당을 비틀어 내던지고, 비틀어 던지고! 마지막에 나온 것은 악당의 두목이었다! 내 두 배 크기는 될 도끼를 들고, 역전의 용사마저도 몸을 떨 고함을 지르며 내게 달려들었다! 나는 그 악당의 일격을 가볍게 피하고, 특기인 바람 마술을 녀석의 얼굴에 날렸다! 주춤거리는 두목! 거기에 재빨리 내 검이 주왁! 쓰러지는 두목!"

팩스는 손짓발짓과 함께 목검을 휘두르고 마술을 쓰며 두목을 쓰러뜨리는 시늉을 하였다.

"……."

그러다가 문득 소녀를 보았다.

소녀는 무슨 생각을 하는지 알 수 없는 공허한 눈동자로 팩스를 보고 있었다.

하지만 팩스는 어째서인지 그녀의 표정을 읽을 수 있었다. 처음에는 잘 몰랐지만, 최근 그녀의 세세한 표정을 이해할 수 있게 되었다. 지금 그녀는 눈동자가 평소보다 빛나고, 얼굴도 살짝 홍조를 띠었다. 팩스의 이야기를 순수하게 즐거워하는 것이다.

그렇기에 팩스의 이마에서 땀이 흘렀다.

그는 한동안 두목을 쓰러뜨린 포즈인 채로 정지해 있었지만, 이윽고 체념했는지 포즈를 거두었다.

"…라고 되었으면 좋았겠는데, 마음대로는 되지 않았어. 내가 할 수 있었던 것은 기껏해야 바람 마술로 호위들을 원호하는 정도였지."

그 말을 들어도 소녀의 표정은 변하지 않았다.

"하지만 팩스 님… 슬럼의 지배자로…."

"음, 과정은 몰라도 두목을 쓰러뜨린 나는 실론의 슬럼의 지배자가 되었다."

"…대단해."

"그렇지! 큰 싸움에서는 나서지 않았다고 해도, 내가 실론의 불한당들을 정리했다는 사실은 변하지 않아! 더 칭찬해도 좋아!"

"대단해, 대단해."

왕룡 왕국 제18왕녀 베네딕트. 그녀는 거의 감정이 보이지 않는 표정으로, 전혀 억양 없는 목소리로, 하지만 분명히 흥분하면서 팩스의 이야기에 귀를 기울였다.

솔직히 말해서 팩스의 이야기에는 다소 각색이 있었다. 바람 마술로 원호했다고 변명처럼 말했지만, 사실은 그 정도도 못 되었다는 게 현실이다.

팩스도 조금 찔렸지만, 그래도 왕룡 왕국 왕성에서 팩스의 이야기를 이렇게 진지하게 들어주는 자는 없었다. 조금 과장해서 떠들고 싶은 마음이었다.

"이야기, 더 해 줘…."

물론 베네딕트에게 진위 따위는 아무래도 좋았다.

교육을 제대로 받지 못한 그녀는 글도 못 읽고, 말을 붙이는 사람도 없다. 좁은 이궁 안에 갇힌 채로 어디를 가도 귀찮다는 시선뿐. 아침에 일어나서 밥을 먹고, 인적 없는 곳에서 가만히 있다가 밥을 먹고 잘 뿐인 매일이다.

그런 가운데 항상 즐거운 이야기를 들려주는 팩스는 아주 신선하고, 그리고 기뻤다.

"이야기, 더 해 줘…."

"좋아. 그럼 다음에는 내가 요정의 샘에 갔을 때의 이야기를 해 주지…라고 하고 싶지만, 그건 내일이야. 오후부터는 공부와 마술 훈련이다."

"…예."

"우하하하, 사랑스러운 녀석. 그렇게 슬픈 표정 하지 마라! 내일이란 것은 기다리기만 해도 찾아오는 법이니까!"

최근 팩스는 누가 봐도 근면했다.

오전에는 몸을 단련하고, 오후부터는 공부나 마술 훈련에 힘쓴다. 뭐, 오전 중에는 노는 때도 많지만… 하지만 베네딕트에게 이야기를 하면서 목검을 휘두르는 것을 그치지 않았기 때문에 조금씩 몸은 단련되었다.

공부라고 해도 실론 왕국으로부터 버림받은 그에게 가정교사가 있을 리도 없다. 하지만 과거에 실론 왕국에서 배운 것을 떠올리면서 독학으로 계속해서 배웠다.

고로 이궁에서 팩스의 평가는 조금씩 오르기 시작하였다.

"하지만 그 전에 식사다! 이궁으로 돌아가지!"

"…배웅, 하겠습니다."

"우하하하, 괜찮다, 괜찮아."

팩스는 베네딕트를 데리고 자기 방을 향해 걸었다.

정원은 이궁 구석에 있다. 베네딕트의 방에서는 가깝지만, 팩스의 방에서는 멀다.

베네딕트는 팩스와 헤어지고 싶지 않았기 때문에 항상 도중까지 배웅하였다.

거의 왕녀 대접을 받지 않는다고 해도, 대국의 왕녀가 이별을 아쉬워하며 배웅해 준다.

팩스에게 아주 기분 좋은 시간이었다.

고로 말도 잘 나왔다.

"어제 마술 훈련 도중에 어떤 사실을 깨달았지. 혹시나 싶어서 조사해 보았더니, 이게 아주 대박이었다. 아니, 마술이란 것은 옛날부터…."

베네딕트는 옆에서 보면 흥미 없는 눈치로 멍하니 있는 것 같았다. 하지만 그녀 나름대로 흥미와 호기심 넘치는 눈으로 팩스의 이야기를 듣고 있었다.

이궁에서 일하는 시녀나 이따금 손님으로 찾아온 귀족들은 그런 두 사람을 백안시하였다.

"흥, 또 실론의 못난이가 못난이 공주에게 접근하나…."

엇갈린 귀족이 그런 말을 했다.

팩스는 순간 발을 멈추고 돌아보려고 했지만… 꾹 참았다.

그런 말을 들을 때마다 마음속은 분노로 가득했다. 지금 당장이라도 돌아보고, 폭언을 뱉은 귀족의 목을 비틀어 버리고 싶었다. 하지만 행동으로는 옮기지 않았다. 지금 자신에게는 그런 힘이 없다는 것을 잘 알기 때문이다.

"이놈, 두고 보자…."

팩스가 그렇게 중얼거렸고, 베네딕트는 다소 난처한 얼굴을 하였다.

베네딕트는 교육을 거의 받지 않았지만, 아무 생각도 없는 것이 아니었다. 자기 입장을 잘 이해하고, 팩스가 안 좋은 말을 듣는 것은 자신과 함께 있기 때문이라고 생각했다.

"전하… 제가…."

"그만둬라. 말하지 마라, 짜증난다!"

반대로 팩스는 전혀 그렇게 생각하지 않았다.

그래. 누군가에게 험담을 듣는 것은 항상 있는 일… 실론 왕국에서도 그랬다.

"봐라. 이 몸을, 팔다리를. 나는 선천적으로 이렇다. 그런 내가 뭘 하려고 하면 안 좋게 말하는 녀석은 꼭 있지. 그러니까 결코 너 때문이 아니다."

이 문답을 몇 번이나 거듭했는지 모른다.

하지만 베네딕트는 팩스가 그런 말을 하면 조용히 있었다.

왕궁에서 나간 적 없는 그녀로서는 잘 이해할 수 없었다. 그의 작은 몸이, 짧은 팔다리가 특별하다는 것을. 그 탓에 놀림받는 것이 일상다반사란 것을.

두 사람은 이러니저러니 해도 비슷한 처지라고 할 수 있겠지.

그래서 베네딕트는 팩스에게 끌렸다. 자기와 같은데도, 이러니 저러니 말하면서도 행동하는 그에게.

"응?"

이궁과 왕궁의 경계에 접어들 무렵 팩스는 문득 발을 멈추었다.

"무슨 냄새지?"

어디서 자극적인 냄새가 풍겨왔다.

무슨 사체라도 태우는 듯한, 뭐라고 할 수 없는 불쾌한 냄새지만, 동시에 살짝 좋은 냄새처럼도 느껴졌다. 마치 누가 어디서 요리라도 하는 것처럼, 계속 맡고 있으니 살짝 식욕이 동하는 냄새였다.

하지만 이렇게 자극적인 냄새를 내는 것이 과연 먹을 수 있는 음식일까.

그런 언밸런스한 냄새가 팩스의 호기심을 건드렸다.

"훈련장 쪽인가. 궁금하군. 한번 가 볼까."

"…하지만."

"흥, 잠깐 이궁을 벗어난다고 너를 나무랄 녀석은 없어. 그럴 거면 감시라도 한 명 붙여놨어야지. 가자!"

"…예."

베네딕트는 조금 기쁜 듯이 그렇게 대답했다.

지옥의 만찬.

그것은 실론 왕궁의 한 방에 있는 어느 그림의 제목이었다.

그 그림에는 다섯 명의 뚱뚱한 귀족들이 만찬을 벌이고 있다.

그것뿐이라면 신기할 것이 없겠지만, 잘 보면 급사가 전부 스켈레톤이다.

귀족 중 세 사람은 스켈레톤이 급사 일을 하는 것을 깨닫지 못했는지, 즐겁게 환담을 나누고 있다.

한 귀족은 그걸 깨달았는지 놀란 듯한, 허둥대는 듯한 표정으로 옆의 귀족을 보고 있다.

한 귀족은 테이블에 엎어져 있다. 자고 있는 건지, 아니면 죽었는지 모른다.

팩스는 그 그림에 대해 밝지 않지만, 형인 자노바 실론이 그 그림 앞에서 뭔가 중얼거리며 고찰하던 것을 기억하였다.

그들은 요리를 먹고 싶어서 먹은 걸까. 그게 아니라면 왜 식탁 앞에 앉아야만 했을까. 애초에 여기 나온 요리를 만든 건 누구였을까. 자노바는 그런 소리를 길게 늘어놓았다.

그 탓인지 팩스는 지옥의 만찬이라는 그 그림을 잘 기억했다.

그렇기에 생각했다.

'혹시 그 그림에 과거가 있다면… 어쩌면 이런 그림이었을지도 모르지.'

그렇게 생각할 만한 광경이 눈앞에 펼쳐져 있었다.

훈련장 구석에는 훈련병에게 취사를 가르치기 위한 간단한 취사장이 있다.

그 취사장에 마련된 식탁 앞에 다섯 명의 종기사가 앉아 있었다.

다섯 명 모두 안색이 새파랗고, 취사장 쪽의 눈치를 살피고 있었다.

근처의 취사장에서는 뭐라고 할 수 없는 자극적인 냄새가 풍겼다. 이궁에서 맡았던 그 냄새다. 가까이 가 보니 코를 붙잡고 싶어질 만큼 강렬한 냄새임을 알 수 있었다.

그리고 취사장에서 움직이는 건 해골…과 비슷하게 생긴 남자였다.

그는 등골이 얼어붙을 만한 웃음을 띠면서 거대한 냄비 안을 마구 휘젓고 있었다.

"우후후후후~ 이제 곧, 다 되니까요."

해골의 말에 종기사들이 떠올린 것은 절망적인 표정이었다.

우리는 이제 틀렸다. 하지만 도망칠 수 없다. 그런 얼굴이다.

어쩌면 그 그림에 그려졌던 자들도 그들과 비슷한 처지였을지도 모른다.

그래, 그들은 도망칠 수 없다. 무시무시한 얼굴로 요리를 만드는 남자가 누구인지는 팩스도 잘 알고 있었다.

"사신 란돌프…."

란돌프 마리언.

칠대열강 제5위 '사신'이자 대장군 샤가르의 직속 기사단인 '흑룡기사단'의 일원.

자기 부하는 없이 항상 단독으로 움직이지만, 기사로서의 지위는 최상급에 가깝다.

왕룡 왕국 최강의 기사다.

그런 그가 종기사를 모아서 요리를 만들어준다. 종기사들이 도망칠 수 있을 리도 없다. 입장으로도, 능력으로도….

하지만 동시에 팩스는 그 이유가 궁금해졌다.

"…너희들, 이게 다 무슨 일이냐?"

"당신은…?"

"나는 실론 왕국 제7왕자 팩스다."

속국이라고 해도 왕족, 종기사들보다 훨씬 높은 존재다.

그들은 즉각 자리에서 일어서서 무릎을 꿇으려고 했다.

"됐다, 그럴 것 없다. 그대로 말하도록 해라."

다섯 명은 서로의 얼굴을 보다가 다시 의자에 앉더니 더듬더듬 설명하기 시작했다.

　"저기… 저희는 얼마 전의 연습에서 치명적인 실수를 하여서…."

　사흘 전, 왕룡 왕국 기사단은 대규모 연습을 했다고 한다.

　그들도 대장군 샤가르 가르간티스의 종기사로서 거기에 참가하였다.

　연습 자체는 순조롭게 진행되었지만, 도중에 그들은 큰 실수를 저질렀다.

　샤가르의 말에 얹은 안장을 단단히 고정하지 않았기 때문에, 샤가르가 돌격의 호령을 내리기 직전에 그만 낙마한 것이다.

　근처에 치유 마술사가 있었기 때문에 큰일에는 이르지 않았고, 연습도 막힘없이 진행되었다.

　그렇기 때문에 엄벌은 없이 질책을 받는 것으로 끝났지만, 대장군 샤가르의 낙마는 연습을 구경하러 왔던 왕후귀족의 눈에도 닿았다.

　즉, 샤가르는 큰 창피를 당한 것이다.

　종기사들은 당연하게도 잔뜩 기가 죽었다.

　자신들의 미스로 존경하는 대장군이 수치를 당했으니까.

　상황에 따라서는 그 자리에서 목이 날아가도 이상하지 않았다.

　그런데 큰 처벌도 없었다. 무슨 벌을 내려달라고 샤가르에게 직접 고하기도 했지만, 그는 느긋하게 고개를 끄덕일 뿐이지, 받아들이지 않았다.

그 사실을 으스스하게 느끼던 종기사들은 오늘 그 이유를 깨달았다.

"오늘 저희에게 란돌프 님이 찾아와서, 말하였습니다…. 요리를 대접하겠다고."

"그게 뭐가 문제지?"

"모르십니까?"

종기사들 사이에는 이런 소문이 떠돈다는 모양이다.

란돌프 마리언.

칠대열강이며 왕룡 왕국 최강의 기사인 그가 왜 대장군 샤가르의 직속 부하인가.

본래 수백 명의 병사나 영지를 받을 만한 입장인데, 왜 항상 단독으로 움직이는가.

그것은 그가 대장군 샤가르 직속의 암살자이기 때문이다.

대장군 샤가르는 인간과 엘프의 혼혈이라서 수명이 긴 탓도 있어서, 오랫동안 왕룡 왕국의 군사부문의 최고 지위에 군림하였다. 다소 조야한 면은 있지만 충성심이 대단하고 청렴결백한 인물로 평가를 받는다. 물론 수상한 소문은 거의 들리지 않는나.

하지만 그런 인물이 있을 수 있을까. 왕룡 왕국이라는 거대한 조직에서 청렴결백한 사람이 계속 윗자리에 앉을 수 있을까.

그럴 리가 없다.

그는 실제로 마음에 안 드는 상대를 몰래 죽이는 것이다.

그래, 직속 암살자인 란돌프를 시켜서.

그 증거로 란돌프가 왕룡 왕국의 무대에 모습을 드러내고 몇 년 사이에 샤가르의 정적은 줄줄이 사라졌다. 그중에는 원인불명의 병사나 사고사를 당한 이도 있었다.

"저희는… 죽는 겁니다. 각하께 창피를 당하게 한 죄로!"

설명하던 종기사는 새파란 얼굴로 그렇게 말했다.

그 말에 다른 네 명도 바들바들 떨기 시작했다.

"싫어… 싫어… 죽기 싫어…."

"왕자님… 도와주십시오. 저는 고향에 좋아하는 여자가 있습니다… 아직 좋아한다는 말도 못 했는데… 이럴 수는…."

"하다못해 전장에서 죽고 싶습니다…. 연습 도중의 실수 때문에 살해되다니… 너무합니다…."

"어머님은 제가 종기사가 되었다고 그렇게 기뻐해 주셨는데…"

그들이 한탄하는데, 팩스의 뒤에서 끈적한 목소리가 들렸다.

"실례되는 말을 하시는군요. 나는 그저… 질책에 기죽은 이들에게 맛있는 요리를 대접해 주고 싶었던 것뿐인데."

팩스가 다급히 돌아보자, 해골 같은 기사가 으스스한 웃음을 띠면서 냄비를 손에 들고 있었다. 그 냄비에서 나오는 것은 이 세상의 것 같지 않은 자극적인 냄새였다.

"자, 여러분. 마음이 약해졌을 때에는 맛있는 걸 먹는 게 제일이지요."

사신 란돌프의 웃음.

반드시 죽여주겠노라는 강렬한 의사가 느껴졌다.

"윽…."

팩스는 그 분위기에 눌려서 숨을 삼키며 한 걸음 뒤로 물러났다.

그런 팩스의 발뒤꿈치에 뭔가가 닿았다. 동시에 옷깃을 잡아당기는 손길이 있었다.

돌아보니 베네딕트가 무표정한 채로 팩스의 소매를 붙잡고 있었다.

그 표정에서 '도와주면 좋겠어'라는 의사가 읽혔다.

'왜 내가 이런 놈들을 도와줘야 하는 거냐!'

평소의 팩스라면 그렇게 말했겠지.

하지만 지금 그를 바라보는 것은 평소부터 그의 무용담을 듣던 아이다.

멋진 모습을 보여주고 싶은 상대였다.

"란돌프."

"예, 무슨 일입니까. …어어, 누구셨더라?"

"나는 팩스 실론. 실론 왕국 제7왕자다. 이 자리에 얼굴을 내민 것도 인연이니 나도 네 요리를 먹어 보지."

"…흐음."

팩스도 진짜로 먹을 생각으로 한 말은 아니었다.

일단 팩스는 왕자다. 고로 이 요리가 독이라면 란돌프도 물러날 거라는 생각이 깔려 있었다.

"…예, 그러십니까! 물론이지요, 왕자님."

하지만 란돌프는 오히려 기쁜 듯이 히죽 웃었다.

"나, 나는 보다시피 꽤나 미식사다. 어중간한 요리는 용서 않겠다."

"우후후후, 저는 이렇게 보여도 예전에 음식점을 한 적도 있어서… 맛에는 자신이 있습니다."

"너, **알고 있는 거냐?**"

"물론. **알고 있고말고요.**"

팩스는 생각했다.

미친 녀석이라고.

팩스가 독살이라도 당하면 그 문제는 왕룡 왕국과 실론 왕국만의 것이 아니다.

왕룡 왕국에는 많은 나라의 왕족이 있다. 그중 한 명이 대단한 이유도 없이 일개 기사에게 죽었다면 다른 나라도 가만히 있지 않는다. 왕룡 왕국이 딱히 이유도 없이 멋대로 인질을 죽이면, 인질은 그 의미를 잃게 된다. 속국 전체가 반기를 들지도 모른다.

그런데도 태연한 이 모습.

오히려 먹을 수 있거든 먹어보라고 하는 듯한 태도.

어차피 말뿐이지 못 먹을 거 아니냐고 하는 듯이.

'어쩌면 실론 왕자라는 말과 내 몸을 보고, 죽어도 문제 없는 상대라고 생각했나…. 제길, 칠대열강인지 뭔지 모르지만 얕본단 말이지!'

팩스로서는 이런 곳에서 죽을 수 없었다.

하지만 그 이상으로 얕보였다는 것을 참을 수 없었다.

베네딕스의 앞이다. 그런데 '너는 딱히 죽어도 상관없다'고 여겨지고 얕보였는데, 얌전히 물러날 수는 없다.

"에잇, 비켜라!"

팩스는 종기사 한 명을 밀어내고 그 자리에 앉았다.

"자, 어디 내놔봐라. 그 유명한 사신의 요리를 맛볼 기회는 쉽게 얻을 수 없을 테니까! 아까부터 풍기던 이 냄새에 내 배가 요동치고 있다!"

이제 될 대로 되라는 상태였다.

어차피 못 먹을 거라고 여겨졌다면 억지로라도 먹어 주마. 먹고서 독살당해서 왕룡 왕국을 혼란에 빠뜨려 주마. 팩스는 잔뜩 고집을 부리면서도 그렇게 결의했다.

"헤에~ 그렇게 말씀해 주신 분은 당신이 처음입니다."

란돌프는 아주 으스스한 웃음을 띠면서 준비를 시작했다.

잠시 뒤에 팩스의 눈앞에 요리가 준비되었다.

큼직한 건더기가 많이 든 스튜였다.

색깔은 보라색. 뭘 넣으면 색깔이 이렇게 되는지 불안해지는

색이었다.

생긴 것도 이상하지만, 냄새도 이상했다. 음식이라고 생각되지 않는, 코를 푹 찌르는 자극적인 냄새가 풍겨왔다. 팩스의 지식에 이런 냄새를 내는 식재료는 없다.

뇌가 전력으로 '이건 음식이 아니다'라고 전하였다.

"으음…."

스푼을 손에 들어 보았지만, 그 손은 움직이지 않았다.

종기사들이 창백한 얼굴로 팩스를 바라보았다.

기분 탓인지 베네딕트도 걱정스러운 기색이었다.

'에잇, 될 대로 되라!'

팩스는 결심을 하고 스푼을 스튜에 넣어서 무슨 고기인지 모를 고깃덩어리를 건져서 그대로 입 안에 넣었다.

"음."

우물우물 씹고 꿀꺽 넘겼다.

그 모습을 종기사들이 경악한 표정으로 바라보았다.

설마 진짜로 먹다니, 라고 다들 생각하였다. 누가 봐도 그건 독이라는 심정이었다.

"……."

팩스는 삼킨 자세 그대로 정지해 있었지만, 이윽고 말을 흘렸다.

"…의외로 맛있군."

"엑?!"

"이 맛은 마대륙풍이라서 이 지역 사람들 입에는 안 맞겠지만, 나한테는 괜찮군."

생긴 것도 냄새도 좋지 않다.

하지만 신기하게도 입 안에 넣으면, 좋은 향기가 코를 자극하고 야채의 깊은 맛이 혀에 남았다.

고기도 부드러워서 입 안에 넣으면 부드럽게 풀어지고, 고기의 단맛을 입 안에 채워 주었다.

신기한 요리다.

적어도 실론 왕국에서는 맛본 적 없었다.

먹고 있으면 혀가 찌르르했다. 아마도 이게 독이겠지.

그렇긴 해도 맛있다고 말하며 먹었을 때의 란돌프의 표정은 볼 만했다.

설마 먹다니? 게다가 맛있다고 말할 줄은 몰랐다, 그렇게 말하는 듯한 얼굴이었다.

'흥, 혹시 이제부터 괴로워하면서 죽더라도, 칠대열강이 대접한 음식이다. 지옥에서 자랑할 수 있겠군.'

팩스는 혀가 아리는 걸 느끼면서 분풀이처럼 그렇게 생각했다.

아직 하고 싶은 일이 많지만… 뭐, 자랑할 것 하나 없던 인생의 마지막에 자랑거리가 생겼다니 조금은 만족이었다.

그런 생각이라도 하지 않으면 지금 당장 접시를 내던지고 울고 싶은 판이었다.

"더 다오."

팩스는 접시를 란돌프에게 내밀었다.

"어어, 전하. 이 요리들은 종기사들에게 나눌….."

"이런 자들이 이 스튜의 참맛을 알 것 같나! 내가 다 먹겠다!"

"전하….."

종기사들은 그 말에 감격한 기색으로 가슴에 주먹을 대었다.

"에잇, 너희들, 뭘 구경하고 있나! 왕룡 왕국의 종기사는 왕족의 식사를 구경하는 취미라도 있나?! 아니면 불만 있나? 나는 안 들어주겠다! 불만이 있거든 너희의 주인인 샤가르에게 가서 말해라, 실론의 왕자가 란돌프의 요리를 가로챘다고!"

"예! 실례하였습니다!"

종기사들은 인사를 하고 곧바로 그 자리를 뒤로 했다.

하지만 그 표정은 잘 모르는 왕자에 대한 감사의 마음으로 가득했다.

"흥….."

물론 팩스는 그들이 감사하는 줄 몰랐다.

어차피 먹보 왕자가 변덕을 부려 독 요리를 대신 먹어 주었다는 정도로 여기리라는 마음이었다.

"……."

팩스가 시선을 돌리자, 옆에 베네딕트가 앉아 있었다.

그리고 평소처럼 무표정하게 눈앞의 접시와 팩스를 교대로 보고 있었다.

"베네딕트, 너도 먹고 싶나?"

"······."

베네딕트는 고개를 끄덕였다.

"알고 있나? 이 요리가 어떤 것인지."

베네딕트는 또 고개를 끄덕였다.

팩스는 잠시 생각했지만, 곧 베네딕트의 처지를 떠올렸다.

그녀에게는 팩스밖에 친구가 없다. 언제나 혼자서 외롭게 정원에서 꽃을 보고 있었다. 누구도 상대를 해 주지 않는 고독한 공주. 분명 괴로운 매일이었겠지. 팩스라면 견딜 수 없을 정도로.

그럼 팩스도 그녀를 막을 이유가 없었다.

오히려 처음이자 마지막 친구가 죽을 거면 나도··· 그렇게 생각해 주었을 가능성을 깨닫고 팩스는 수긍했다.

"좋아, 란돌프. 이 공주님에게도 요리를 나누어다오."

"예, 예, 알겠습니다. 으음, 오늘은 기쁜 날이로군요···."

란돌프는 기분 나쁘게 웃으면서 베네딕트의 접시에도 스튜를 담았다.

베네딕트는 예의 바르게 스푼을 써서 조금씩 먹기 시작했다.

그녀는 예의범절을 제대로 배우지 못한 모양이지만, 그래도 스푼을 아름답게 쓸 줄 알았다. 보고서 따라하는 거겠지.

"···맛있어."

베네딕트는 그렇게 말하고 계속 먹었다.

"음. 맛있군."

팩스도 스튜를 계속 먹었다. 대식가인 그는 몇 번이나 더 달라고 요구하였고, 곧 냄비는 텅 비었다.

"흠, 어떠냐, 사신 란돌프. 다 먹었다. 맛있었다."

"완식해 주시다니, 영광일 따름입니다. 예."

"…그래서 효과는 언제 나타나지?"

"효과라니요?"

"내가 모를 줄 알았나? 혀가 아리거든?"

"아하…! 그거라면 금방 올 겁니다."

란돌프는 그렇게 말하더니 크크큭 웃었다.

'금방이란 말이지….'

팩스는 그렇게 생각하면서 하늘을 올려보았다.

밖에서 식사하는 게 얼마만이었을까. 베네딕트는 처음일지도 모른다. 왕족은 아무리 냉대를 받더라도 갑갑하다는 건 다름없다. 아니, 냉대를 받으니까 밖에 나가고 싶지 않다는 듯이 틀어박히려고 한다.

최후가 이런 푸른 하늘 밑에서 맛있는 요리를 먹은 뒤라는 것은 왠지 호쾌하다.

마치 마음을 깨끗하게 씻은 듯한 기분이었다.

"마음이 차분해지지요? 산쇼쿠 열매에는 강한 진정작용이 있으니까요."

"…산쇼쿠 열매?"

"예. 기운을 잃거나 짜증났을 때 마음을 달래는 데에 최적인 스파이스입니다. 그 종기사들에게도 꼭 먹여 주고 싶었습니다만…."

"독이 아닌가?"

"독? 아하… 분명히 산쇼쿠 열매는 색깔이 독살스러우니까, 독이라고 생각하고 안 먹는 분도 계시지요. 하지만 안심하시길. 산쇼쿠 열매를 먹고 죽은 자는 없습니다…. 어라? 혀가 아려서 산쇼쿠 열매가 들었다고 아신 것 아닙니까?"

"아, 아니, 그렇기는 한데, 다른 식재료가 아닌가 하고!"

고개를 갸웃거리는 란돌프의 앞에서 팩스는 간신히 이해했다.

아무래도 이 남자… 진짜로 종기사들에게 식사를 대접하고 싶었을 뿐이라고.

"그런가, 산쇼쿠인가! 분명히 키반 껍질을 갈아 넣었나 했다!"

"아하, 확실히 키반 껍질은 혀에 아린 느낌을 주지요…. 하지만 키반 껍질로는 이렇게 맛있어 보이는 보라색을 낼 수 없겠지요?"

"그렇군! 음, 그 연구와 노력, 대단하다!"

"우후후, 감사한 말씀. 멀리 마대륙에서 가져온 보람이 있습니다."

란돌프의 웃음은 마치 팩스의 허풍을 꿰뚫어보는 듯하였다.

"에잇! 베네딕트, 돌아가자!"

그 시선을 견딜 수 없어서 팩스는 기세 좋게 일어섰다.

"나는 오후부터 공부와 마술 교련이 있다! 이런 곳에서 시간을 보내고 있을 수는 없지!"

"…예."

일어서서 어깨를 떨며 걷는 팩스. 그 뒤를 총총히 따라가는 베네딕트.

그런 두 사람의 뒷모습을 향해 란돌프가 말을 걸었다.

"저기, 팩스 전하."

"뭐냐?"

돌아보는 팩스.

란돌프는 평소처럼 기분 나쁜 웃음.

하지만 마치 불안하다는 듯이 두 손을 모아 비비면서 물었다.

"또 요리를 해 드려도, 괜찮겠습니까?"

"그래. 네 요리는 맛있으니까."

팩스는 그저 그렇게 말하고 발길을 돌렸다.

독인 줄 알고 괜히 긴장했는데, 요리 자체는 맛있었다. 꽤 특색 있는 요리리서 싫어하는 이가 많을 것 같지만, 이 근방에서는 쉽게 먹을 수 없는 요리다. 그걸 해 주겠다는데 거절할 이유는 없다.

팩스는 자기 입으로도 말했지만, 음식에 많이 까다롭다.

"감사합니다."

란돌프는 그렇게 말하더니 깊게 고개를 숙였다.

그 뒤로 두 사람은 정기적으로 란돌프의 요리를 먹게 되었다.

★　★　★

"생각해 보면 그때 나는 진짜로 죽음을 각오했지…."

팩스는 먼 과거를 회상하면서 그렇게 중얼거렸다.

그는 계단참에 서 있었다.

거기 있는 창문을 통해 성 밖의 모습이 모두 보였다.

곳곳에 화톳불이 켜졌고 봉화가 몇 가닥 오르는 모습이 보였다. 사람의 목소리가 들릴 정도는 아니지만, 수많은 이들의 기척이 느껴졌다.

여기는 실론 왕성. 팩스가 열심히 돌진한 결과, 도달한 장소다.

"저로서는 죽을 때까지 듣고 싶지 않은 이야기였습니다."

란돌프도 팩스의 옆에 서서 아래를 굽어보고 있었다.

항상 몸에 달고 다니는 안대를 벗어서, 한쪽 눈이 번쩍번쩍 빛나고 있었다.

"정말로 기뻤거든요? 맛있다고 말씀해 주셔서."

"그리 말하지 마라. 맛있게 보이지 않았지만, 맛있었던 건 거짓말이 아니다."

"후후, 거기까지 거짓말이었으면 아무것도 믿을 수 없었겠지요."

두 사람은 아래를 보면서 감개무량한 듯 중얼거렸다.

처음의 계기는 사소한 것이었고, 그 뒤로 중대한 일이 있었던 것도 아니다.

팩스와 베네딕트는 기회가 나면 란돌프의 요리를 먹고 맛있다고 말했다.

식사를 하면서 조금 이야기를 하고 헤어졌다.

그것뿐이다. 그게 몇 번 반복되었을 뿐이다.

하지만 어느 틈에 란돌프는 팩스와 곧잘 함께 있게 되었다. 제자라고 할 정도는 아니지만, 검술이나 마술에 대한 충고를 얻은 적도 있었다.

"결국 내 편은 너와 베네딕트뿐이었군."

팩스는 성 밖에 모인 사람들을 보며 그렇게 말했다.

저기 있는 사람들이 모두 적이 아니란 사실은 목숨을 걸고 정찰 나간 기사의 보고로 알고 있었다.

적은 아니다.

하지만 팩스는 알고 있다.

아군도 아니다.

그들의 태반은 팩스가 왕이 되는 것을 환영하지 않는다. 적이 될 수는 있어도 아군은 될 수 없다.

"왜 사람들은 나를 싫어하는 걸까…."

지금까지 계속 그랬다.

사람들은 결코 팩스의 편을 들지 않는다.

외모 탓일까, 아니면 팩스에게 아군을 만드는 재능이 없었을까.

이유를 전혀 모르겠다.

여러모로 노력을 해 보았지만, 결국 아군이 되어준 것은 두 사람뿐이었다.

어쩌면 자노바나 루데우스, 죽은 기사들에게도 더 잘 말했으면 아군이 되었을지도 모르지만… 어차피 시간은 없다.

"아니, 저도 두려움을 사곤 합니다만, 도무지 이유를 잘 몰라서 말이지요."

란돌프가 위로처럼 그렇게 말했지만, 그의 경우는 그 외견이 문제겠지. 그 해골 같은 외견과 으스스한 웃음을 어떻게든 하면 조금은 바뀔 것이다.

뭐, 그래도 그는 왕룡 왕국의 대장군이나 여러 검사들에게 인정을 받았으니까 괜찮다.

팩스는 틀렸다.

왕이 되고 사랑하는 아내와 부하를 얻었다. 하지만 나라는 손에 넣을 수 없었다. 많은 이들에게 인정받을 수 없었다.

방식이 잘못되었던 걸지도 모르지만, 그렇다고 해도 아군이 너무 적다. 그리고 아군을 늘리는 방법을 알 수 없었다. 아군이 필요한데 아군을 늘리는 방법을 모른다.

이미 팩스로서는 어째야 좋을지 알 수 없었다.

"…란돌프."

"예."

"내가 죽으면 베네딕트를 데리고 여기서 탈출해라."

란돌프는 숨을 삼켰다. 십여 년 동안 싸움 속에서 살아오며 남에게 호흡을 들키는 일이 거의 없었던 그가 분명히 숨을 삼켰다.

"왕룡 왕국으로 돌아가서, 아이가 태어나면 네 특기인 검과 요리를 가르쳐다오."

"……."

"그리고 학문도. 나와 베네딕트의 자식이니까 가정교사를 붙여줄 리도 없을 테니까. 부탁한다."

"……."

"그리고 가능하면 칭찬하면서 키워다오. 베네딕트는 칭찬을 할 수 없을 테니까. 나도 녀석도 칭찬을 거의 듣지 못하며 자랐다."

"저기, 폐하."

그때 란돌프는 남들에게 보여줄 수 없는 얼굴을 하고 있었다.

사신이라고 불리기 전에도, 그 후에도 거의 하지 않은 얼굴이었다.

칠대열강이 되어서, 사람을 사람이라고 생각하지 않으며 수만 명을 베어 죽인 그가, 긴 인생에서 고작 몇 번밖에 하지 않은 얼굴.

죽지 않았으면 하는 상대에게 보이는 얼굴이었다.

"뭐지?"

"저는, 당신을, 좋아했습니다."

하지만 죽지 말아달라고는 할 수 없었다.

란돌프는 사신이었다. 칠대열강 제5위의 실력자이며, 수만 명의 죽음을 봐 왔다.

무가치한 삶보다도 긍지 있는 죽음을 택하는 자를 몇 번이나 직면해 왔다.

그 모두에게 그는 경의를 표했다.

지금 눈앞에 있는 남자는 왕이다. 왜소하고, 백성에게 사랑받지 못하고, 즉위하고 얼마 되지도 않아 반란을 맞은, 역사에 이름도 제대로 안 남을지 모르는 왕이지만, 왕이다.

남들에게 인정받기 위해 노력을 하고 왕이 된 남자다.

그럼 마지막도 왕으로서 죽고 싶겠지.

긍지란 그런 것이다.

"하지만 그 명령 확실히 수행하겠습니다. 이 목숨과 바꿔서라도."

"부탁한다."

란돌프 마리언은 사신이라고 불리지만, '사신'은 아니다.

하지만 그의 이전에 '사신'이라고 불렸던 자가 어떤 인물이었는지는 알고 있다.

그 '사신'은 죽어가는 자의 말을 반드시 들어주었다. 란돌프가 모르는 누군가의 긍지를 존중하고, 그 긍지를 죽을 때까지 지켰다.

그러니까 '사신'이라고 불렸고, 그렇기에 란돌프도 그것을 모방하였다.

란돌프는 누구보다도 '사신'을 존경했던 남자니까.

그 이름을 이어받은 남자니까.

"자, 슬슬 해도 저무나….."

란돌프에게 긍정적인 대답을 들은 팩스는 창밖의 경치에서 눈을 떼고 침실로 향했다.

"베네딕트에게도 작별을 고하지. 마지막 만남이다. 끝날 때까지 아무도 방에 들이지 마라."

"분부대로."

팩스가 침실로 사라지고, 란돌프는 방 앞에 섰다.

"……"

잠시 뒤에는 서 있는 것에 지쳤는지, 란돌프는 계단을 내려가서 근저의 방에서 의자를 가져와 앉았다.

팔꿈치를 무릎 위에 올리고, 손을 모아 그 위에 턱을 얹고, 가만히 계단과 그 너머에 있는 창문을 보았다.

팩스와 마지막으로 본 광경을 눈에 새기기라도 하듯이.

"진짜로 죽지 않았으면 하는데 말이죠….."

마지막으로 그렇게 중얼거리고 란돌프는 천천히 눈을 감았다.

19권 끝

무직전생

이세계에 갔으면
최선을 다한다

무직전생 ~ 이세계에 갔으면 최선을 다한다 ~ **19**

2019년 11월 10일 초판 발행
2023년 11월 30일 4쇄 발행

저자	리후진 나 마고노테
일러스트	시로타카
옮긴이	한신남

발행인	정동훈
편집인	여영아
편집 팀장	황정아
편집	노혜림

발행처	(주)학산문화사
등록	1995년 7월 1일
등록번호	제3-632호
주소	서울특별시 동작구 상도로 282 학산빌딩
편집부	02-828-8838
영업부	02-828-8986

ISBN 979-11-348-1457-1 04830
ISBN 979-11-256-0603-1 (세트)

값 9,000원